ミモザの告白5
八目迷
illust. くっか

CONTENTS

DESIGN

musicagographics

槻ノ木 汐

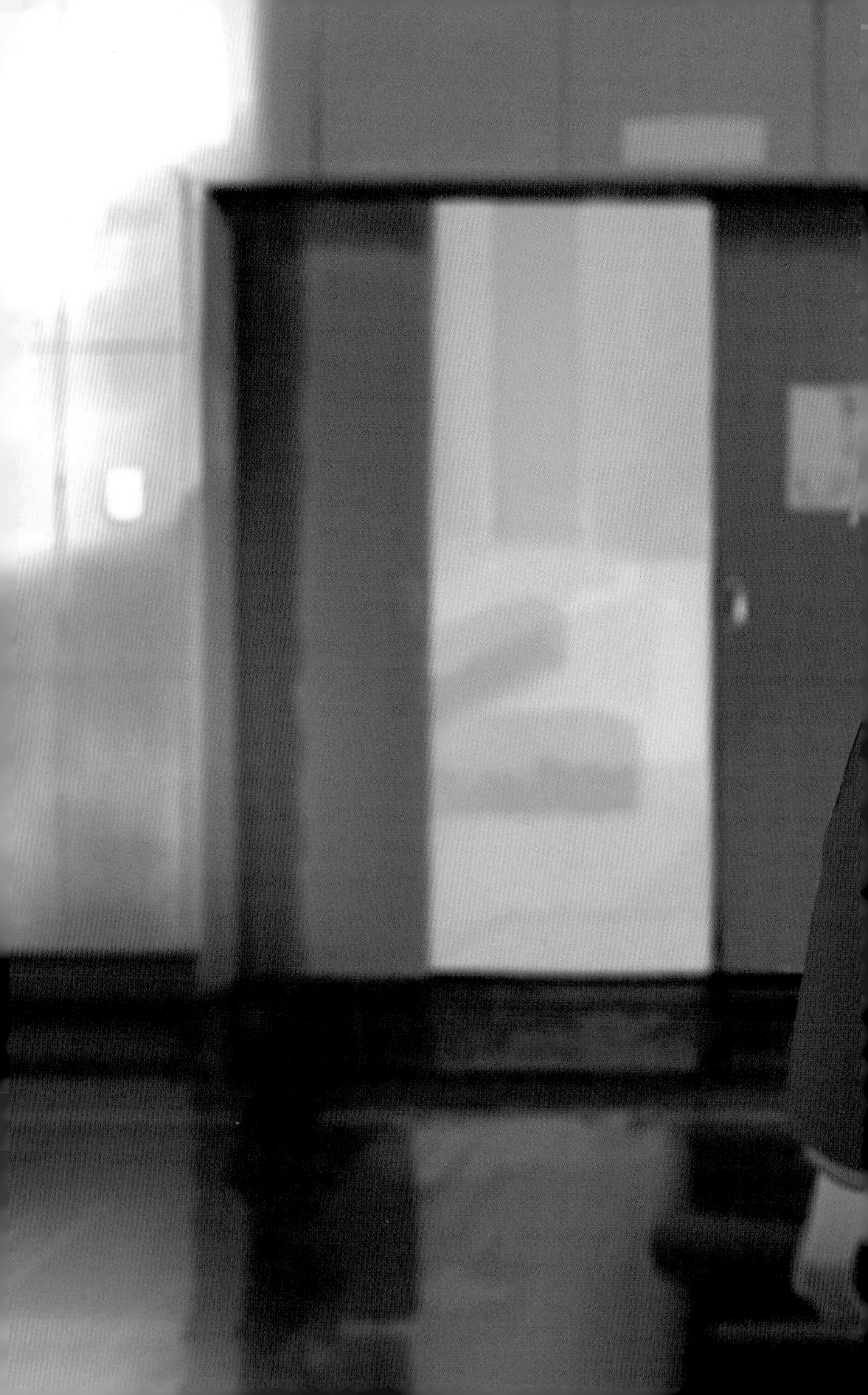

気分がいいほど、未来が不安になる。
ここが頂点なら、あとは下り坂だから。
でも。だからこそ。
この時間を、噛みしめないと。
星原夏希

ミモザの告白 5

八目迷 illust. くっか

Character

紙《かみ》木《き》咲《さく》馬《ま》
主人公。
高二。
友達が少ない。

槻《つき》ノ《の》木《き》汐《うしお》
咲馬の幼馴染。
女の子として
生きている。

星《ほし》原《はら》夏《なつ》希《き》
元気な少女。
クラスの
愛されキャラ。

西《にし》園《ぞの》アリサ
舌鋒鋭い
クラスの
「元」女王様。

真《ま》島《しま》 凛《りん》
マイペースな少女。
ソフトボール部所属。

椎《しい》名《な》冬《とう》花《か》
しっかり者。
吹奏楽部所属。

世《せ》良《ら》 慈《いつく》
東京からの転校生。

伊《い》予《よ》実《み》加《か》
咲馬たちの担任。
国語担当。27歳。

間章

その日の学年会議は木曜の放課後に行われた。

学校行事の計画を練ったり、授業の進捗《しんちょく》状況を報告し合ったりするための会議だ。二年生の教師陣が、校舎二階にある会議室に集まっている。月に一度の職員会議と違って、校長先生や他の年次の先生がいないので、そこまで硬い空気にはならない。だけど誰でも発言しやすい分、意見が飛び交いやすく、議論が白熱することもある。

今回がそうならないことを祈る。

「伊予《いよ》先生、始めますよ」

「あ、はい」

学年主任の城島先生に言われて、私は配られた資料から顔を上げた。

ロの字に並べられたテーブルに、教師たちが着席している。私含めて一〇人。今回は全員揃《そろ》っている。

時刻は午後五時。今はテスト前だから部活動は休みだ。おかげで校内は静かだった。すでに外は暗く、空調のない会議室は肌寒い。

テストの準備で忙しいのか、居並ぶ教師たちの顔は皆一様に疲れている。特に、城島先生は学年主任なだけあってやることが多いのか、一層疲労が溜《た》まっているように見えた。私と大して年は変わらないのに、すでにおでこが広がりつつある。

「じゃ、さっさと終わらせましょう」

ともあれ、学年会議が始まった。

城島先生は短い前口上を挟んでから、手元の資料を一瞥する。

「ここ最近、携帯を触りながら登下校する生徒がよく見られるそうです。中には通話しながら自転車漕《こ》いでて警察に注意された子も。生徒指導のほうで通学路の立ち番とかやるみたいですけど、校内でも厳しく取り締まっていこう、という話になりまして」

B組の担任である早乙女先生がふんふんと頷《うなず》く。この中では一番の年長だ。いつもお金持ちのマダムみたいな厚化粧をしているけど、面倒見がよく生徒からの評判もいい。

「元から結構厳しくない？　没収するの三日間でしょ」

「そうですね。去年までその日の放課後には返してましたけど、あまり効果がなかったんで」

「これ以上どう厳しくすればいいの？」

城島先生は手元の資料に視線を落とした。

「一応、校則じゃ携帯の持ち込みは禁止になってるんで……見つけ次第没収ですかね」

「それは休み時間も？」

「はい」

「え～、さすがに厳しすぎない？　授業中じゃないかぎり今まで黙認しちゃってたんだけど」

「仕方ありませんよ、生徒指導部が決めたことですから」

早乙女先生は渋面を作った。

生徒指導部は主に体育教師とベテランの教師で構成されていて、少々口を出しにくい雰囲気がある。何かと威圧的で校長との結束も強く、生徒のみならず教師からも敬遠されていた。

「罰則を軽くすることはできないの？」

「それは校則を変えることになるので厳しいかと。生徒指導部だけでなく校長にも話を通さないといけませんし。……まぁ、例外もありますけど」

含みのある言い方をしたあと、城島先生はちらりと私を見た。

「……なんでこっち見るんですか」

「いや、また何か言ってこないかと思いまして」

「人聞き悪いな……そんなすぐなんでも噛《か》みつくわけじゃないですから」

「ほんとかなぁ」

まったく信じていない様子で、私から視線を外す。

ちょっとムカつく。でも仕方ないか、とも思う。

不本意ながら、私は生徒指導部と折り合いが悪い。何度か意見が衝突したし、向こうの要求を独断で突っぱねたこともある。

　最初からそれほど自分を貫く教師だったわけじゃない。むしろ私は物分かりがいいほうだったし、それなりに愛嬌《あいきょう》もあったと思う。だけど、半年前の——そう、汐《うしお》のことがあってから、考えを変えた。無駄に気を使うのをやめて、自分の納得を優先するようになった。

　おかげで、苦労も増えたけど。

「で、明日からどんどん没収していけばいいんすか？」

　他の先生から指摘が入る。城島先生は頷《うなず》いたあと、表情を曇らせた。

「でも、急に取り締まりを強化したら生徒たちから反感を買うかもな。納得してくれたらいいけど、気性が荒いのもいるし……」

　うんうん、たしかに、と何人かの先生が同調した。

「三日間は長いよねえ」「僕たちも普通に廊下で使ってるし」「それもやめたほうがいいんじゃない？」「めんどくさ」「最悪、親からクレームが入るかもね」

　心配する声が上がるなか、城島先生が「伊予《いよ》先生はどう思います？」と訊《き》いてくる。

「う～ん……生徒にちゃんと事情を説明して、取り締まっていくしかないんじゃないですかね。不満はあるでしょうけど、それなら納得してくれるはずですし。万が一親からクレームが来ても説明はつくでしょう」

「まぁ、ですよね」

苦々しい表情で答える。他の教師も同じように頷《うなず》いた。完全には納得していないけれど、そうするしかないよな、という諦念《ていねん》が漂う。

「じゃあ、携帯の取り締まりはそんな感じで」

城島先生が雑にまとめる。

まぁ、いつもどおりだ。こういった場でみんなが納得する解決策なんてのは、まず出ない。この学校でいう議論とは、最悪を避けるため各々《おのおの》がどこまで妥協できるかを確認し合う作業だと、私は学んでいた。

「それでは、次の議題ですが――」

学年会議は淡々と進む。

テスト計画、放課後の勉強会、教師の出張、進路希望調査の状況……。

特に議論が紛糾することもなく午後六時を回り、最後の議題へと移った。

「では、修学旅行について。担当の伊予《いよ》先生、お願いします」

はい、と答えて私は手元の資料を見る。

「基本的には例年通り、二月一日から北海道に三泊四日となります。この冬は冷えるそうなので、防寒対策をきっちりしておいてください。しおりに関しては、ほぼほぼ昨年度のものから引き継いで使わせてもらってますが、一部変更が――」

からら、と扉の開く音。

会議室に入ってきた人物を見て、私は思わず眉を寄せた。

「あ、お構いなく。続けて続けて」

校長だ。

ニコニコと会釈しながら隅っこのほうに移動すると、自分で引っ張ってきた椅子《いす》に座った。

一部の生徒からは「七福神の恵比寿さんぽいよね」と言われて慕われているらしいけど、私はこの人がちょっと苦手だった。他の教師も同じだろう。いろんな現場にひょっこりと顔を出しては、場をかき回すことに定評がある。それがプラスに働くこともあるけど、今回はどうなるだろうか。あまり、いい予感はしない。

城島先生がアイコンタクトで、早く続けろ、と伝えてくる。

言われなくても分かってる、と心の中で返してから、私は再び資料を見た。

「……変更点としましては、主に旅行プランです。今年は生徒の自主性を尊重して、自由行動の時間を増やしました。今まで三日目はあらかじめ決められたプランに沿って行動させていましたが、今年は生徒たちの自由にさせます」

これは去年の修学旅行が終わった段階で提案されていたことだ。前年度の担当者から引き継いで、今回の旅行計画に反映させた――ということを併せて説明する。先生たちからの異論はなかった。

「あと、部屋割りに関して一つ。今年も基本的には二人一部屋ですが、槻ノ木《つきのき》さんは一人部屋にするつもりです。本人からヒアリングして、そのように判断しました」

　早乙女先生が「なるほどね」と相槌《あいづち》を打つ。

「男女どっちと一緒にしても問題ありそうだしねえ。それが正解だと思うよ」

　周りの教師も静かに頷《うなず》いて同意を示した。

　内心ホッとする。問題ないだろうと思いつつも、反対されたらどうしようかと少し不安だった。半年前なら、間違いなく何かしら言われていたところだ。だからこれは、みんなが汐《うしお》のことを理解してきた証左だろう。まぁ、単に会議を長引かせたくないだけかもしれないけど。

「部屋の行き来はどうするつもりで？」

　城島先生が言った。

　一拍、返事が遅れる。

「行き来、ですか」

「食後から消灯までは自由時間ですよね。そのあいだ異性間の部屋移動は禁止してますけど、槻ノ木《つきのき》さんの場合はどうなるのかなと」

「あー……」

　考えていなかった。

　一人部屋自体に反対しているわけではないし、ここは素直に認めよう。

「すみません、ちょっと考えてなかったです」

「そもそも、フロアはどちらになるんです？」

「一応、男子のフロアに割り振るつもりです。定山渓《じょうざんけい》のホテルはシングルとツインで客室が離れているので、男性教諭の近くになるかと」

「そうですか」

城島先生は腕を組んで考え込むような顔をすると、気だるそうに口を開いた。

「部屋から出さないわけにもいきませんし、同じフロアなら行き来自由でいいんじゃないですかね」

まぁ、妥当な案だ。一人だけ男女両方のフロアに行き来できるようにするのも、ちょっと違う気がするし。

……でも。

汐にとって、今回の修学旅行が人生初となる。中学のときは〝バレる〟恐怖心が強くて休んだらしい。今回も不安は多いようで、参加を申し出たのは期限ギリギリのことだった。それも、締め切りを汐だけ遅らせたうえでだ。

長いあいだ生きづらさに囚《とら》われていた汐が、勇気を出して、参加してくれるのだ。だから、この修学旅行がいい思い出になるよう、教師としてベストを尽くしたい。

修学旅行の夜……私が学生の頃《ころ》は、枕《まくら》投げだったりトランプをして盛り上がったものだ。あとはまぁ、恋バナなんかにも花を咲かせた。

汐《うしお》にも、そういう思い出を作ってほしいし、できるかぎり楽しんでほしい。

特別な事情を抱えていても、普通の生徒と同じようにさせてあげたい。

なら。

「あの、すみません。やっぱり、槻《つき》ノ木《のき》さんの部屋は女子のフロアに割り振ろうと思います」

周りの視線が私に集まる。

構わず、続けた。

「一人部屋ならトラブルに発展することはないでしょう。他の女子と同じ扱いで、部屋の行き来を認めてあげても問題は――」

「いや、それはまずいでしょ」

城島先生が遮《さえぎ》った。

最後まで言うことすら許されず、ムッとする。

「どうしてですか」

「誤解しないでほしいんですけど、槻ノ木さんが女子に危害を加えるとは思ってませんよ。そして大半の女子が槻ノ木さんを受け入れて、なおかつ好意的に思ってるのも分かってます。だからこそ、一緒にさせるのはよくないです」

「だから、なんでですか。はっきり言ってください」

「や、だから……」

察しが悪いなとでも言いたげに、城島先生は言葉を濁らせる。その曖昧《あいまい》な態度に、一層苛立《いらだ》ちが募った。

もう一度問い詰めようとしたら、早乙女先生が「伊予《いよ》ちゃん、伊予ちゃん」と窘《たしな》めるように私を呼んだ。

「あのね。槻ノ木さんにその気がなくても、女の子のほうから迫ることがあるかもしれないから……ってことを、城島先生は言いたいんじゃない？」

「あ……」

そ、そういうことか。

たしかに、そのリスクもある。考えてみれば、今でこそ改心したものの一時期アリサは汐に辛《つら》く当たっていた。女子が加害者になるケースもあるのだ。そこに考えが及ばなかった自分の浅はかさに、恥ずかしさがこみ上げてきた。

「……すみません。配慮が足りませんでした」

「別に、いいですけど」

これは、反省しなければならない。汐のことは女子として扱うべきだけど、身体的な違いがどうしたってある以上、ちゃんと線引きしなければいけないところはある。それを、見失ってしまった。

感情が先走ってしまったのだろうか。もう半年以上も担任として汐のことを見守ってきて、誰も傷つかない環境作りに苦心してきたのに、自らトラブルを招きかねない状況を作るところだった。自分の未熟さが憎い。

一人猛省していると、城島先生が場を仕切り直すように咳払《せきばら》いをした。

「じゃあ、槻ノ木《つきのき》さんに関しては一人部屋で、男子のみ部屋の行き来を許可するということで。伊予《いよ》先生もそれでいいですね？」

「はい、大丈夫です……」

「……まぁ、生徒の様子を見ながら柔軟に対処していきましょう。それに、修学旅行まではまだ時間もありますし」

私の落胆を察したのか、それとなくフォローしてきた。気を使われたみたいで、不甲斐《ふがい》ないやら悔しいやら複雑な気持ちだ。

なんにせよ、これで議題は出尽くした。あとは城島先生が締めの挨拶《あいさつ》をして、解散するだけだ。私のしくじりはあったものの、まぁ結果オーライとしよう。

「では、今日の学年会議はこの辺りで――」

「ちょっといいかな？」

その一声に、空気が緊張する。

自分を含めたみんなの視線が、校長に集まった。

やけに静かだったから存在を忘れていた、会議が終わろうとしていた、このタイミングでの発言。不穏なものを感じずにはいられない。

身構えていると、校長と目が合った。

「伊予先生はさ、少しでも槻ノ木さんに修学旅行を楽しんでもらいたくて、部屋割りとかフロアの変更を提案したんだよね？　少し考えが足りなかったところはあるけど、素敵な心意気だなぁ、と僕は思いましたよ」

「あ、ありがとうございます」

まさか褒められると思っていなかった。若干、声が裏返る。

びっくりしたけど、嬉《うれ》しくもあった。実際、校長の言うとおりだ。私は汐《うしお》に修学旅行を楽しんでもらいたかった。そこを汲《く》み取ってくれただけでも、胸が熱くなる。邪魔者みたいに思っていたことが申し訳ない。

「それで、思ったんだけどね。槻ノ木さん、男子と同じ部屋にしていいんじゃない？」

「はい？」

「だって、せっかくの修学旅行なのに一人じゃ寂しいでしょう。女の子と一緒にするのが問題なら、男の子と一緒にすればいいじゃん、って思ってね。どうかな？」

校長は無垢な眼差《まなざ》しを注いでくる。

どうかな？　じゃないよ、と心の中で思いっきり突っ込んだ。

なんで、そういう話になるんだろう。一人部屋にすること自体には誰も反対していなかった。なのにこの人は……一体、どこが引っかかったの？

「あの、校長先生。私は槻ノ木《つきのき》さんと話し合って、一人部屋にすると決めたんですよ。槻ノ木さんもそれに賛同してくれてます」

「槻ノ木さんは一人部屋じゃなきゃダメって言ったの？」

「や、ダメとは言ってないですけど、男子と同じ部屋にするわけには——」

「槻ノ木さんだって、仲のいい男の子の友達はいるでしょ？　その辺り、もうちょっとよく話し合ったほうがいいんじゃない？　別に間違いが起こるわけじゃないんだからさ」

「いや、そういうことではなく」

「それにさ、やっぱり、槻ノ木さんだけ一人部屋っていう特別扱いは、よくないと思うんだよ。平等じゃないよね。こうやって前例を作っちゃったら、今後生徒から『僕も一人部屋にしてください』とか言われちゃうかもしれないじゃん。そうなったら、どうするの？」

「いや、どうするって……」

どこから説明すればいいんだろう。

頭が痛い。正直、的外れだと思うけど、校長の言っていることは無視できない。それは校長が最終決定権を握っているから、というのが一番の理由だけど、まずはこの人なりの正しさをちゃんと受け止めたいからだ。悪意を持って言ったわけじゃなく、校長なりに規律を重んじて、生徒のことを考えた結果なのだ。その意思自体は尊重した上で、反論する。でないと、不毛な争いになる。

けど……めんどくせえ〜……。

いやいや、しっかりしないと。もし一人部屋が通らなかったら、汐《うしお》に申し訳が立たない。

やる気の火を熾すように、鼻から深く息を吸って、脳に呼吸を送る。今一度、気を引き締めて、居住まいを正した。

「校長。槻ノ木さんに一人部屋を与えるのは、性別の不一致というデリケートな事情を抱えているからです。優遇しているわけではありません。仮に一人部屋を求める生徒が出てきても、槻ノ木さんのような特別な事情がないかぎり認められない……ということを説明すれば、諦《あきら》めてくれるはずです。もちろん、申し出た生徒に正当な理由があるなら検討しなければなりませんが」

「でもさぁ」

「それに、槻ノ木さんは学校行事での外泊は今回が初めてなんです。きっと心の負担は相当なものになります。たしかに、寂しい夜を過ごすことになるかもしれません。それは私も懸念してますが、それでも、心身のケアのためにも一人の時間は絶対に必要なんです」

「そういうものなの？」

「はい」

強く、頷《うなず》いた。

校長はしばらく「う〜ん」と唸《うな》る。不満がありありと滲《にじ》んでいる。

「あんまりルールをころころ変えたくないんだけどねぇ」

「校長」

私はまっすぐに校長を見つめて言う。

「問題になってからでは遅いのですよ」

「そんな大げさな」

はは、と吹き出す。だけど周りの先生が笑うことはなかった。

校長は周りを見て、賛同を得られそうにない空気を察したのか、表情を曇らせていった。やがて、降参したように手を挙げる。

「分かった分かった。じゃあもうそれでいいよ」

椅子《いす》から立ち上がる。そのまま会議室から出て行った。

扉が閉まると同時に、身体《からだ》から力が抜けた。急にたくさん喋《しゃべ》ったせいか、酸欠になったみたいに頭が重い。

城島先生が「じゃあ、校長も帰ったことなので」と言うと、短く解散を告げた。一気に会議室の空気が弛緩《しかん》して、各々《おのおの》が立ち上がる。

「はー、終わった終わった」

「今日はわりと短く済みましたね」

だらだらと喋りながら、先生たちが会議室を去る。その様子を見ながら、私も腰を上げた。すると、早乙女先生がこちらに近づいてきた。

お疲れ様でした、と言葉を交わして、二人で職員室に戻る。

「いやあ、大変だったね」

「ほんとですよ。上手《うま》く説得できてよかったですけど……」

「悪い人じゃないんだけどねぇ。ちょっと抜けてるっていうか」

ほほほ、と笑う早乙女先生。私も苦笑いするしかなかった。

「まぁでも、今回はすんなり決まったほうなんじゃない？　球技大会のときは荒れたでしょ」

「そんなこともありましたね……」

あれは秋のことだった。汐《うしお》を男子側として出場させるべきだと主張する体育教師と、意見が衝突したのだ。当時は夜遅くまで議論して、条件付きで女子側に出場させる形に落ち着いた。

あの件に関しては、いまだ正解が分からずにいる。生徒からの批判はなかったものの、一つ間違えれば誰も幸せにならない結果になっていたかもしれない。汐が人望に恵まれた生徒だったから許された部分もあるだろう。

別に、後悔はないけれど、思い返すたび危険な橋を渡っていたような気がして、背筋がこわばる。

「ところで、このあと飲みに行こうって話になってるんだけどさ。伊予《いよ》ちゃんも来る？」

「あー、私はいいです。テストの準備がありますので」

「まだ仕事すんの？　ほんと真面目《まじめ》だねぇ。まぁそういうことなら、頑張って」

職員室に入ると、早乙女先生と別れて、私は自分の席に座った。

机の上には現代文の資料が積まれている。テスト問題はもう三分の二ほどできている。今夜中に終わらせてしまおう。

パソコンのスリープモードを解除すると、デスクトップの右下にある日付が目に入った。

そろそろクリスマスだ。

これといった用事もない。たぶん、その日も仕事に追われているだろう。年末はまた忙しくなる。クリスマスなんて関係ないとは思っているけど、それでもちょっぴり、憂鬱《ゆううつ》な気持ちにはなる。

「はぁ……がんばろ」

エクセルを立ち上げる。そのとき、携帯が震えた。

ポケットから取り出すと、メールが届いていた。

送り主の欄には『槻ノ木雪《つきのきゆき》』とあった。

＊

年が明けて、一月八日。

私は椿岡《つばきおか》駅の近くにあるこぢんまりした居酒屋に来ていた。新年会の時季にもかかわらず、店内は落ち着いた雰囲気だ。仕事帰りのサラリーマンや常連っぽいおじさんが静かにお酒を飲んでいる。

カウンター席に座って人を待っていると、店の引き戸が勢いよく開いた。

少し息切れしながら、雪さんがやってくる。

「ごめんなさい、遅れちゃった！」

「いえいえ、私もさっき来たとこなんで」

雪さんはバッグを下ろして、コートを脱ぐと、まとめて足下《あしもと》のカゴに入れた。

とりあえず店員を呼んで注文する。瓶ビールと適当なつまみが並んだところで、乾杯した。

「では、あけましておめでとうございます」

「あけましておめでとうございます」

こつん、とグラスを鳴らして、一口飲む。うまい。

「はぁ、沁みる……」

「ここ、初めて来ましたけどいい店ですね。静かですし」

「穴場なの。結婚するまではよく来てたんだよね。……ていうか」

ずい、と雪さんが顔を近づけてくる。たじろぎつつ、やっぱり美人だなぁ、とのんきに感心した。


「前から言ってるけど、別に敬語じゃなくていいよ？　年もそんな離れてないんだし」

「そういうわけには……一応、教師と保護者ですし」

「あら、残念」

雪《ゆき》さんは唇《くちびる》を尖《とが》らして、たこわさを口に運んだ。

雪さんと知り合ったのは、汐《うしお》が高校一年生の頃《ころ》の、三者面談がきっかけだった。当時は他の保護者と同じように接していたけど、去年の六月に入ってからは、汐のことで小まめに連絡を取り合うようになっていた。学校生活の近況報告やちょっとした作戦会議を繰り返すうち、今ではプライベートで会うほどの仲になっている。

「でも、珍しいですね。居酒屋で顔を合わせるの初めてじゃないですか？」

「そうだね。やっぱ新年を祝うならお酒があったほうがいいじゃない？　伊予《いよ》先生も結構いける口みたいだし」

「まぁ、嗜む程度ですけどね」

「それに、最近ちょっと嬉《うれ》しいことがあって」

「へえ、なんです？」

雪さんは照れくさそうに笑う。すでに表情から嬉しさが滲《にじ》み出ていた。よほどいいことなのだろう。

「汐《うしお》がね、お母さんって呼んでくれるようになったの」

「おお……たしかにそれは嬉《うれ》しいですね」

汐は雪《ゆき》さんのことを名前で呼んでいた。以前、雪さんがぽつりと漏《も》らしたのを聞いて、衝撃を受けた記憶がある。利口で、人に気を使いすぎるほど優しい汐の、譲れない一線みたいなものを強く感じたのだ。

「別に、呼び方はどうでもいいと思ってたの。ほら、崖の上のポニョってあるじゃない？」

「ああ、ジブリの？」

「うん。あれの主人公の宗介くんはさ、お母さんのこと名前で呼ぶんだよね。リサって」

「あー、そういやそうでしたね」

「だからね、私が名前で呼ばれても、それは変わったことじゃないって思うようにしてたの」

「なるほど。ポニョに元気づけられたと」

「元気づけられたっていうより、安心したっていうのかな。こういう家族の在り方もあるんだな、って自分を納得させたかったのかも。もちろん、私が自分にとって都合のいい解釈をしてるだけなのは分かってるんだけどさ。それでも、物語の楽しみ方ってそういうものだと思うし」

ふふ、と雪さんは笑う。

「なんの話だろ、これ」

お酒が入っているからか、ずいぶん饒舌《じょうぜつ》だった。

　雪さんは二杯目のビールをグラスに注ぐ。私は店員さんを呼んで、熱燗を頼んだ。

「まぁでも、気持ちは分かりますよ。私も映画観てて、何気ないシーンで泣いちゃうことありますもん。お酒入ってると特に」

「そうそう！　ほんと涙腺弱くなるんだよね。お酒飲みながら中島みゆき聴いたら絶対に泣いちゃう」

「うわ～めちゃくちゃ分かる……」

　会話が盛り上がるにつれ、お酒のペースも上がっていく。ついでに箸も進む。

　お酒も料理もおいしい。雪さんが穴場と言うだけある。いい感じに酔いが回ってきて、身体《からだ》がぽかぽかしてきた。

　こんなふうに楽しみながらお酒を飲むの、久しぶりだな……ここのところずっと仕事に追われてたし。飲み会も断りがちだった。

　たくさん働いた分、今日はとことん飲もう。


　で、一時間後。

　ベロベロに酔っ払った。

「ほんっっっと腹立つ！　大の大人がよぉ、子供みたいに拗《す》ねてんじゃねえっつの……」

「そーだそーだ、もっと言っちゃえ」

あははと雪《ゆき》さんが笑う。この人も相当酔っている。

「こっちはさぁ、ただ話し合いがしたいだけなのにさぁ……昭和の価値観引きずってる人って、なんですぐ喧嘩《けんか》腰になんのかね。女に反論されるのがそんなに腹立つわけ？　仮にも先生って呼ばれる立場の人間が、生徒より器が小っちゃくてどうすんのよ、マジで……」

ああ、よくない。とてもよくない。保護者に仕事の愚痴なんて聞かせるべきではない。

でも、お酒を飲みながら愚痴るのは、本当に気分がいい。

「くっそ〜〜私が権力持ったら絶対に生徒指導部の教員総入れ替えにしてやるからな……」

「伊予《いよ》先生は、ほんとすごく頑張ってくれてるよ」

雪さんの労《ねぎら》いの言葉に、「いやいやいやいやいや」と首を振る。

「私なんか全然ですよぉ……もう毎日てんてこ舞いで……ずっと教師の責任に押し潰《つぶ》されそうになってるもん……」

まずい、情緒が安定しない……。もっとお酒を入れなきゃ、と思って日本酒を呷る。

「修学旅行の部屋割りも、無理言って汐《うしお》を一人部屋にしてくれたんでしょ？　あれね、すごく感謝してるの。汐の担任が伊予先生で本当によかった」

「ちょっと〜〜そんなこと言われたら泣いちゃう」

冗談で言ったつもりだけど、本当に涙が出てきて焦る。慌てておしぼりで目元を押さえた。

「私はほんと……大したことしてないですよ。全部、汐の努力のおかげです」

「ふふ、そっか」

おしぼりを目元から離して、私はもつ煮を口に運ぶ。ほろほろのお肉に味噌《みそ》の味が染みてておいしい。

雪さんは上品に赤ワインを傾けると、感慨に耽《ふけ》るように目を細めた。

「汐、最近すごく生き生きしてるんだよね。休みの日もよくおしゃれして出かけてさ……服とかメイクのこととか、気軽に訊《き》いてくれるようになったんだ」

「へえ～それはそれは……」

私は口の中にあるもつ煮を飲み込んで、続ける。

「恋人でもできたとか？」

「恋人かぁ」

雪さんは優しげに目尻《めじり》を下げた。

「だったら嬉《うれ》しいな」

第九章　前哨戦

「いっくしゅ」

隣から控えめなくしゃみが聞こえた。

「寒い?」とたずねると、汐《うしお》は「ちょっと鼻がムズムズしただけ」と言って、マフラーを少し持ち上げた。

俺は身体《からだ》を横に傾けて、並んでいる列の前方を見る。あと五組くらいで順番が来る。クレープの甘い香りがこちらまで漂ってきて、ランチを済ませたばかりなのに唾液《だえき》が湧《わ》いてくる。

俺と汐は隣県の繁華街を訪れていた。こうして二人で出かけるのは、年が明けてからすでに三度目だ。わざわざ隣県までやってきたのは今回が初めてだった。冬休み最後の日だからか、それとも普段からこうなのか、かなり人が多い。

「咲馬《さくま》、クレープ何にするか決めた?」

「まだちょっと考え中……バナナが入ってるやつにしようかとは思ってるけど。汐は何にするんだ?」

「ぼくは焼きリンゴにしようかなぁ。食べたことないし」

「へー、そんなんあるんだ。俺もちょっと変わったのにしようかな」

「じゃあ、あれにしたら？　アボカド」

「いや、おかずクレープはちょっと……宗教観が違うから」

「え、何？　宗教観？」

汐は胡散臭《うさんくさ》そうに笑う。

「家族でイオンに行ったとき食べたことあるんだよ、ソーセージが入ってるクレープ。もうだいぶ昔の話だけどさ。なんで頼んだのかは忘れたけど、口にした途端、すげえショック受けたんだよ。クレープなのに甘くない、って」

「そりゃあ、ソーセージだからね」

「まぁ、そうなんだけどさ。クレープは甘いものっていう固定観念みたいなのが想像以上に強くて、混乱しちゃったんだろうな。食べるたび、本物のクレープが恋しくなって、なんで俺こんなの頼んじゃったんだろうってすげえ後悔して……結局、彩花《あやか》のイチゴチョコと無理やり交換したんだ」

「彩花ちゃん可哀想《かわいそう》……」

たしかに、あれはひどいことをした。幼い頃《ころ》は何かと彩花を粗雑に扱っていた記憶がある。たぶん、そういう過去の悪行があるから、今になってめちゃくちゃ嫌われているのだろう。妹は大切にするべきだ。

「ていうか、宗教観って言葉の使いどころ、明らかに間違ってるからね」

「それ以外に思いつかなくてさ」

「党派の違いくらいにしときなよ」

などと話しているうちに、順番が来た。

汐《うしお》は焼きリンゴのミルフィーユ、俺は無難にバナナカスタードにした。店員さんが注文を繰り返したあと、何かをたしかめるように俺たちを見た。

「一応、カップル割もありますけど……どうします?」

「あ、じゃあお願いします」

汐に確認を取ることなく、そう答えた。

店員さんがレジを打ち込むと、ディスプレイに表示された金額からそれぞれ百円が引かれた。

会計を済ませ、俺と汐はカウンターの横に移動する。そこでクレープが出てくるのを待った。

ちら、と汐が横目で俺を見る。

「いいんだ?」

どこかいたずらっぽい口調で、そんなことを言ってくる。

「な、何が?」

「カップルで」

「そりゃあ、付き合ってるからな……」

改めて言うと、照れる。

でも、事実だ。

＊

——付き合おう。

そう切り出したのは、ちょうど一週間前。二人で初日の出を見に行った際のことだった。

汐に連れてこられたその場所は、小高い丘の上にあるエアポケットのような空間だった。俺と汐の他には誰もおらず、洗い立てのようなまっさらな陽射《ひざ》しが辺りを照らしていた。

シチュエーションとしては、申し分なかっただろう。

ただ、付き合うという言葉が『交際』を意味しているのは間違いないが、俺のは告白というより、提案に近いニュアンスだった。汐もそれを察したのか、眉を寄せて、どこか警戒するような目つきで俺を見てきた。

「付き合おうって……咲馬《さくま》と？」

白い吐息が、風に細く流されていく。

俺は静かに首を縦に振った。

「そうだ。ただ買い物に行くだけとか、何かを手伝ってほしいとか、そういうんじゃないんだ。

俺の付き合うっていうのは……ちゃんと恋愛的な意味だ」

「ちゃんと、ね」

明らかに非難の含まれた声音《こわね》だった。「ちゃんと」は誤解を生む表現だったかもしれない。

「あのさ、咲馬《さくま》。こんなこと言いたくないんだけど……やめない？　この話」

「えっ」

ネガティブな反応をされることは予想していたが、話そのものをやめるという答えは想定していなかった。

「ど、どうして？」

「見てみなよ、この景色。すごく綺麗《きれい》だ」

汐《うしお》は太陽のほうに顔を向けて、眩《まぶ》しげに目を細めた。透き通るように白い頬《ほお》が、まっすぐな曙光を浴びて艶《つや》めいていた。見ているこっちまで心が洗われそうな、清々《すがすが》しい横顔だった。

「こんな気持ちのいい朝に、重い話をして、気まずい雰囲気になりたくないんだよ」

「それは……」

そのとおりだな、と言いかけて、いやいやと考え直す。

「なんで気まずい雰囲気になる前提なんだ」

「今まで大体そうなってたじゃん」

「そうだけど……でも今回は分からないだろ」

「どうせ本気じゃないんでしょ？」

さらりと放たれた一言だが、それは研がれた切っ先のように深く胸に刺さった。今まで曖昧《あいまい》な態度を取ってきたことに対する俺への非難と、わずかな自虐。そんなことを言わせてしまう自分が、情けなかった。

「一度だけ、話を聞いてほしいんだ」

改めて、真剣にお願いする。

汐は露骨に嫌《いや》そうな顔をしたが、やがて諦《あきら》めたようにため息をついた。

「分かったよ」

俺はほっと胸を撫《な》で下ろす。

それから、場所を変えることにした。丘を下り、国道に沿って歩く。まだ日が出たばかりの早い時間なので、どの店も閉まっている。そのわりに人通りや車の交通量が多いのは、みんな初日の出を見に来た——あるいは見終わって帰る途中だからだろう。

道沿いに小さな公園を見つけたので、そこで話すことにした。公園に入り、ベンチに腰を下ろす。すると、冷たい感触が尻《しり》に伝わってきた。隣に座る汐が、ぶるりと身体《からだ》を震わせる。少し寒そうだ。

「何か飲みたいものあるか？」

「自販機行くの？　じゃあぼくも」

「いいよ。話、付き合ってもらってるんだし。奢《おご》る」

「そう？　じゃあ、ホットのコーヒー。甘いやつで」

了解、と答えて俺は公園の出入り口にあった自販機へと向かった。歩きながら、尻《しり》のポケットに手を突っ込む。

「……」

Uターンして汐《うしお》のいるベンチに戻ってきた。

「はやっ。もう買ってきたの？」

「財布持ってくるの忘れた……」

「ええ……何それ……」

呆《あき》れられて当然だろう。逆の立場なら俺だって同じ反応をする。少しは男気のあるところを見せたくて提案したのだが、裏目に出てしまった。

「仕方ないな。飲みたいものある？」

「え、いいよ別に」

「いいって。大した出費でもないし。大人しく奢られておきなよ」

「じゃ、じゃあせめて一緒に行こう、自販機」

何が「せめて」なのか。自分でもよく分からない譲歩だった。

ともあれ二人で自販機へと向かい、汐に缶コーヒーを奢ってもらった。これから真面目《まじめ》な話をするというのに、完全に出鼻を挫かれている。

　缶コーヒーをカイロ代わりに握りながら、俺はうなだれた。

「なんか……不甲斐《ふがい》ないな」

「今に始まったことじゃないでしょ」

「耳が痛い」

「それで？　これから何を話すの」

　汐はさっさと話を終わらせたがっている。

　なんだか腰を据えてじっくり話すような雰囲気ではない。ここは汐に合わせたほうがよさそうだ。俺だって、進んでシリアスな空気を作りたいわけじゃない。

　缶コーヒーのプルタブを起こし、一口飲んでから、話を始めた。

「こんなこと言うと急に聞こえるかもしんないけど……俺さ、今まで付き合うってことを神聖視してたところがあるんだよ。落としたハンカチを拾って結ばれるような、そういう恋愛に憧《あこが》れてたんだ。それが正しいとも思ってた」

「……別に、悪いことじゃないと思うけど。ちょっと夢見がちなだけで」

「ああ、そうだな。たしかに夢見がちだった。それに汐が言うとおり、悪いことじゃない。俺が恐れてるのは……理想ばかり見つめて、掴《つか》めるはずの幸せを見逃しちゃうことなんだよ。もっと、ちゃんと現実を見なきゃいけなかったんだ」

汐《うしお》は腑《ふ》に落ちないように軽く首を傾げた。

「ごめん、何が言いたいのかよく分からない」

「つまり、あれこれ考える前に一度付き合ってみよう、って思ってるんだよ。実際に付き合ってみないと分からないこともあるだろ？　お見合いだって、まずは結婚してから互いに愛を深めていくみたいな考え方らしいし」

「け、結婚って」

びっくりしたように汐の声が裏返った。

俺はちょっと慌てる。さらりととんでもないことを言ってしまったかもしれない。

「えっと、たとえ話だからな？」

「わ、分かってるよ！　勘違いするわけないだろバカ！」

ガチめに怒られてしまった。

「ご、ごめん」

汐はカフェオレを両手で握ってごくりと飲む。小さく喉《のど》が動くのを横目に、再び口を開くのを待った。

ふう、と息をついて、缶から口を離す。

「咲馬《さくま》の言いたいことは分かったよ」

落ち着いた声音《こわね》で、汐は続ける。

「ようするに、お試しで付き合ってみようっていうわけだよね。悪くない提案だと思う。でも、なんだろうな。たぶん、これは感覚的な話で、咲馬の言ってることが間違っているわけではないんだろうけど……」

ずいぶんと言葉を濁す。何か言いにくいことでもあるみたいだ。

「それって結局、妥協だと思う」

「妥協……？」

「咲馬はロマンチックな恋愛を諦《あきら》めて、仕方なくぼくに合わせてるだけなんじゃないの？」

「いや、それは違う！」

すぐさま否定した。つい声を張ってしまい、汐がびくりとする。その拍子に、汐が握っていたカフェオレの中身が漏《も》れて、細い指先を少し濡《ぬ》らした。

「あ、悪い……」

図星を突かれたわけでもないのに、冷静さを欠いた。ポケットからハンカチを取り出して、汐に差し出す。それを汐はまじまじと見つめた。

「……財布ないのにハンカチは持ってるんだね」

「たしかに……なんでだろ」

「いや、知らないけど……」

ぱっとしないやり取りを交わして、汐はハンカチを受け取った。念入りに指先から缶の表面を拭《ふ》いているのを眺めながら、俺は話を戻す。

「言っとくけど、仕方なくじゃないからな。付き合おうって言ったのは、俺がそうしたいからだよ」

一瞬、汐《うしお》は手を止めて、視線は手元のまま口を開いた。

「……分かってる。さっきのは、ぼくがちょっと意地悪だった」

こぼれたカフェオレを拭き終えると、汐はハンカチを膝《ひざ》の上で丁寧に畳み始めた。几帳面だなと思ったが、単に手持ち無沙汰《ぶさた》を紛らわしているだけみたいだった。

「ぼくもさ、咲馬《さくま》と……そういう関係になることを、望んでたはずなんだ。でも、いざ付き合うってなると、なんだか不安で……つい予防線を張りたくなる」

その気持ちは、よく分かる。

近づけば近づくほど、人と人とのあいだにある断絶を意識せざるを得なくなる。断絶は価値観の違いとなって表出し、それが人間性の研磨や成長に繋《つな》がることもあれば、関係を引き裂くこともある。

汐の場合は、もうちょっと複雑だ。

俺にとっての汐は、男友達で、仲のよかった幼馴染《おさななじみ》で……もう女の子として受け入れているとはいえ、恋愛のステージになるとまだ困惑する。普通の男女よりも、断絶は大きい。

――咲馬に優しくされるの、しんどいな。

夏休みの頃《ころ》だったか、そう汐が漏《も》らしたことがある。そのあと、すぐに失言だったと撤回してくれたが、その発言が一つの事実であることは否《いな》めなかった。一度、振った相手に優しくすることの残酷さを、当時の俺は自覚できていなかった。

寄り添っても、突き放しても、誰かが傷つくことになる。

だけど、それでも、俺は汐に関わっていくと決めた。

自分の気持ちを、たしかめるために。

「分かるよ、汐の不安は。でも、そういうのもひっくるめて、俺は汐と付き合いたい」

言いながら、缶コーヒーを強く握りしめる。スチール缶だから、力を入れても凹《へこ》まない。手の平に伝わる熱と体温の差が、なくなりつつある。

汐はじっと俯《うつむ》いていたが、やがて意を決したように、こちらを向いた。

「分かった。付き合おう」

缶コーヒーを握りしめた手から、力が抜ける。

ああ、よかった――。

正直なところ、不安だった。交際を断られることが、じゃない。いや、それもあるが、一番心配していたのは、汐と付き合うことになったら自分がちゃんと喜べるかどうか、だ。

でも、今の俺は安心している。

汐と付き合えることを、素直に喜べる人間でよかった。

「じゃあ、これからよろしくな」

俺はにっと笑ってみせる。すると汐《うしお》も表情を緩めて、口を開いた。

「やっぱナシで」

「え〜〜〜〜!?」

こ、この流れで!? なんで!?

一体どういう心境の変化があったのか。俺があたふたしていると、汐はそっぽを向いた。

そして、ちょっと不機嫌な様子で、

「もうちょっと、いい感じに言ってほしい」

そんな要望を出してきた。

いい感じ……な、なるほど。オーケー、理解した。

俺はこほんと咳払《せきばら》いをして、場を仕切り直す。

「汐」

名前を呼び、振り向かせた。

そして、

「好きです。付き合ってください」

はっきりと、我ながらバカみたいに真面目《まじめ》くさった声音《こわね》で、汐に告白した。

顔から火が出そうだった。

赤面していないだろうか。たぶんしているだろう。さっきまで震えるような寒さだったのに、今じゃ上着を脱ぎ捨てたくなるほど汗が出てくる。

そんな俺が可笑しいのか、それとも別の理由があるのか、汐はほのかに笑った。

「こちらこそ、よろしくお願いします」

冗談めかした挨拶《あいさつ》に、こちらもつられて笑ってしまう。

こうして、今までの紆余曲折はなんだったんだろうかと思うほどあっさり、俺たちは付き合うことになった。

＊

「お待たせしました」

店員さんがカウンター越しに二人分のクレープを差し出した。

俺はバナナカスタードを、汐はアップルパイのミルフィーユを受け取り、店を離れる。歩きながら落ち着ける場所を探していると、休憩スペースにちょうど空いているベンチがあったので、そこに腰を下ろした。

生地はほんのりと温かく、甘い匂《にお》いを醸《かも》している。俺は包装紙を少し破って、かぶりついた。

「うま」

バナナの甘味と生クリームの甘味とカスタードの甘味が重なって、口の中が幸福で満たされる。期待を裏切らない味。やっぱりクレープは甘いデザートであるべきだなと再確認する。

隣を見ると、汐《うしお》もクレープを頬張《ほおば》っていた。

「おいしい?」

「うん。結構、シナモンが効いてる」

「へ~……」

どんな味なんだろう、と気になって見つめていると、汐が気遣うような視線を向けてきた。

「食べる?」

「え! いいの?」

「一口だけね」

汐がこちらにクレープを近づける。

ありがたい。早速いただこうと口を開いた瞬間、あ、これって間接キスなのでは……という思いがよぎった。今さら気にすることでもないのだが、一応、汐のかじったところとは反対のほうにかぶりつく。生クリームが口の中に広がり、リンゴの食感が……あれ。

「どう?」

味の感想を訊《き》いてくる汐に、俺は飲み込んで答える。

「リンゴにたどりつかなかったわ……」

「え？　あ、ほんとだ。場所が悪かったね」

「……」

「もうあげないからね？」

次にクレープを食べる機会があったらそのときは焼きリンゴを頼もう。そうひそかに決意して、俺は自分のバナナカスタードを食べた。

クレープを食べ終えると、俺たちは映画館へと向かった。昼から映画を観ようとあらかじめ決めていた。

二〇分ほど歩き、映画館にたどり着く。やはり休日なだけあって人が多い。早速、チケットを買ってシアターの開場を待つ。時間には、まだ余裕がある。

汐はマフラーをほどいて、バッグにしまった。襟《えり》足を手で梳《す》きながら、浮き足立った様子で辺りを見渡す。

「映画館に来るの、久しぶりだな」

「俺も。椿岡《つばきおか》、映画館ないからなぁ」

あ、と汐が何かに気づいたように声を上げると、グッズ売り場のほうに歩いていった。俺もついていく。

「これ、原作あるんだっけ」

汐はこれから観る映画のパンフレットをショーケース越しに見つめている。とあるミステリー小説を原作とした邦画だ。原作小説は大きな賞を獲り、映画も評判がよかった。

「ああ。家に本あるぞ」

「咲馬《さくま》は読んでるだっけ。ミステリーってオチ知ってると楽しめないんじゃない？」

「まぁ、驚きは減るだろうな。でもミステリーより人間ドラマに寄ってる作品だからさ。あんまり心配してない」

「ふうん……」

汐《うしお》は他のグッズも一通り眺めたあと、「そういえば」と俺のほうを見た。

「咲馬って小説はもう書かないの？」

「小説？　あー……あったな、そんなの……」

思い出すと胃が痛む。

以前、汐に俺の黒歴史小説を読ませたことがあった。当時は自分の恥部ともいえる部分をさらけ出すことで、汐に寄り添えるんじゃないかと思ったのだ。結果的にただ恥をさらしただけだったが。

「もう書いてみたいとは思わないかなぁ。これからまた受験勉強で忙しくなりそうだし。あ、でも……」

そこからどう言葉を続けようか迷っていたら、汐が「でも？」と心配そうに首を傾げた。

「……これから忙しくなるからこそ、書いておくべきなのかもな。みんな将来のことを真剣に考え始める時期だし、今のうちに作家の適性を試しておくのもアリかもしれない」

「みんな考えてるかな？　将来のこと」

「考えてるんじゃないか？　やっぱ高三になったら進学するとか就職するとか、人生に関わる選択をしなきゃいけないわけだし。そうなると将来を見つめることにもなるだろ。まぁ、俺は先のこととかほとんど考えてないけど」

「説得力があるんだかないんだか……」

汐は呆《あき》れると、物憂《ものう》げそうに目を細めた。

「将来か……あんまり考えたくないな」

さらりとは受け流せない不安が、声に滲《にじ》んでいた。

汐の気持ちは理解できる――とは、とてもじゃないが言えない。それでも、生きていくうえで汐が越えなきゃいけないハードルの数が、俺たちよりも多いのは分かっていた。

そう考えると、あまり「汐なら大丈夫」と軽い気持ちで言いたくないし、かといって哀れむのも違う。少し悩んで俺は声をかけた。

「最悪、二人で山にこもるか」

「どれだけ悪い状況になることを想定してんの……？」

半分は冗談だ。不安を紛らわしたかったのだが、だいぶ的外れなことを言ってしまった気がする。

「ていうか、なんで咲馬《さくま》まで山にこもることになってんのさ」

「一人だと寂しいと思って……」

汐《うしお》は虚を衝《つ》かれたように目を瞬《しばたた》くと、やれやれといったふうに微笑《ほほえ》んだ。

「じゃあ、今のうちにサバイバル術の勉強をしておこうかな」

「今は普通に受験勉強したほうがいいんじゃないか？」

「ボケに付き合ってるのに正論で返すな」

喋《しゃべ》っていたら喉《のど》が渇いてきた。館内は暖房が効いていて、空気が乾燥している。俺と汐はグッズ売り場を離れ、フードコーナーへ向かった。

それぞれドリンクを注文する。さっきクレープを食べたばかりなので、ポップコーンはMサイズを一つ注文して、二人で分け合うことにした。

『お待たせしました。スクリーン八番、一四時三〇分から公開の――』

シアター開場のアナウンスが流れた。俺たちが観る映画だ。

店員さんにチケットを切ってもらって、映画館の奥へと進んだ。エスカレーターで上階に上がり、シアター内に入る。

俺たちが一番乗りだった。半券で場所を確認してから、真ん中辺りの座席に並んで座る。

シアターの中は、外の人混みが噓《うそ》みたいに静かだ。日常から切り離されたような、不思議な浮遊感がある。それに、この広々とした空間を二人で独占していることに、謎《なぞ》の優越感のようなものも覚えていた。やっぱり映画館はいいものだな、とまだ映画も始まっていないのに、そんな感想が頭に浮かぶ。

「貸し切りみたいだね」

汐もこの空気感にワクワクしているのか、弾《はず》んだ声で言った。

「公開から結構経《た》ってるから観る人あんまいないのかもな。ツイてる」

「だね」

スクリーンに映画の予告が流れ始めた。俺は携帯をマナーモードにして、画面に集中する。ちらほらと他の観客も入り始めた。

照明がゆっくりと落ちる。


映画が終わった。

なかなか面白かったと思う。オチが分かっていても解決編はワクワクしたし、アクションシーンも気合いが入っていた。思ったより原作の改編が多くて、主人公の性格が原作と少し違うようにも感じたが、途中からは慣れて気にならなかった。

エンドロールが終わり、シアター内が徐々に明るくなる。

汐はううんと背伸びをして、息をついた。

「面白かったね」

「ああ、よかった」

ちゃんとした感想はあとで語ることにして、俺たちはシアターを出る。出入り口付近に待機していたスタッフさんたちに、空になったドリンクとポップコーンの容器を渡した。

……そういえば、映画を観ているあいだ、何度かポップコーンを食べようとして汐《うしお》と手が触れ合った。ラブコメではよくある展開だなと思ったものの、ときめきよりも普通に映画の面白さが勝ってしまった。

あのとき、汐は何か感じただろうか。

思えば、汐と付き合っているものの、何も恋人らしいことができていない気がする。今日だって一応デートという形なのに、クレープを一口もらったくらいで、距離感は友達のままだ。

これは、付き合っているといえるのだろうか。

もっとカップルらしいことをするべきなんじゃないのか。たとえば、手を繋《つな》いだり、食事のときに「あ〜ん」したり、き……キスしたりとか。

汐といるのは楽しいけど、正直、そういう願望は湧《わ》いてこない。もっと二人でいる時間が長くなれば、したくなったりするのだろうか。

それとも――。

悶々《もんもん》としながら映画館を出ると、外はもう暗かった。依然として人は多く、これから飲み会でも開くのかサラリーマンらしき集まりがあちこちにできていた。

汐が携帯を開く。

「もう五時か。そろそろ帰ろっか」

夕食を一緒に食べる予定はない。たしかに、もう頃合《ころあ》いだ。

今日は楽しかった。だけど、まだやり残していることがある気がする。

「咲馬《さくま》？ どうしたの？」

「……写真」

「え？」

俺は携帯を取り出し、汐に言う。

「写真、撮ろうぜ。一緒に」

「別にいいけど……なんで？」

「記念だよ。せっかくのデートなんだし、一枚くらい撮っとくべきだろ？」

汐は一瞬きょとんとして、それから乗り気そうにふふっと笑った。

「じゃあ、どこで撮る？」

俺は辺りを見やる。ちょうどいい撮影スポットがあればいいのだが、繁華街のど真ん中ではあまり期待できそうにない。景色をメインに撮るわけでもないし、光源があればどこでもいいだろう。

通行人の邪魔にならないよう道の端に寄り、ショーウィンドウの明かりをバックに俺は携帯を構えた。長方形の小さな画面に、俺と汐《うしお》が映る。少しだけ、汐が見切れている。

「汐、もうちょっと寄ってくれ」

「う、うん」

肩が触れ合った。インカメラに映る汐の顔が、少し赤らむ。ハグまでしたのに今さら照れるのか、とちょっと可笑しくなった。

「はい、チーズ」

ぱしゃり。

俺は携帯を下ろして確認する。すると汐も画面を覗《のぞ》き込んできた。

「上手《うま》く撮れたな」

「あとで送っといて」

「ああ」

携帯をしまい、俺と汐は駅へと向かった。

これで少しは恋人らしいことができたんじゃないだろうか。一緒に写真を撮る、なんて恋人らしさでいえば初歩も初歩だろうが、急ぐ必要はない。ゆっくり、距離を縮めていこう。

「ちょっと意外かも。咲馬《さくま》、自撮りとか嫌いでしょ」

「苦手意識はあるよ。なんか小っ恥ずかしいしな。でも、たまにはいいかなって」

「そうだね。写真は、残るし」

しみじみと汐は言う。その言葉の裏に、俺は何か別の思慮があるように感じてしまった。

写真は残る。そのとおりだ。データを消去しないかぎり、ずっと残り続ける。だが、俺たちの関係はどうだろう？　もし、この交際が上手くいかなければ、俺たちが一緒に過ごした時間は無に帰《き》すのではないか。そういう意味で、汐は写真は残ると言ったのかもしれない。

……さすがに深読みしすぎか。

仮にそういう意味で汐が言ったのだとしても、あれこれ勘ぐるのは無粋だ。少なくとも、今考えることではない。

「そういや、解決編のシーンでさ――」

歩きながら、俺は映画の感想を語る。

あのシーンがよかった、あの俳優の演技がすごかった、とお互い饒舌《じょうぜつ》に語り合い、駅に着くまで会話が途切れることはなかった。

椿岡《つばきおか》行きの電車に乗り込む。幸い大して混んでいなかったので、俺たちはシートに座った。座席下の暖房の熱が、じんわりと身体《からだ》に上ってくる。ほどよい疲労感も相まって、眠気が湧《わ》いてきた。

「あーあ、明日から学校かぁ」

汐が間延びした声で言った。言葉とは裏腹に少しだけ楽しそうに見えた。

「そうだな。今日で宿題終わらせて、また明日から頑張るか」

「うん。……え⁉　宿題まだ終わってなかったの⁉」

時間差でばっとこちらを振り向いて驚く汐《うしお》。

「いや、七割がた終わってるんだよ。だから大丈夫」

「七割はあんまり大丈夫じゃなくない？」

正直なところ、たしかにあんまり大丈夫ではない。今夜は徹夜になるだろう。去年の冬休みもそうだった。前の夏休みは汐がいたおかげで早く済んだが、最終日に駆け足で終わらせるのが俺のやり方だ。

「言ってくれたら手伝うのに……遊んでる場合じゃないでしょ」

「まぁ、そうなんだけどさ。せっかく付き合ったんだから、こっちを優先したくて」

「そう言ってくれるのは嬉《うれ》しいけど……」

きまり悪そうに汐はぽりぽりと頬《ほお》をかく。

冬休みをできるだけ汐と過ごしたかったのは事実だが、宿題が面倒で現実逃避していたところもある。そもそも、汐はちゃんと終わらせているっぽいし、宿題をやっていない言い訳にはならない。だから、これは自業自得だ。

とはいえ、朝から歩きっぱなしでまぁまぁ疲れているところに徹夜を強《し》いられるのは、正直かなりしんどい……と思っていたら。

「手伝うよ、宿題」

「え？　手伝うって……今日？」

「当たり前じゃん。冬休みは今日までなんだから」

「もう五時過ぎだぞ？　今から汐に手伝ってもらっても、日を跨《また》いじゃうだろ」

「ぼくの家でやればいいよ。晩ごはん食べたあとうちに来てくれたら手伝うから」

「や、それは……」

　宿題が遅れているのは百パーセント俺のせいだ。それで手伝ってもらうのは、さすがに申し訳ない。汐だって今日は疲れているだろうし、夜遅くまで家にお邪魔するのも気が引ける。

　でも……二人でやれば徹夜は避けられるだろう。日は跨ぐだろうが、それほど苦労せずに済むはず。そもそもこれは汐の申し出なんだし、やっぱり手伝ってもらったほうがいいかもしれない。

「じゃあ、お願いしようかな……？」

「うん」

　汐は満足そうに頷《うなず》いて、シートの背にもたれた。

　まさかこんなことになるとは。夕食を済ませたら、すぐ汐の家に向かおう。

　……着替えは、いらないよな？

＊

夜闇を切り裂くように、俺は自転車を走らせる。

夜の空気は恐ろしく冷たかった。手袋をしていても指先はかじかみ、冷たくなった耳の縁がじんじんと痛む。

「さっみ〜〜〜！」

悲鳴にも似た独り言が漏《も》れる。

夕食を取って少しばかり眠気に襲われていたが、それも吹っ飛ぶ寒さだ。汐《うしお》の家を目指して、立ち漕《こ》ぎでペダルを踏み込む。速く漕げば漕ぐほど、冷たい風が顔に強く当たる。

汐の家に着くと、俺はカタカタ震えながら自転車を降りた。宿題を詰めたバッグをカゴから取り出して背負う。ふと、携帯で時間を確認してみると、時刻は一九時だった。少し早く来すぎたかもしれない。

インターホンを鳴らすと、間もなくして玄関の扉が開いた。

頭一つ分低いところで、さらりとした黒髪が揺れる。操《みさお》ちゃんだ。てっきり汐が出てくるかと思っていたので、少し面食らう。

「こんばんは、操ちゃん。汐いる？」

「今、お風呂《ふろ》に入ってます。中で待っててください」

風呂。ということは、もう夕食は済ませているだろう。

操ちゃんに招き入れられて、俺は「お邪魔します」と言って中に入る。そのまま汐の部屋に向かおうとすると、「あの」と呼び止められた。

「どこ行くんですか?」

「え?　どこって汐の部屋だけど……」

もしかして俺が宿題しに来たことを知らないのだろうか。いや、それにしてはスムーズに家に入れたし、汐から事情を聞いているはずだが。

「お兄ちゃんの部屋、勝手に入ったら怒られるかもしれませんよ」

「そ、そうか?　でも約束してるし何度も入ってんだけどな……」

「リビングで待っててください」

いまいち腑《ふ》に落ちないまま、半ば無理やりリビングに連れられた。室内は暖房が効いていて、冷えて凝り固まった身体《からだ》が弛緩《しかん》していく。が、ソファでテレビを観ている汐のお父さん——新《あらた》さんが目に入って、また背筋が強張《こわば》った。

「ああ、咲馬《さくま》くん。こんばんは」

「こ、こんばんは」

新さんは立ち上がり、「さあ」とソファを譲る。

「話は聞いてるよ。汐、もうすぐ上がってくると思うからそこで待ってて」

「あ、はい」

言われるがまま、俺はバッグを床に置いてソファに浅く座った。ダウンを脱ごうとしたら、新《あらた》さんは「コーヒーと紅茶、どっちがいい?」と訊《き》いてきた。

「あ、じゃあコーヒーで……」

「砂糖とミルクは?」

「両方お願いします」

「了解、ちょっと待っててね」

ご機嫌そうに応じると、新さんは食器棚の戸を開いた。

新さんとは以前、この槻ノ木《つきのき》家で一緒に食卓を囲んだ。そのときも何かと気を使ってくれたが、とても気軽に話せるような仲ではない。落ち着いていて、威厳があって、夫婦仲もよさそうで……なんというか、俺の父親とあまりにかけ離れているので、どう接していいか分からないのだ。

汐《うしお》、早く風呂《ふろ》上がんないかな……とそわそわしていると、操《みさお》ちゃんがカーペットの上に腰を下ろした。操ちゃんもテレビを観るのだろうか。と思ったが、やたらと俺のほうをちらちらと見てくる。何か言いたげだったので、こちらから話を振ってみた。

「操ちゃん。受験勉強、順調そう?」

「ええ、まぁ。それなりに」

「たしか二月だっけ? 落ち着かないよな、この時期は」

「そうですね」

「大変だなぁ、受験生は……」

「はい……」

「……」

なんだよ……言いたいことがあるんじゃないのかよ……。

あまりに手応《ごた》えがないので、大人しくテレビを観ながら黙って待つことにする。俺ん家《ち》のものより一回り大きな液晶画面には、年始の特番が映し出されていた。俺の知らない曲を、知らない歌手が歌っている。内容にまったく興味を持てず、つい視線があちこちに動く。

そういえば、雪《ゆき》さんの姿が見えない。まだ仕事なのだろうか。

「……あの」

暇を持て余していると、操ちゃんが遠慮がちに声をかけてきた。

やっぱり何かあるんじゃん、と突っ込みたくなるのを我慢して、俺は「なんだ？」と耳を寄せた。

「えっと……この前は、本当にご迷惑をおかけしました」

「この前？　あー……」

操ちゃんが家出したときの話だろう。汐から近況は聞いていたが、操ちゃんとはそれ以来会っていなかった。

「別にいいよ。俺、ほとんど何もしてないし」

「でも、捜してくれたのに……私、かなり失礼なことも言っちゃったから……」

「結果的に汐《うしお》と仲直りできたんだろ？　その報《しら》せだけでも嬉《うれ》しかったからさ。ほんと、気にしなくていいよ」

「咲馬《さくま》さん……」

操《みさお》ちゃんはきゅっと唇《くちびる》を噛《か》む。

我ながら年上らしい余裕を見せることができたな、とちょっといい気分になっている自分に、いやいや調子に乗るなよ、と戒めの言葉を被《かぶ》せる。汐と操ちゃんが和解できたのは、二人が向き合った結果であって、俺は本当に何もしていない。

「お待たせ」

新《あらた》さんがコーヒーを持ってきた。ソファの前にあるローテーブルにカップとソーサーを置く。とりあえず、俺は添えられたミルクと砂糖をコーヒーに注ぎ、スプーンでかき混ぜた。

新さんは食卓の椅子《いす》に座り、読みかけの文庫本を読み始めた。なんだか座る場所を奪ってしまったみたいで申し訳なくなる。

「一つ、訊《き》いていいですか」

操ちゃんがやけに神妙な顔でたずねてきた。

「ん？　なんだ？」

「咲馬さん……最近、お兄ちゃんとよく出かけてます？」

「ああ。今年に入ってからもう三回くらいな」

「やっぱり……」

操ちゃんは深刻そうに呟《つぶや》くと、俺の隣に座ってきた。急に距離を詰めてきたので、ちょっとたじろいでしまう。

「咲馬さんとお兄ちゃん……今、どういう感じになってるんですか？」

「ど、どういう感じって？」

「出かける前のお兄ちゃん、やたらと機嫌がいいというか、浮き足立ってるというか……いつもと違うんです。まるで、デートにでも行くみたいな」

「へえ……」

相槌《あいづち》を打ちながら、コーヒーを啜《すす》る。

操ちゃんはこちらに顔を近づけてきた。新さんに聞かれたくないのか、こっそり耳打ちするみたいに声をひそめる。

「あの、まさかとは思うんですけど……咲馬さん、お兄ちゃんと付き合ってるんですか？」

ストレートな質問が飛んできて、コーヒーをこぼしそうになった。

「ええと……」

否定するつもりはないが、果たして操ちゃんに話していいのだろうか。汐の確認を取らずに俺の口から説明すると、後々面倒なことになるかもしれない。かといって曖昧《あいまい》にごまかすのは、恋人として不誠実な気もする。

とりあえずカップをテーブルに置いて返事を考えていると、操《みさお》ちゃんはハッとしたような顔をして、俺から目を逸《そ》らした。

「……すみません。今のは聞かなかったことにしてください。お兄ちゃんと咲馬《さくま》さんの関係にあれこれ踏み込むべきではなかったですし、そもそも私なんかがとやかく言う資格ないですよね……」

「急にネガティブになるな……」

いや、ネガティブというより慎重になっているだけか。操ちゃんとしても、もう汐《うしお》と仲違《なかたが》いしたくないから、変に首を突っ込まないようにしているのだろう。操ちゃんなりに汐のことを気遣っているのは分かる。

「大丈夫。汐とは仲よくやれてるからさ、心配しなくていいぞ」

操ちゃんはこちらを一瞥すると、なぜだかむすっと口を尖《とが》らせた。

「……そういうんじゃないです」

「え？　違うの？」

操ちゃんは俯《うつむ》くと、小さな声で何やらぶつぶつ言い始めた。

「せっかくお兄ちゃんと普通に話せるようになってきたのに、最近ずっと咲馬さんにばかり気を取られてて、なんかちょっと複雑だなって思っただけです」

「あー、やきもち的な……？」

「違います」

めちゃくちゃ否定するのが早かった。却《かえ》って図星っぽい反応だ。俺たちの話が聞こえていたのか、新《あらた》さんは本を読みながら控えめに笑っていた。

思えば、昔の操ちゃんは汐にべったりだった。中学に入ってから反抗的な態度を取るようになったのは、あくまで愛情の裏返しであって、汐のことを恨んでいたわけではない。曲がりなりにも、操ちゃんはずっと汐のことを気にかけている。操ちゃんの善意の方向が正しく汐に向いた今、その悩みは微笑《ほほえ》ましいものに思えた。

「悪い悪い。もっと操ちゃんに構うよう汐に言っとくよ」

「だから違いますって。言ったら怒りますからね……」

そう言って操ちゃんはじろりと睨《にら》んでくる。この目つき、不機嫌なときの汐とそっくりだ。

かちゃり、とキッチンの奥から扉の開く音がした。ぺたぺたと足音が近づいてくる。

風呂《ふろ》上がりの汐だった。ようやく上がってきたか。上下スウェット姿で頭にタオルを巻いている。赤らんだ頬《ほお》はしっとりと濡《ぬ》れていた。

「操、髪乾かすから先に入って――うわ！」

俺に気づくや否《いな》や、汐はさっとキッチンの奥に隠れた。

「来てたの!?　てかなんでリビングにいんの!?」

「や、勝手に部屋入ったら失礼かなって……」

だよな、と俺をリビングに連れてきた張本人に同意を求めたが、操《みさお》ちゃんは素知らぬ顔で目を逸《そ》らした。あれ、なんか梯子《はしご》を外されたような……。

「ちょっと準備するから、待ってて」

汐《うしお》は脱衣所に引き返した。

改めて操ちゃんのほうを見ると、大して悪びれることなく「すみません」と謝ってきた。

「咲馬《さくま》さんと話したくて引き止めたんです。もう行っていいですよ」

「そ、そうか」

ぞんざいに扱われている気がする。操ちゃんが汐と和解できたのはよかったが、俺との溝は深まっているんじゃないだろうか。悲しい。

残っているコーヒーを飲み干して、俺はバッグを持ち、立ち上がる。

「コーヒー、ごちそうさまでした」

新《あらた》さんにお礼を言うと、「宿題、頑張ってね」と笑顔で励まされた。会釈で返して、俺は汐の部屋へと向かう。

階段を上り、汐の部屋に入ると、中は暖房が効いていた。部屋を暖めておいてくれたのか、それとも単に点《つ》けっぱなしにしているだけか。どちらにせよありがたい。

バッグから宿題を取り出してテーブルに並べていく。一人で先に始めるのも何《なん》なので、汐が来るのを待った。

なんだか新鮮な気分だ。汐の家にはもう何度も来ているが、夜に来るのは初めて――いや、小学生のときに何度か泊まったことがあったっけ。といっても昔とは状況が違うから、これを初めてにカウントしてもいいだろう。

そうだ。今と昔とでは、いろいろと変わった。俺と汐は高校生になり、そして今は、仮とはいえ付き合っている。

……冷静に考えると、今のこの状況ってかなり際どいんじゃないだろうか。宿題を終わらせるという目的があるものの、恋人同士、夜、二人きり……いいムードになってしまったらどうしよう。なんの心構えもせずに来てしまった。いや心構えってなんだ。何を準備するんだ。

まずい。ちょっと緊張してきたな……。

「ごめん、お待たせ」

汐が部屋に入ってきた。脱衣所から出てきたときと同じスウェットだが、髪は乾いていた。俺を見るなり、訝《いぶか》しげに眉を寄せる。

「なんで正座してんの？」

「や、なんとなく……」

足を解く。つい緊張で正座していた。我ながら意味が分からない。

汐《うしお》はクローゼットからフリースを取り出して羽織ると、俺の正面に座った。

「来るの早かったね。もう少しかかると思って先にお風呂《ふろ》入っちゃった」

「急いで飯食って来たんだ。宿題、終わらせるの遅くなったら悪いから。あと、外がすげー寒くて必死で自転車漕《こ》いだ」

「たしかに寒いよね。昼間は暖かったんだけど」

頷《うなず》きながら、俺は数学のプリントをテーブルに広げる。面倒なタスクは最初に済ませておくべきだ。

「そういや雪《ゆき》さんは？　仕事？」

「いや、打ち上げだって。どこかで飲んでるんじゃないかな」

「あー、新年会の時季だからなぁ」

汐はテーブルのプリントに視線を落とす。

「数学はどこまで終わってるの？」

「半分くらいかな」

「半分か……まぁ、とりあえず始めようか」

だな、と頷いて、俺はペンケースからシャーペンを取り出す。カチカチと芯を出して、早速紙面の問題文を読み始めた。

汐の力を借りながら、問題を解いていく。やはり教えてくれる人がいると捗《はかど》る。このペースなら数学は難なく終わらせられるだろう。

ただ……。

「——そこ、間違えてるよ」

「ん？　あ、ほんとだ」

「もしかして眠い？　さっきからケアレスミスが多いような……」

「いや、眠たくはないんだ。ちょっと気になって」

「何が？」

きょとんとする汐に、俺は少し間を空けてから答える。

「汐、めちゃくちゃ石けんのいい匂《にお》いがするなぁと思って」

「……」

汐は一瞬ぴくりと頰《ほお》をつり上げたあと、大仰にため息をついた。そして、しらーっとした目つきでこちらを見つめてくる。

「咲馬《さくま》、そういうのあんま言わないほうがいいと思うよ。返答に困るし、ちょっとキモいし」

「え!?　キモかった……？」

「ぼくは咲馬のことよく知ってるからいいけど、他の女子に言ったら引かれるやつだよ。たぶん、夏希《なつき》でも引いちゃうと思う。こいつやたら人の匂い嗅いでくるな……って」

「それは……たしかにちょっとキモいな……」

思いのほか真剣に注意されて凹《へこ》む。怒られるよりも精神的に来るものがあった。ほんとに気をつけよう……。

「でも、俺は石けんの匂《にお》い好きだぞ」

「そういうとこだよ」

鋭く指摘しつつも、汐《うしお》はまんざらでもなさそうに口元を緩めていた。

さて、宿題に戻ろう。無駄話で時間を潰《つぶ》すのは汐に悪い。

俺は再び数学のプリントに向き合った。

コンコン、とドアがノックされたのは、ちょうど日を跨《また》いだ頃《ころ》だった。

汐が「はい」と答えると、ドアが開いた。そこにはお盆を持った雪《ゆき》さんが立っていた。

「二人とも、お疲れ様。夜食を用意したから、よかったら食べて」

雪さんが部屋に入ってくる。すると、かすかにお酒の匂いがした。そういえば、打ち上げに行ってたんだっけ。一時間ほど前に階下から物音がして、帰宅していたのは知っていた。

テーブルの上はプリントと教材でいっぱいだったので、雪さんは学習机の上にお盆を置いた。おにぎりと玉子焼き、そして熱いお茶が載《の》っている。完璧《かんぺき》な夜食だ。

「ありがとうございます。ちょうど小腹が空いてたんで……」

「おかわり欲しかったら言ってね。たくさん握ってあげるから」

そう言うと、雪さんは「ふわあ」と大きくあくびをした。眠そうだ。おかわりは頼まないほうがいいなと苦笑する。

「じゃあ、頑張ってねぇ」

ひらひらと手を振って、雪さんは部屋から出て行った。

「ちょっと休憩しようか」

「だな」

二人でプリントやら教材やらを片付けて、夜食が載ったお盆をテーブルの上に置く。いただきますをしてから、俺はおにぎりをひょいぱくと食べた。

「うまっ。深夜に食べるおにぎり最高……」

続けて食べた玉子焼きも、しっかり出汁が効いていておいしい。こんな時間におにぎりを握って、そのうえ玉子焼きまで作ってくれるなんて。雪さん、いい人すぎる。

「こんな時間に食べるの久しぶりだな……ちょっと背徳感あるね」

と言いながら、汐は口いっぱいにおにぎりを頬張《ほおば》る。汐も小腹が空いていたみたいだ。

「俺はしょっちゅう食べちゃうな。深夜にポテチ食べながら映画観るのめちゃくちゃいいぞ。そのあとぐっすり眠れるし」

ごくん、と汐は口の中のものを飲み込む。

「不摂生だなぁ。太るよ」

「太ったらまた汐《うしお》とランニングするよ。ていうか、汐はもっと食べたほうがいいぞ。ちょっと細すぎるんじゃないか？」

「こんなもんだよ。それに、ちゃんと鍛えてるから。腹筋も毎日してるし」

「マジで？　すごいな。やっぱ割れてんの？」

「いや……そこまでじゃないけど……」

「ふーん」

俺は熱いお茶を啜《すす》る。

玉子焼きに手を伸ばそうとしたら、汐がおずおずと口を開いた。

「……腹筋、触ってみる？」

「え!?　い、いいの？」

「少しなら」

別に触りたかったわけではないのだが……そう言われると、興味が湧《わ》く。人の腹筋に触れる機会はそうそうない。

「じゃあ、遠慮なく……」

指先をティッシュで拭《ふ》いて、座ったまま汐の前に移動する。すると汐は背筋を伸ばして、いつでもどうぞといったふうに両手をカーペットにつけた。

まぁ、軽いスキンシップだ。深く考えず、ここは好奇心に従う。

スウェットの上から、俺は汐の腹筋に触れた。

…………硬っ！！！！

え……？

……いや、硬っ！　すっげえ鍛えてる！

さすが元とはいえ陸上部のエース。毎日走って腹筋すれば、俺もこれくらいの硬度を得られるのだろうか。羨《うらや》ましい……しかし腹筋の硬さって汐的にはどうなんだろう？　嬉《うれ》しいのだろうか。もし俺の腹筋がバキバキなら誇らしく思えるが、それは男としての羨望であって、汐には当てはまらないのか？　いやでも、こうやって触らせてくれたし、多少は自慢に思っていてもおかしくない。

にしてもほんと硬いな……これ、割れてるんじゃないか？

もう少し触る範囲を広げようと、指先をスライドさせたら、

「ぶふっ!?」

突然、汐は吹き出すように息を漏《も》らして、同時に素早く身体《からだ》をよじった。そしてすごい剣幕で睨《にら》んでくる。

「脇はダメだっつの！」

「いや、おへその横くらいまでしか触ってないと思うけど……脇の判定広すぎない？」

「え～……？　今のは絶対に脇だった……」

まだぞわぞわしているのか、汐《うしお》は自分の身体《からだ》を抱くように胴をさすっている。

「仮に脇だとしても弱すぎだろ。くすぐりとか苦手だっけ」

「あんまり人に触られたことないから分かんないけど……そうなのかも」

「へぇ。意外な弱点だ」

まぁ、知ったところで役に立つことはないだろうけど。あ、でも星原《ほしはら》に教えたら喜びそうだ。明日会ったとき、話してみてもいいかもしれない。汐の家で腹筋を触らせてもらったんだ、と
……言葉にすると誤解を生みそうだ。やっぱりやめとこ。

「咲馬《さくま》はどうなの？」

「俺？」

「脇、平気？」

「さあ？　俺も人に触られることないし」

「ふーん……じゃあ、試してみよう」

そう言って、汐は両手を胸の高さまで掲げる。今度は俺が触られる番というわけか。汐と違ってまったく鍛えていないので、触られることには多少の抵抗がある。でも汐の腹筋を触っておいて断るのも不公平だ。仕方ない、受けて立とう。

「よし。じゃあ来い」

たるんでると思われないよう、できるだけ腹筋に力を込める。

汐はそっと手を伸ばし、服の上から俺の腹に触れた。硬さをたしかめるように押したりしながら、ゆっくりと脇腹へと指先が滑り、あばらをなぞられる。

「……」

「……」

「え、くすぐったくないの？」

「思ったより平気だわ。個人差あるもんだなぁ」

「つまんないの」

汐は残念そうに手を離した。

「鈍感なのは性格だけじゃなかったんだね」

「傷つくぞ」

「ごめんごめん。ほら、最後の玉子焼き食べていいよ」

くすくすと笑いながら、汐は皿を俺のほうに寄せた。

昼間のデートのときからそうだったが、今日の汐はずいぶん饒舌《じょうぜつ》だ。というか積極的だった。こうして夜に宿題を手伝ってくれていることも、腹筋を触らせたことも、普段の汐のイメージからはちょっとズレている。いつも以上に、心を開いてくれている。

これが、恋人の距離感というやつなのだろうか。

まるで他人事《ひとごと》みたいに分析しているが、俺も浮かれているところはある。信頼できる人間がそばにいること、そして相手も少なからず自分のことを好いてくれているという事実が、胸を幸せで満たしている。この、安心感と興奮が心の中で同居する感覚。言いようのない心地よさがあった。

なるほど、世の中にカップルが多いわけだ。これは、気分がいい。

だけど今は宿題の最中だ。お互い明日から三学期が始まる。戯れもここまでにしておこう。

夜食を平らげ、再び宿題に取りかかった。

汐《うしお》の助言を得ながら淡々とペンを動かし、二時間後。

「終わった〜」

俺はペンを置いて天井を仰いだ。

時刻は丑三つ時。思ったより早く終わったが、さすがに疲れた。横になるとそのまま眠ってしまいそうだ。汐も眠気に襲われているようで、何度かあくびを漏《も》らしていた。

「助かったよ。これで先生に『やってきたけど忘れました』って言わずに済む」

「その手が許されるのは小学生までだよ……ていうかぼくが手伝わなかったら間に合わせる気なかったの？」

「いや、やる気はあったよ。でもさ、夏休み前の定期考査のときみたいに身体《からだ》壊したらよくないだろ？　だから無理はしないつもりだったんだ」

当時のことはよく覚えている。夜遅くまでテスト勉強に打ち込んだせいで、ひどい風邪を引いたのだ。テスト中、ずっと意識が朦朧《もうろう》としていて、問題文を読むだけでも苦労した。そんな状態でよく学年一位を取れたものだと、我ながら感心する。

「あったね、そんなこと。あのときはピリピリしてたなぁ……もう半年経《た》つんだね」

「いろいろあったよな。俺が高一のときなんか毎日虚無みたいな学校生活送ってたけど、それに比べたらめちゃくちゃ充実してたよ。汐には感謝してる」

「何？　急に改まって。別にお礼を言われるようなことは何も……」

「そんなことないって。今日だって宿題手伝ってもらえたし」

「それは、単にぼくが手伝いたかっただけだよ」

言ってから、汐は恥ずかしそうに目を伏せた。落ち着きなく手を遊ばせながら、どこかもどかしい表情を浮かべる。

「それに、もう少し一緒にいられたらなって思ったから……」

吐息交じりの囁《ささや》きには、切望するような熱が宿っていた。それが妙にこそばゆくて、表情筋がつい緩みそうになる。嬉《うれ》しかった。汐に、そう言ってもらえることが。

「なんてね」

汐は顔を上げて、ごまかすように笑った。

「はは……深夜テンションってやつかな。もう眠いや。咲馬《さくま》、そろそろ帰る準備――」

「汐《うしお》」

はっきりと名前を呼ぶ。

汐は面食らった顔をして、ぱちりとまばたきをした。

「こんなこと訊《き》くのもなんだけどさ……俺と一緒にいて、もうしんどくなったりしないか？」

自分が楽になりたいだけの、卑怯《ひきょう》な質問かもしれない。でも、どうしても確認しておきたかった。楽しんでいるのは自分だけで、もし汐のセリフや表情が「気遣い」だとしたら——

考えるだけで、胸が詰まる。

「ならないよ」

少し強めに否定された。してくれた、というべきか。

「しんどいなら、こんな状況になってないでしょ」

「……それもそうか」

バカなことを訊いたな、と後悔する。でも、汐が即座に返してくれたことはありがたかった。

「じゃあ、そろそろ帰るわ。遅くまで付き合ってくれてありがとな」

「いいよ。誘ったのはぼくのほうなんだし」

テーブルに広げた教材を片付けていく。

会話が途切れると、静寂が際立つ。午前一時くらいまで階下で物音がしていたが、それも聞こえなくなっていた。雪《ゆき》さんはとっくに夢の中だろう。操《みさお》ちゃんと、新《あらた》さんも。

教材をバッグに詰め終わり、ダウンを羽織ろうとすると、

「あのさ」

と汐が言った。

何気ない雑談を始めるときみたいな「あのさ」だった。だから俺もダウンを羽織りながら、同じように返す。

「なんだ？」

「キスとかしてみる？」

さすがに、動きを止めた。だけど動揺はしなかった。

自分でも意外なほど、汐の提案を冷静に受け止めることができていた。不本意な形とはいえ、汐とは前に一度キスをしたことがあるし、強めのハグも経験済みだ。でもそれ以上に、今の俺と汐は恋人同士で、そんな二人が夜遅くまで同じ部屋にいれば、そりゃ何かあるだろうと予感していたのだ。

だから、その「何か」あったときの対応も、考えていた。何事にも準備は必要だ。今の自分が、汐とどこまでできるのか。

キスなら、大丈夫なはず。

「いいよ」

俺は答えた。

汐《うしお》はちょっと驚いたように目を瞠《みは》ったが、それは一瞬のことで、すぐ真顔になった。

「……ほんとにするつもりだけど」

「分かってるよ。恥ずかしいから確認するなよ……」

「は、恥ずかしいのはこっちなんだけど！」

じゃあ言うなよとも思ったが、口にしないでおいた。

汐はうぅんと喉《のど》を鳴らすと、軽く深呼吸して、俺をまっすぐに見つめた。

「じゃあ……」

汐が俺のすぐそばまで移動する。

肩が触れ合う距離だ。ゆっくりと顔を近づけてくる。熱い吐息を肌で感じる。ああ、本当にするんだな。分かっていたけど。この時間なら邪魔が入ることもない。ヤバい。めちゃくちゃドキドキする。

汐の顔が近づく。

その瞬間——昔の記憶が次々と蘇《よみがえ》った。一瞬で切り替わっていくシーンの中には、いずれも汐の姿があった。内気で人見知りだった頃《ころ》の汐。マラソン大会で一位を取る汐。学ランのボタンを女子からねだられる汐……。

男だった頃の汐と、目の前の汐が、重なる。

反射的に、俺はすっと顔を離した。

「え？」

不思議そうに汐は目を瞬《しばた》いた。俺も最初は自分が何をしたのか理解できていなかった。だがその行動が汐にとってあまりに残酷なものだと気づいた瞬間、頭から血の気が引いた。

——俺は、とんでもない間違いを。

「あ、いや、ええと……ごめん、ちょっと心の準備が」

言いよどむ俺に、汐は怪訝《けげん》そうにしている。だが急に何かを悟ったように、眉を下げた。

「……やっぱり、やめとく？」

そう言って、汐は申し訳なさそうに微笑《ほほえ》んだ。灰色の目は悲哀と諦念《ていねん》が入り混じり、眼球が小刻みに震えている。綺麗《きれい》に生えそろったまつ毛が、目の下にぎざぎざの影を落としていた。

汐のそんな顔は見たくなかった。でもそんな顔にさせたのは俺だった。謝らないと。いや、違う。それより、やるべきことがあるだろ。

今度は自分から、汐にキスをした。

勢い余って軽く歯が当たる。目を瞑《つむ》っていても汐が驚くのが分かった。唇《くちびる》越しに強張《こわば》るのを感じる。だが次第に緊張が抜けてきて、互いに唇が触れたまま、じっとそうしていた。

汐が静かに身体《からだ》を引いた。

同時に、俺は目を開く。汐は驚いたようにまじまじと俺のことを見つめていた。

「び……びっくりした」

途端に、猛烈な照れくささに襲われた。汐《うしお》の顔をまともに見られず、視線があちこちに泳ぐ。何か言わなきゃ、と謎《なぞ》の焦燥に苛《さいな》まれるも、なんの言葉も浮かばなかった。

やがて汐が、不安そうに俺の顔を覗《のぞ》き込んだ。

「……無理、させたかな」

「や、全然、そういうんじゃないよ。ただ、なんか……一度目とは違ったなって……上手《うま》く言えないんだけど……緊張、したんだと思う」

言葉がつっかえつっかえになって、上手く喋《しゃべ》れない。

汐は気遣うように笑って、立ち上がった。

「そろそろ帰る?」

返事に迷ったが、結局、俺は頷《うなず》いて黙々と帰り支度をした。

汐と一緒に階段を下り、外に出る。予想していたよりも寒くはなかった。俺の体温が上がっているせいかもしれない。

「じゃあ、気をつけてね。おやすみ」

「ああ。おやすみ。また、明日な」

玄関先まで見送ってくれた汐に別れの言葉を告げて、俺は自転車に跨《また》がり漕《こ》ぎだした。

ギアを二段階上げて、立ち漕ぎする。思いっきりペダルを踏み込み、身体《からだ》が左右に揺れる。もはや寒さは気にならなかった。ただ何かを紛らわすように、全力で漕いだ。すると喉《のど》の奥か

ら熱い何かがこみ上げてきて、

「うおおお――――！」

自転車を漕ぎながら叫んだ。

自分でも意味が分からなかった。ただ叫ばずにはいられなかった。快も不快もなく衝動だけがあった。

家に帰ってシャワーを浴びても、興奮は冷めなかった。

結局、その日は一睡もできなかった。

＊

「うわ。ひどいクマだな」

椿岡《つばきおか》高校の昇降口で蓮見《はすみ》に会うなり、開口一番そう言われた。

「そこは『あけましておめでとうございます』とかだろ」

「あけましておめでとうございます」

「あけおめ」

「で、徹夜で宿題やった感じか」

「徹夜なのはあってるよ」

足を上履きに押し込み、二人で教室へと向かった。

二週間ちょっとの短い冬休みでは、あまり久しぶりという感じがしなかった。ところどころで新年の挨拶《あいさつ》を耳にするものの、いつもと違うのはそれくらいだ。みんな、冬休みなんてなかったように普段と変わらない談笑を繰り広げている。

「ふわあ……ねむ」

大きくあくびをすると、蓮見《はすみ》が訝《いぶか》しげな視線を寄越した。

「ゲームでもやってたの」

「いや、何もしてない。布団に入ったけど眠れなかっただけだ」

「遠足前の小学生かよ」

「そういうのとは違うんだよなぁ。でも気持ちが高ぶって眠れないのは小学生以来かも」

「ふうん。なんかいいことでもあったのか」

「いいこと……」

少なくとも悪いことではないが、はっきりと肯定することはできなかった。

あれは、いいことだったのだろうか。あの行為によって俺と汐《うしお》は何を得たのだろうか。いや、得るとかじゃないな。たぶん、キスというやつはそういう目的で行われるものじゃない。

なら世の中の恋人たちはどういう目的でキスをするんだろう。

互いの愛情をたしかめるため？　それとも、ただ「恋人はそうするもの」という規範に従って、なんとなくやっているだけなんだろうか。行為そのものに意味はなくて、儀式のような。考えてみれば、そのとおりかもしれない。結局のところ、キスなんてのは過去のロマンチックな恋愛作品によって神格化されているだけ……。

なんて、あれこれ理屈をくっつけて語るようなものじゃないことは分かっている。

昨夜のキスを、自分の中でどう消化すればいいのか分からずにいるだけだ。理屈をこねくり回して、自分が納得できる形を探している。そうしないと、不安だから。

「おい、紙木《かみき》」

足を止める。

振り返ると、蓮見は俺の数メートル後方にいた。

「教室、通り過ぎてる」

「あ、ほんとだ」

「マジで寝ぼけてるな」

俺のドジっ子ぶりに呆《あき》れながら、先に蓮見は教室に入っていく。俺もあとに続いた。

中は賑《にぎ》わっていた。もうクラスメイトの大半が登校している。教室に暖房などという贅沢《ぜいたく》な代物はないが、生徒の活気のおかげでほのかに暖かい。

笑い声が集まる教室の真ん中では、星原《ほしはら》を中心とした女子グループが会話に花を咲かせていた。その中には、汐もいる。挨拶する距離ではないので黙って通り過ぎようとしたら、ふと目が合った。

互いに顎《あご》をこくりと動かすだけの、軽い会釈を交わす。

汐《うしお》は何事もなかったように星原《ほしはら》たちに視線を戻した。俺も自分の席へと向かう。

いつもと同じだ。何も変わらない。

多少は昨夜のことを意識してしまうが、これくらいならたぶん普通に話せる。

と思ったが。

「……？」

服の上から胸を押さえる。

なんだか心臓の辺りがそわそわする。授業で先生が問題を解いてくれる生徒を探しているときの、あの感覚に近い。それも、当てられたら嫌《いや》だな、じゃなくて、正解を知ってるから当ててほしいな、と考えているときの自分だ。

ということは、俺は汐から声をかけてほしかったのだろうか。

なんでだよ、と自分に突っ込む。俺が汐に求めるのは違うだろう。

これに関しては、きっと寝不足で自律神経が乱れているせいだ。そう結論づけて、俺は自分の席に腰を下ろした。

＊

億劫《おっくう》な授業も憂鬱《ゆううつ》なテストもない学期始めの一日は、大抵気楽なものだ。宿題をやっていない場合は、言い訳を考えたり叱責《しっせき》に備えたりで心をすり減らすものの、今日はその心配はない。

ただ、俺は大事なことを忘れていた。

「じゃ、修学旅行の班を決めていくよ」

教壇に立つ伊予《いよ》先生がそう告げると、教室はにわかに色めき立った。

そう。修学旅行の班決めだ。椿岡《つばきおか》高校の二年生は、来月に三泊四日の北海道旅行を控えている。その班を、今日のＬＨＲで決めなければならなかった。

班決め……その単語を聞くだけで呼吸が浅くなる。あれは忘れたくても忘れられない、中学二年の夏。校外学習で班決めをする際、「まぁ誰か誘ってくれるだろう」と余裕をかまして声をかけられるのを待っていたら、見事に余ってしまい、適当な班に押し込まれたことがある。あのときの惨《みじ》めさといったらない。

以来、班を決める際は事前に適当な生徒と組む約束を取り付けるようにしていた。だがそれも、今日は完全に忘れていたので何もしていない。

「まずはホテルの部屋割りからね。二人一組。はい、スタート」

伊予先生の無慈悲な号令によって、クラスメイトたちは一斉に動きだす。俺も急いで席を立った。こうなったらスピード勝負だ。速攻で同室してくれる相手を探して、余り者の恐怖から逃れるのだ。

やはり第一候補は蓮見《はすみ》だ。高一からの腐れ縁で、俺が気兼ねなく喋《しゃべ》れる数少ない友達。あいつはあれでなかなか友達が多いから、早く声をかけなければ。

すぐさま蓮見のもとへ向かう。そのとき、視界の端に汐《うしお》を捉《とら》えた。同時に別の選択肢が生まれた。

汐はどうだろう？

いや、でも汐は女子と同室……になるのか？　それとも男子？

汐の人望に疑う余地はないが、修学旅行の部屋割りとなると話は別だ。同室を望むほど踏み込んでくるクラスメイトがいるのだろうか。

なら俺が行くべきなのか？

でも行ったところで、そもそも同室になれるのか分からない。

そんな迷いから立ち止まっていると、汐に近づいていく女子が見えた。星原《ほしはら》だ。

「汐ちゃん、誰と組むか決めてる？」

「いや、ぼくは一人部屋にしてもらってるから。部屋割りは関係ないんだ」

「あ、そうなんだ。じゃあ、私は他の子と組むね」

星原は汐のもとから離れた。

なるほど、一人部屋か。羨《うらや》ましい……。それなら汐は選択肢からは除外だ。やはり蓮見。

俺には蓮見しかいない。

ちょうど蓮見が席を立ち上がろうとしたところで、俺はそれを制止するように「なぁ」と声をかけにいった。びくりと肩を震わす蓮見。

「部屋、一緒にしない？」

「別にいいけど……目ぇ怖」

必死さが表に出ていたみたいだ。ちょっと恥ずかしい。だがこれで余り者は回避できた。

部屋割りに関しては。

「みんな、決まった？」

伊予《いよ》先生がそう言って教室を見渡す。あぶれた生徒がいないことを確認すると、「よし」と頷《うなず》いた。

「じゃあ次は自由行動の班を決めてもらうよ。四人一組で、今度は男女混合でもオッケー。まあ絶対その四人で行動しなくちゃいけない、ってわけでもないから、深く考えずに決めちゃっていいよ」

と言われても、これはこれで悩ましい。

いつものメンバーでいくなら、俺、汐、星原の三人だが……。

「自由行動なら一緒でもいいよね！」

星原の嬉《うれ》しそうな声が耳に届いた。そちらを見ると、星原が汐の腕をがっちりホールドしていた。汐《うしお》は苦笑いしつつもそれを受け入れている。あの二人が一緒になることは確実か。

ならば俺はどうしようかな、と落ち着きなくきょろきょろしていると、二人の女子が星原《ほしはら》たちに声をかけた。

日焼けしたボーイッシュなほうが真島《ましま》で、ツンと澄ました顔の黒髪ロングが椎名《しいな》だ。なんだか久しぶりに見た気がする。二人は星原と何か言葉を交わしたあと、ぐっと握手をした。女子ってスキンシップ多いなぁ……どうやらあの四人で班を組むみたいだ。

……あれ!?

じゃあ俺は!?

出遅れたことに心底焦りながら、藁にも縋《すが》る思いで蓮見《はすみ》に目をやる。

「あ、あのさ。もし、よかったらなんだけど……」

「すまん。自由行動は組む相手決めてるから」

すぅー、と気が遠くなる。命綱が切れて崖から落下していくような絶望感。

ここ半年くらい人に恵まれていたから、忘れそうになっていた。俺の友達は、決して多くない。汐と星原、そして蓮見を除いて、このクラスで班行動を共にできるほど親しい友人はいないのだ。

このままでは数合わせで適当な班に押し込められる。あからさまに邪険に扱われることはないだろうが、せっかくの修学旅行で、ずっと肩身が狭い思いをするのはごめんだ。

……でも、自業自得か。

現状に甘えて、交流の輪を広げようとしなかった俺が悪い。汐や星原を見習って、俺もいろんなクラスメイトと話しておくべきだったのだ。だから受け入れるしかない。

「咲馬《さくま》」

声をかけられて振り向くと、心配そうな顔をした汐がそばにいた。

「大丈夫？　なんか死にそうな顔してるけど……組む相手いないの？」

「あー、うん。まぁ、人数が足りてない班に入れてもらおうかな、とは思ってるけど」

「ふうん……」

含みのある相槌《あいづち》。この感じは、ひょっとすると。

「うちの班に入りなよ。別に五人でも大丈夫でしょ」

やっぱりか。汐の気持ちはありがたいのだが……。

「それはちょっとな……」

さすがに女子率が高すぎて気まずい。親しくないクラスメイトたちと同じ班になるのもキツいが、女子に囲まれて自由時間を過ごすのもまた別のしんどさがある。とはいえ、俺がワガママを言える立場でもない。それに、どっちも気まずいなら、汐がいる班のほうがマシなんじゃないだろうか。

などと考えていると、

「どうしたの？」

星原《ほしはら》がやってきた。その背後には、真島《ましま》と椎名《しいな》の姿もある。

「咲馬《さくま》も班に入れられないかと思ってさ」

「私は全然いいよ～」

即答してくれる優しさが身に染みる。「二人はどう？」と星原が真島と椎名にたずねると、真島があはーっと笑った。

「紙木《かみき》、余っちゃったの？　かわいそ～」

こ、こいつ……。まぁでも変に気を使われるより、いじられたほうが楽……でもないか。普通に腹立つな。

ぐぬぬと歯を食い縛って屈辱に耐えていたら、椎名が「こら」と真島を叱った。

「ダメでしょ、そんなこと言ったら。こういうときに余っちゃうの、ほんとに辛《つら》いんだから」

真面目《まじめ》に怒ってくれてる！　何かと俺に辛辣《しんらつ》だったはずだが、実はいいヤツなのかもしれない。認識を改めねば。

「へへ、ごめんごめん。許せ、紙木」

「別にいいけど……」

こいつは本当に悪いと思ってんのかな……。

真島はけろりとした顔で「じゃあさ」と仕切り直すように言った。

「私とシーナは抜けるよ。そのほうが紙木も気楽っしょ」

「えっ」

助かるっちゃ助かるのだが、それはちょっと真島と椎名に申し訳ない。星原もそこが気になるようで「いいの？」と真島に訊《き》いた。

「うん。他に組みたい人いるし。それに、三人でもたぶんいけるよ」

真島は教卓のほうを向いて「伊予《いよ》せんせー」と呼んだ。宿題の整理をしていた伊予先生は顔を上げる。

「三人だけの班があってもいいですかー？」

「三人？　う〜ん……まぁ、どうしても決められないんだったらいいよ」

真島は俺たちのほうを向いて「ね？」と自慢げに笑った。

そんな……俺のためにそこまで気を使ってくれるなんて……腹立つとか思ってごめん、と心の中で謝った。

椎名が「ねえ」と真島の袖《そで》を引く。

「マリン、他の組みたい人って……」

「うん」

真島は教室の端のほうに目をやった。視線の先には、退屈そうに自分のツインテールを指先でいじる女子がいた。西園《にしぞの》だ。班決めの最中だというのに、我関せずといった様子で席から立ちもしない。

かつての暴君っぷりから改心したものの、クラスメイトからはまだ避けられているみたいだ。誰も西園《にしぞの》と組むつもりはないようだったが……。

「アーリーサ」

真島《ましま》が名前を呼びながら、西園のもとへと向かった。そこに椎名《しいな》もついていく。

「修学旅行、一緒に回んない？　まだどこの班にも入ってないんでしょ」

西園はぼんやりした顔で真島を見つめ、小さく頷《うなず》いた。

「うん」

「よっし。じゃあ、あと一人誰にしよっか」

きょろきょろと仲間を探す真島。もう心配しなくて大丈夫そうだ。

俺は汐《うしお》と星原《ほしはら》に視線を戻す。

「えっと……じゃあ、よろしく」

「よろしくね！」

星原が元気に返事をして、汐は満足そうに頷く。

こうして、なんとか無事に班決めを乗り越えられた。

ＬＨＲが終われば、あとは下校するだけだ。馴染《なじ》みのメンバーである汐と星原と一緒に、俺は帰路につく。今日は授業がなかったので、学生カバンがとても軽い。俺の心も軽やかだった。午前のうちに帰れるって素晴らしい。

「汐ちゃんってスキーできる？」

自転車を押しながら星原が訊《き》いた。厚手のマフラーが髪を押し上げ、もふっとなっている。寒がりなのか、ずいぶん厚着していた。

「できるよ。なんなら先月滑りに行ったし。夏希《なつき》は？」

「たぶん無理かも……。小学生のとき一度だけ滑ったことあるんだけど、あんま記憶なくてさ。めちゃくちゃ転びそ〜」

「北海道は雪が柔らかいから転んでも大丈夫だよ。それに、一度も滑ったことない人もいるだろうし」

「だな。たとえば俺とか」

え、と星原と汐が同時にこちらを見る。星原はともかく、汐も知らなかったみたいだ。

「咲馬《さくま》、スキーやったことなかったっけ？」

「ゲレンデには何度か行ってるんだよ。でもソリとか雪合戦だけで、スキーは一度もないんだよな。もし全然滑れそうになかったら教えてくれよ」

「インストラクターの人いるでしょ。まぁ、ちょっとくらいなら手伝ってあげてもいいけど」

「頼もしい」

「はい！　私も私も！」

勢いよく手を挙げる星原《ほしはら》に、汐《うしお》は「もちろん」と頷《うなず》いて微笑《ほほえ》んだ。

勝手な想像だが、汐はウィンタースポーツが得意な印象がある。それに物を教えるのも上手

だし、汐の手助けがあればすぐに滑れるようになるはずだ。というのは、ちょっとスキーを舐《な》めすぎかもしれないけど。

「楽しみだな〜修学旅行。早く二月になんないかなぁ」

「心配しなくてもたぶんあっという間だぞ。一月は行く、二月は逃げるっていうしさ」

「あ、知ってる。三月は去る、だよね。四月もあるんだっけ？」

「四月は死ぬだな」

「死んじゃうんだ……」

「嘘《うそ》つくのやめようね」

汐が突っ込むと「なんだよ騙《だま》されたー」と星原がぷりぷり怒る。

一月は行く、二月は逃げる、三月は去る。年明けから春にかけては、流れる時間が速く感じる。ずっと昔から唱えられてきた慣用句でもあるし、それが意味するところは事実だ。

だから、三学期もきっとすぐ終わる。

三年生になっても、俺たちはこうして三人一緒に並んで帰れるのだろうか。

幼い頃《ころ》の俺は、汐とずっと親友でいられると信じていた。それが中学に入ってからは溝が生

まれ、距離を置くようになった。何がきっかけで、ずっと続いてきた関係にヒビが入るか分からない。

それでも、俺と汐はこうしてまた仲よくなれた。仲よく、の意味がちょっと複雑だが、親密な関係であることは間違いない。星原とも、一時はぎくしゃくしたが、今では気兼ねなく話せる仲だ。だから、三年生になってもきっと大丈夫。

「ところでさぁ」

星原が話題を変えるように言った。

「汐ちゃんと紙木《かみき》くん、なんかあった？」

一瞬、虚を衝《つ》かれる。それは汐も同じみたいで、言葉に詰まっている様子だった。

そういえば、星原には言っていなかった。俺と汐の関係が進展したことを。隠したいわけではないのだが、説明しづらくて伝えるのを後回しにしていた。

二人揃《そろ》って答えあぐねていると、星原は慌てたような顔をした。

「あ、別にネガティブな意味で言ったんじゃなくてさ！　いつもと距離が近いっていうか、声が弾《はず》んでるっていうか……ごめん、やっぱ気のせいかも？」

鋭いな……。元々勘のいいところはあったが、悟られるとは。汐も驚いている。

ちゃんと説明するしかなさそうだ。視線で汐に同意を求めると、こくりと頷いた。

ただ、立ち話もなんなので。

「ファミレス、寄ってかないか？」

星原《ほしはら》は顔をきょとんとさせて、とりあえずといった様子で頷《うなず》いた。


「なるほど……」

俺と汐《うしお》が付き合うに至った経緯を伝えると、星原は妙に畏《かしこ》まった面持《おもも》ちでコーラを啜《すす》った。意外と冷静だ。星原は何かとオーバーリアクションだから、今回も「どえ〜!?」とか奇声を発して驚くかと思った。さすがにそんな声は出ないか。

「驚かないんだ？」

汐も同じことを思ったようで、不思議そうにしている。

「正直そんな気してたんだ。二人から漂う空気感っていうの？　それが付き合ってるっぽかったから」

はえー、と俺は間抜けな声が出る。

「分かるのか、そんなの」

「結構分かるよ。表情の緩み方とか声の高さとか、やっぱいつもと違う感じがするから。紙木《かみき》くんと汐ちゃんが分かりやすいとかじゃなくて、これはみんなそうだね」

「すげ〜特殊能力じゃん」

「大げさだなぁ」

と言いつつも、嬉《うれ》しそうだ。星原はテーブルの真ん中に置かれたピザを一切れつまむ。早めの昼食で、三人で分けていた。みょーんと伸びるチーズを、星原は器用に口に収めていく。

俺も頂こうかと手を伸ばすと、星原はピザを取り皿に置いて、元気なく俯《うつむ》いた。

「……でも、そういうのはちゃんと教えてほしかったかも」

やけに悲しそうな声音《こわね》で言うものだから、本気で申し訳ない気持ちになってしまった。

たしかに、汐とのあれこれを相談したりされたりした仲なのに、付き合ったことを黙っていたのは不誠実だったかもしれない。

「ごめん……」

素直に謝ると、汐もしおらしく「ごめん」と謝った。

「や、そんな真剣に謝んなくていいよ！　ていうか、普通に考えたらそういうプライベートなことをいちいち人に報告しないよね。今のは私の言い方が悪かったよ」

パン、と勢いよく星原は手を叩《たた》いた。それが意外に大きな音でびっくりする。他のお客さんもいるからそういうのはやめたほうが……。

「はい、もう暗いのやめ！　お祝いしよ、お祝い。カップル誕生記念！」

「まぁ、仮だけどね」

ぼそりと汐が水を差す。小さな声だったが、しっかり星原の耳に届いていたようだ。それでお祝いする気持ちが失せてしまったのか、しょんぼりと眉を下げる。

「……ちょっと気になったんだけど、そのお試しで付き合ってるってどういうこと？　普通に付き合ってるのと違うの？」

「ええと……それは」

汐《うしお》が俺のほうを向いて説明を求める。

正直、俺にもよく分かっていない。そもそも最初にお試しという言葉を使ったのは汐だ。俺が言った『あれこれ考える前に一度付き合ってみよう』を『お試し』と解釈したのだろう。別にそれでも間違いではないのだが、改めて普通の交際と何が違うのかと問われると、返答に困る。

分からない、で星原《ほしはら》が納得してくれるとは思えない。だから頑張って説明してみる。

「そうだな……正直、普通に付き合ってるのとほとんど変わんないと思う。だからこれは、心構えの問題なんだろうな」

「心構え？」

「もし『違う』と感じたとき、後腐れなく友達に戻れる保険みたいな？」

保険。自分で言うのもなんだが、しっくり来る表現だった。

喧嘩《けんか》別れにせよ自然消滅にせよ、破局した恋人同士がまた友達のように接するのは難しい。中学の頃《ころ》、所構わずイチャイチャしていたカップルが、別れた途端、互いの陰口を言い合い顔すらまともに合わせようとしなかったのを、同じクラスで見たことがある。あれはもはや他人以下の関係だった。その二人がレアケースというわけではなく、きっとありふれた現象なのだろう。俺は、汐とそうなりたくない。

「保険かぁ……」

星原はあまり納得できていない様子で、「汐ちゃんはいいの？」と視線を俺の横に移した。

伸びるチーズと格闘していた汐は、一旦《いったん》フォークでチーズを巻き取って、口の中のものを飲み込む。

「いいんじゃないかな」

なんだか他人事《ひとごと》だった。もしくは深掘りされたくないか。星原もそれを感じ取ったみたいだ。

「正直ピンと来てないとこはあるけど……私が口出しできることでもないしね。二人のこと、応援する」

「ありがとう、星原」

お礼を言うと、星原はえへへと笑ってみせた。食べかけのピザを手に取って、ぱくりと食べる。その表情は、心なしか暗かった。

まだ納得できていないのだろうか、と一瞬思ったが、たぶんそうじゃない。これは寂しさ、あるいは疎外感だ。誰かと付き合うということは、それだけ二人でいる時間が増える。それは同時に、この三人でいられる時間が減るということだ。

事実、この冬休みに俺と汐は何度も遊びに出かけたが、星原とは一度も会っていなかった。

もしかすると、すでに星原《ほしはら》とのあいだに溝が生まれつつあるのかもしれない。そう考えると、空恐ろしくなってきた。

俺はこの三人でいるのが好きだ。友情と恋愛のどちらを選ぶとかいう問題ではなく。

「一応言っとくけどさ。俺はこれまでどおり星原とも普通に遊びたいと思ってるよ」

そう言うと、汐《うしお》も強く頷《うなず》いた。

「咲馬《さくま》とどういうふうになろうが、夏希《なつき》とは友達だよ」

ピザにかぶりつこうとしていた星原は、驚いたように口を開けたまま動きを止めた。具材のベーコンがぽとりと取り皿の上に落ちる。

「な、なになに。二人とも。なんか勘違いしてない？」

あわあわしていた星原だったが、俺と汐の不安を察したのか、「あー……」と間の抜けた声を出した。

「私はどこにもいったりしないし、仲間はずれにされるとも思ってないよ……？」

「そ、そうなのか？」

「てっきり夏希が寂しいのかと思ったけど……」

早とちりしたようだ。大真面目《まじめ》に反応してしまって恥ずかしい。

「そういう不安が一ミリもないっていったら嘘《うそ》になるけどさ。それより私が心配なのは、二人のことだよ。汐ちゃんも紙木《かみき》くんも、ちゃんと上手《うま》くやれるのかなって……いや、これも余計なお世話か……」

　ううん、でもなぁ、と星原はしきりに呟《つぶや》きながら唸《うな》る。何やら葛藤《かっとう》があるみたいだ。そういえば、操《みさお》ちゃんも星原と同じような状態になっていた気がする。周りからすると俺と汐の関係はよほど触れづらいものに映るのだろうか。

　一人悶々《もんもん》としている星原の姿を見かねてか、汐が「夏希」と声をかけた。

「そんなに気にしなくていいよ。夏希が好奇心でずかずか踏み込んでくるような人だとは思ってないから」

「汐ちゃん……」

　突然、星原は何かに耐えるようにぐっと奥歯を噛《か》みしめた。

「ごめんなさい、好奇心でずかずか踏み込みたい気持ちはめちゃくちゃあります……」

「あるのかよ」

　つい横から突っ込む。呆《あき》れると同時に、星原らしい正直さに微笑《ほほえ》ましくなった。この表裏のなさが星原のいいところだ。

「まぁ、気になるよね。気持ちは分かるよ」

「自制します……」

　苦しそうな表情でそう答えたあと、星原は上目がちに汐を見た。

「……二人が付き合ってること、周りの人に言わないほうがいいよね？」

さっきまでの汐《うしお》の態度を見るに、それが無難だろう。だが汐は、意外にも迷うような素振りを見せた。触れてほしくないと思いつつも、少しは認知されたい気持ちもあるのだろうか。

「……そうだね。夏希《なつき》は言わないほうがいいかも」

悩んだ末、汐はそう答えた。俺はちょっと安心する。

「同感だな。知られると面倒そうなヤツいるし」

「じゃあ、このことは内緒にしておくね」

そうしてくれ、と俺は頷《うなず》く。

とはいえ、椿岡《つばきおか》は小さな町だ。学校内ならともかく、二人で何度も出かけていたら、誰かに見られて噂《うわさ》になる可能性がある。これればかりは防ぎようがない。もし周りに知られたら、そのときはそのときで受け入れるしかないだろう。

話が一段落したところで、俺もピザを食べようとテーブルの真ん中に手を伸ばす。

……一切れしか残ってないんだけど。

＊

冬休みが終わっても、汐とは頻繁に出かけた。デート、と称するべきイベントなのだが、未だにその単語を使うことに気恥ずかしさがある。皮肉と冷笑に頭を支配されていた中学の頃《ころ》の自分が、まだ俺の中で「デートなんて生意気な」と囁《ささや》くのだ。さっさとくたばってくれ。

どこに行って何をするかは、日によって違う。

放課後にゲーセンや書店で時間を潰《つぶ》したり、休日は隣町まで出かけたり……。夏休みのときと違って、家で遊ぶことはあまりなかった。

「やっぱ身体《からだ》を動かすほうが好きだから」

そう言って、汐はバットを振るう。パカァン、と芯がピッチングマシンから放たれたボールを捉《とら》えた。高く飛んだボールは、音もなく緑のネットに吸い込まれる。

一月も下旬に差し掛かった頃の日曜日。遠出するには遅く、夕食には早い中途半端な午後四時に、俺たちはバッティングセンターを訪れていた。汐の希望だ。ここ最近は、汐が段取りを決めることが多かった。

「それに、観たい映画は夏休みに大体観ちゃったしね」

「新作も結構出てるぞ」

「じゃあ次は家で映画観る？」

「いや、せっかくだし外で遊ぼう。俺も最近、身体を動かすのが楽しくなってきて……さっ」

バットを振るう。が、タイミングが合わず、虚《むな》しく宙を切った。

「うーん、なかなか当たんないな……」

「初めてはそんなもんだよ」

「汐《うしお》はしょっちゅう来てんだっけ?」

「しょっちゅうってほどじゃないよ。ぼくも来たのは一年ぶりくらい……よっ」

また当てた。俺より二〇キロも速い球速なのによく打てるなと感心する。それに素人目《しろうとめ》に見てもフォームが綺麗《きれい》だ。さすが毎学期体育5なだけある。

「コツとかある?」

「バットを短く持つと振りやすいよ。まずは当てることだけ意識して、それから遠くに飛ばすことを考えたほうがいい」

「なるほど……」

実践してみる。まずは当てることに集中。ピッチングマシンの射出口を睨《にら》み、スリーカウントを待つ。

ボールが放たれた。

「ふんっ」

カキィン、とバットが小気味よい音を立てた。

「おお、当たった!」

「おめでとう」

打球はピッチャーゴロだ。芯を外したせいで、手の平にびりびりとした痺《しび》れが残っている。

これが試合なら凡打もいいところだろう。それでも、嬉《うれ》しかった。

次は芯で捉《とら》えるぞ、と意気込んでバットを構える。だが、なかなか次の投球が来ない。もう二〇球終わったみたいだ。

「どう？　スカッとするでしょ」

「ああ。今度から通おうかな」

「いいね。付き合うよ」

俺はまたバッターボックスのそばにある機械に小銭を投入する。俺たち以外に客は二、三人しかいないので、後ろは気にしなくていい。

スイングを繰り返して、フォームを最適化していく。すっかり夢中になっていた。大抵のスポーツには苦手意識を持っていたが、これはいい。何も考えなくていいし、下手《へた》くそでも誰の足も引っ張らずに済む。来たボールを打ち返すだけ。シンプルだし、おまけに安上がりだ。

あっという間に、また二百円分の投球が終わった。

次で最後にしようと財布から小銭を取り出そうとしたとき、手の平に痛みが走った。見ると豆ができていた。ちょっと張り切りすぎたみたいだ。

今日はこの辺りにしておこう。

バッターボックスから出て、ネット裏のベンチに座る。すると、汐もちょうど打ち終わって出てきた。

もういい時間なので、俺たちは外に出た。

バッティングセンターに入るときは明るかった空が、もう暗くなっていた。おまけに北風が吹き込んでいる。今は平気だが、汗が冷えてくると震えそうな寒さになりそうだ。

椿岡《つばきおか》駅の近くにある駐輪場に向かいながら、お腹を擦る。さっきからごろごろと胃が空腹を訴えている。久しぶりに運動したせいだろう。

「あ、そうだ」

あることを思い出して、俺は汐《うしお》のほうを向く。

「晩飯、食ってかないか？　近所のラーメン屋、日曜は安くなるんだ。あんまデートっぽくないけどさ」

「いいよ。ぼくもお腹減ってるし」

そういうことなら、と早速「夕食は外で食べてくる」といった旨のメールを互いに親へと送る。これでよし。俺たちは進路をラーメン屋へと向けた。

居酒屋が連なる高架下の一角に、目当ての店を見つけた。引き戸を開けて、中に入る。まだ夕食には少々早い時間なので、客は少なかった。俺と汐はカウンター席に座って、メニューを広げる。

「俺、担々麺《めん》とチャーハンにするわ」

「決めるのはや！　何、常連なの？」

「月一程度だよ。ここに来たら担々麺は注文するって決めてるんだ」

「ふうん……結構辛《から》そうだね」

「ああ、かなりな。でも一度完食したら癖になっちゃってさ。中毒性あるんだよ」

「そんなに？　じゃあ、ぼくもそれにしようかな」

「いややめとけ」

即座に反対すると、汐はむすっと顔をしかめた。

「なんで？　おいしいんでしょ」

「や、ほんと辛いんだよ……たしか汐、そんなに辛いの得意じゃなかったろ？　小学生のときカラムーチョでひいひい言ってたし」

「そ、それはもう昔の話だから。今は平気だし」

諦《あきら》めさせようとしたのだが、かえって対抗心を刺激してしまったようだ。俺の制止も聞かず、汐は「すみません」と店員を呼ぶ。まぁ本人がいいなら、俺が止める理由もないか。

しばらくして、二人分の担々麺とチャーハン、そして餃子がやってきた。餃子は汐がセットで注文したものだ。

汐はポケットからヘアゴムを取り出すと、髪を後ろで結んだ。一括《くく》りにされた襟《えり》足が後頭部の下からぴょこんと飛び出る。汐が髪を括った姿は初めて見たかもしれない。

「いただきます」

汐は担々麺に箸をつけた。ごまの香りが漂うスープを、真っ赤なラー油が覆っている。あんまりじろじろ見てると怒られそうなので、横目で様子を窺《うかが》いながら、俺も箸を手に取った。

ずず、と汐《うしお》がラーメンを啜《すす》り、

「んぐっ」

早速むせた。

汐は素早い動きで水を飲む。コップを置くと、ふう、と息をついて強敵を前にしたような目つきになった。

「……なるほど」

「な？　辛《から》いだろ」

「辛い……けど。想定内だよ」

データキャラみたいなことを言い出した。絶対に強がりだ。想定内ならそもそもむせないだろうに。だけど注文してしまったものは仕方ないので、とやかく言うのはやめておいた。

「食べ切れそうになかったら言ってくれよ。ここの担々麺《めん》ならいくらでも入るからさ」

「心配しなくていい。これくらい、なんてことない……」

集中するように呼吸を整え、汐はまた麺を啜る。俺も食べ始めた。

互いに黙々と食べ続ける。無言の時間が、今までにないほど長く続いている。そして、汐の表情もかつてなく真剣だった。顔を赤くさせ、涙目になりながら、一心不乱に麺を啜っている。

おいしい？　とたずねることすら憚《はばか》られた。

……なんか、背徳感あるな。

箱入り娘に不良の遊びを教えたみたいな気持ちになっている。無論、あくまでそれは例えだ。汐《うしお》は俺よりずっと人生経験が豊富だし、辛《から》い担々麺《めん》を食べることは決して不良的な行いではない。ただ、汐のクールなイメージを自分の手で汚しているような感覚があった。

だからといって食うのをやめろとは言えないのだが……。

ちーん、と汐が備えつけのティッシュで鼻をかむ。続けてコップに水を注ぐ。一体何杯目だろう。一人でピッチャーを空にする勢いだ。

麺を啜《すす》って水を飲んで、をひたすら繰り返して三〇分後。

汐は箸を置いた。

「ごちそうさま……」

完食だ。セットの餃子もしっかり平らげている。さすがにスープは飲んでないが、食べきったと言っていいだろう。ラーメン鉢の横には、鼻をかんだり汗を拭《ふ》いたりしたティッシュがたくさん転がっていた。

「お、おめでとう?」

「うー……口がヒリヒリする……」

最後に一口だけ水を飲んで、レジへと向かう。会計を終えると、次回の来店で使える百円引きのクーポンをもらった。

外に出ると、汐はヘアゴムを引き抜いて、軽く頭を振った。街灯に照らされたプラチナブロンドがふぁさりと揺れる。

「あー、涼しい……」

「どうだった？　担々麺は」

「おいしかったよ。癖になるのも分かる……でも次は一人で食べる」

「はは……」

ちょっとみっともない姿になっていたことには、気づいていたみたいだ。

すっかり身体《からだ》が温まったおかげか、吐く息が一層、白い。タバコの煙みたいに尾を引く吐息は、歩道を行き交う通行人によってかき消される。

帰宅ラッシュど真ん中で、人通りが多い。駐輪場に向かいながら、俺はポケットに手を突っ込んだ。右手の親指にできた豆は、触れると熱く痛む。その痛みが、バッティングセンターでヒットを打ったときの快感を思い出させてくれる。

今日、楽しかったな。

バッティングセンターに行って、ラーメン屋で担々麺を食べて……何も大したことはしていないのに、胸が満たされている。ここに星原《ほしはら》がいれば、何か違っていただろうか。でも、汐と二人きりじゃなければ、顔を真っ赤にして麺を啜る汐の姿は、拝めなかった気がする。

「バイト始めようかなぁ」

「バイト？」

唐突に汐《うしお》がそんなことを言った。

「ここ最近、ずっと遊んでるからさ。そろそろ貯金が心許《こころもと》ないんだよ」

「あー、たしかに……言われてみれば俺もやばいわ」

「ぼくが働ける場所あるかな」

「そりゃあるだろ。汐、要領いいから重宝されるぞ」

「だといいけどね」

バイトか……考えたことはあった。帰宅部だから、基本的に時間と体力を持て余している。このリソースを労働に当てようと求人のフリーペーパーをぱらぱら捲《めく》ってみたのだが、結局見ただけで終わってしまった。どうせ大人になったら嫌《いや》というほど働くのだから、学生のうちに自由時間を満喫しておこうと思ったのだ。利口な考えだと思いたい。

「楽なバイトがあればいいんだけどな。ショートケーキにイチゴを載《の》せるだけみたいな」

「それはそれで精神的に辛《つら》そうだけどね……」

「はは、たしかに」

そろそろ駐輪場に着く。

明日からまた学校だ。修学旅行が終われば、あっという間に三学期も終わって、春休みが来る。短期のバイトくらいなら、やってみてもいいかもしれない。

「ねえ、咲馬《さくま》」

「ん？」

汐はこちらも見ずに、前を向いたまま続ける。

「ぼくたちさ――」

「あ！」

甲高《かんだか》い声が、汐の言葉を遮《さえぎ》った。

その声が騒ぎたがりの大学生だったり酔っ払ったサラリーマンのものなら無視していたところだが、やけに聞き覚えのある声だったので、思わず振り返ってしまった。

直後、うわっと悲鳴に近い声が出る。

すらりとした長身で、顔には人懐っこそうな笑《え》み。見た目だけなら爽《さわ》やかな好青年だが、その笑顔も振る舞いも嘘《うそ》にまみれたものであることを、俺はよく知っている。

世良《せら》だ。

「やっぱり！　二人とも奇遇だね～」

すたすたと距離を詰めてくる。世良の隣には、恋人のように腕を絡ませた女子の姿があった。いや、ような、ではなく、この距離感は彼女だろう。ゆるくパーマのかかった髪を両サイドで結び、フレームの大きい丸メガネをかけている。ちょっとギャルっぽい印象を受けた。

ギャルは小首を傾げて世良にたずねる。

「この人たちだあれ？」

「地味なほうが咲馬《さくま》で、可愛《かわい》いほうが汐《うしお》。二人ともぼくの友達だよ」

「違うだろ。いつお前と友達になった」

俺が否定すると、世良《せら》の横から「ちょっと」と鋭い声が飛んだ。

「誰だか知んないけど、そんな言い方なくない？　友達の定義なんか人それぞれなんだから、ちょっと話を合わせるくらいしてもいいんじゃないの？　君、ひどいね」

「う……」

初対面の相手に正論で注意されてしまった。まったく予想してなかった反応だったうえに、もっともな言い分だったこともあって、完全に鼻っ柱を折られる。

「すみません……」

「あはは。素直に謝れてえらい」

けらけらと笑う世良。

屈辱に震えていると、ぐいと汐に腕を引っ張られた。

「からかうなよ。ぼくたち、もう行くから」

「まぁまぁ待ちなって。せっかくだし、一緒にご飯でも行かない？」

「さっき食べたからいい」

「あらら、残念。ていうか、二人は何してたの？　デート？」

瞬間、頭の中で警鐘が鳴る。

俺と汐の交際は誰にも知られたくない。特に、目の前のこの男には、絶対に。人を弄ぶことになんの抵抗も覚えないヤツだ。好奇心を満たすためなら自分の身さえ顧みない、最悪の享楽主義者。

俺の返事は決まっている。堂々としておくのが男気ってやつだろうが、さすがに相手が悪い。だから言う。

「デートじゃな――」

「だったら何?」

被《かぶ》せるように汐が言った。

俺は汐のほうを向く。おいおい正気か、と思ったが、汐は至って真剣……というよりは、憤っているように見えた。

「へえ……」

世良の目が、すっと細くなる。その眼光は好奇心と嗜虐《しぎゃく》心で爛々と光っていた。獲物を見つけた目だ。もう言い逃れはできない。ここで否定しても、付け入る隙《すき》を与えるだけだろう。

「それは知らなかったな。とりあえず祝福の言葉を贈っておくよ。おめでとう」

大げさにパチパチと手を叩《たた》いて、屈託のない笑《え》みを浮かべる。祝う気なんて、微塵《みじん》もないだろうに。そもそも世良は汐のことを狙《ねら》っていたはずだ。諦《あきら》めているならそれでいいが、不穏なものを感じずにはいられない。

「ねえ、もう行こうよぉ」

くいくいとギャルが世良《せら》の袖《そで》を引く。

「ああ、ごめんごめん。デートの邪魔しちゃ悪いしね」

世良は満足げな顔で頷《うなず》いて、俺たちに軽く手を振った。

「じゃ、また学校で」

そのまま二人は、駅のほうへと向かった。

ほんの数分、もしかしたら一分にも満たないやり取りで大きな火種を生んでしまった。誰彼構わず喋《しゃべ》り倒す世良のことだ。俺たちの関係が学校中に知れ渡るのも時間の問題だろう。

まずいことになった。

「……ごめん」

ぼそりと汐《うしお》が謝った。俯《うつむ》いて表情がよく見えないが、声に後悔が滲《にじ》んでいる。

「つい……意地を張っちゃって。あれはよくなかったね」

元から怒るつもりなどないのだが、そんなしおらしい顔をされると胸が痛む。

「そんな気にするなよ。別に悪いことしてるわけじゃないんだしさ。噂《うわさ》好きの連中にネタにされるかもしんないけど、そんだけだ」

「うん……」

小さく返事をして、再び汐は歩きだす。俺もその横に並んだ。

せっかく楽しい雰囲気のまま帰れそうだったのに、世良のせいで台無しだ。時間差で怒りがこみ上げてくる。嘘《うそ》つきで人をおちょくってばかりの、最低なペテン師。どうしてあんなのと付き合おうとする女子がいるのだろう。まったくもって理解しがたい。

黙っているとどんどんイライラしてくる。気を紛らわすために、話題を探した。

「あ。そういや、なんか言おうとしてなかった？」

世良と会う直前のことだ。バイトの話をしていたところまでは覚えている。

「そうだっけ」

「たぶん」

汐は顎《あご》に手を添えて考える素振りを見せたが、すぐ諦《あきら》めたように軽く肩を竦《すく》めた。

「ごめん、忘れちゃったみたい。でも、忘れるくらいだから大したことじゃないよ」

「そうか？　ならいいけど……」

まぁ、いずれ思い出すだろう。

駐輪場が見えてきた。

＊

ガコン、と自転車のスタンドを下ろす。荷台の学生カバンを背負って、俺は早足で校舎へと向かった。遅刻するほどではないが、少し寝坊していた。日に日に寒さが増すにつれ、ベッドから起き上がるまでの時間も長くなっている。

下駄箱から靴を取り出そうと腕を上げたとき、二の腕がずきりと痛んだ。筋肉痛だ。普段、バットを振ることがないから、昨日のバッティングセンターが思いのほかこたえている。

廊下を進んでいると、一時間目の予鈴が鳴った。廊下で駄弁っていた生徒たちが、雑談を切り上げて、あるいは同じクラスメイトと喋《しゃべ》りながら、教室に入っていく。

そのとき、一人の生徒と目が合った。他クラスの男子だ。名前はうろ覚えで、今まで一度も話したことがない。なのに、俺のことをじっと見つめて、かと思いきやさっと視線を逸《そ》らした。

「……？」

偶然目が合っただけにしては、やけに思わせぶりだった。

何か顔についてるのかな、と念のため携帯で顔を確認したが、特におかしなところはなかった。ちょっと寝癖がはねてるくらいだ。

髪のはねた部分を撫《な》でながら、俺は教室に入った。

クラスメイトたちの喧噪《けんそう》に包まれながら、自分の席を目指す。すると「札幌」とか「スキー」とかそんな単語が耳を掠《かす》めた。

思えば、修学旅行まであと一週間だ。そのせいか、いつにも増して教室の空気が浮ついている。かくいう俺も楽しみにしていた。北海道に行くのも、スキーをするのも、なんなら飛行機に乗ることとさえ、初めての経験だ。多少の不安もあるが、期待が上回っている。

中学の頃《ころ》は修学旅行なんて憂鬱《ゆううつ》なイベントでしかなかったのに、俺も変わったものだ。

自分の成長に一人で感動していたら、星原《ほしはら》が近づいてきた。

「紙木《かみき》くん、ちょっといい？」

「どうした？」

星原が教室で俺に話しかけてくることはあまりない。どうせ帰り道で一緒になるから、真島《ましま》や椎名《しいな》といった部活に所属している友人と話すことを優先していた。それと、単に教室内なら同じ女子のほうが気兼ねなく話せるというのもあるだろう。

「そろそろ授業が始まっちゃうから、手短に伝えるけど……」

少し深刻な表情で、声をひそめて言う。

この感じ、もしかして。

次に星原が言うことを、なんとなく予想できてしまった。

「汐《うしお》ちゃんと付き合ってること、噂《うわさ》になってるかも……」

……やっぱり。

直接たしかめたわけではないが、星原の言ったとおりになっている。

休み時間でも授業中でも、何かと視線を感じることがあった。それだけなら勘違いの可能性があるのだが、確信したのは昼休みに男子トイレに行ったときだ。小便器がいっぱいだったので個室に入って用を足していると、新たに入ってきた他クラスの生徒が、俺と汐《うしお》のことを噂《うわさ》していた。

——槻ノ木《つきのき》と紙木《かみき》、付き合ってるらしい。

正直、腹が立った。

話のネタにされていることと、おそらく元凶である世良《せら》に対する怒りだ。だが前者に関しては、少し複雑だった。

噂していた他クラスの男子二人は、俺と汐を、嘲笑《ちょうしょう》も軽蔑《けいべつ》もしていなかった。むしろ、俺に関しては褒めていた。

『すげえよな、紙木』

『な。尊敬するわ』

もう一度言うが、腹が立った。

なんで尊敬されなきゃいけないんだ？　赤の他人に褒められる筋合いはない。汐と付き合うことは、慈善活動じゃなければ立派なことでもない。

たとえばこれが——あくまでもしもの話だが、俺と星原《ほしはら》が付き合っていたら、どうなっていただろう。たしかにそれでも、尊敬はされていたかもしれない。クラスの人気者で誰もが可愛《かわい》いと認める星原と、よく付き合えたな……みたいなふうに。だがそこには多少の羨望と嫉妬《しっと》が入り交じるはずだ。

さっきの二人には、それがなかった。

言葉では尊敬していても、上から目線の称賛だった。汐と付き合うことを、誰も羨《うらや》ましいと思っていないのだ。それがなんだか悔しくて、悲しかった。

他人にどう思われようが構わない、と本気で言えるほど、俺は人間ができていない。どうしたって他人の目を気にしてしまう。

「……よくないな」

小さく声に出す。

俺は席から立ち上がる。六時間目は移動教室だ。教材を抱えて、理科室へと向かう。

ちょっとネガティブになりすぎていたかもしれない。噂は広がるだろうが、今のところそう悪い状況ではないのだ。後ろ指を差されているわけでもないのだから、いつもどおりを心がけよう。修学旅行が終われば、どうせまた新たなゴシップが話題を塗り替える。

深呼吸。

よし。気持ちの切り替え完了。一週間後の修学旅行のことでも考えよう。

D組の前を通ろうとしたところで、一人の生徒が目の前に飛び出してきた。思わずぶつかりそうになる。

詰め寄る。

そいつが世良《せら》だと認識した瞬間、頭にさっと血が上った。自然と眉間《みけん》に力が入り、世良へと
「おっと悪い――あ」

「お前……言いふらしただろ」

「ええ？　なになに、いきなり」

「言わなくても分かるだろ。俺と汐《うしお》のことだよ」

「ん～？　ああ、付き合ってること？　たしかに言ったけど、それが？」

平然とした態度が、ますます俺の怒りを加速させる。ほんの一瞬だけ、世良をたこ殴りにし
た西園《にしぞの》の気持ちが分かった。

「とぼけるなよ。お前のせいで、噂《うわさ》になってるんだぞ」

「噂になると何か不都合でもあるの？」

「あるよ」

「たとえば？」

周りに変な目で見られるとか――と言いかけて、とっさに口を噤《つぐ》んだ。直感的に、その発
言はまずいと思った。具体的な理由が思いつく前に、世良はニヤニヤしながら口を開く。

「なんで咲馬《さくま》が怒ってるのか知らないけど、それって八つ当たりじゃない？　たしかに君たち
が付き合ってることは友達に話したよ。でも、『言うな』とは言わなかったよね？　アイドル

でもなければ浮気してるわけでもないんだから、堂々としてればいいじゃん。それとも……」

俺を覗《のぞ》き込むように世良が顔を近づけてくる。身長差から見下ろされるような形になり、その威圧感から、ついたじろいだ。

「咲馬は、汐と付き合っていることが周りに知られると迷惑だと感じるのかな？　ああ、そうか。君は汐のことを恋人として人に誇ることができないんだ」

「違う」

感情的になって声を張り上げそうになるところを、なんとか抑えた。これは挑発に過ぎないと、自分に言い聞かせる。

「お前の言い方は……悪意しかないだろ」

「悪意！　それは被害妄想だよ。むしろ悪いのは咲馬のほうだよ。最初から僕に敵意を向けてるから、そう勘違いしちゃうんだ。もし君たちの関係を吹聴したのが僕じゃなかったら、君は同じようにその人を責めたかな？　個人的な恨みで、僕を攻撃してるだけなんじゃない？」

「それは……」

言葉が続かない。

募っていた怒りが、徐々に羞恥心《しゅうちしん》と無力感に変わって、じりじりと胸を焼く。

まただ。

世良と話していると、自分が丸裸にされているような錯覚に陥る。正当な怒りだと信じていたにもかかわらず、まったく見当外れな言いがかりだったんじゃないかと、思い込まされる。

いや……今回は、本当に俺の間違いだったのかもしれない。世良《せら》の言うとおり、ただの八つ当たりで、悪いのは俺。それを認められないのは、世良のことが嫌いだから……違う、と思いたいのに、反論の言葉は思いつかない。

「はい、終わり」

世良はストップをかけるように、俺に手の平を突き出した。

「僕はトイレに行きたいんだよ。それに咲馬《さくま》も移動教室でしょ？　話の続きは放課後ね。僕は駅前のカメリアにいると思うから、よかったら来なよ」

一方的に会話を切り上げ、世良は歩きだした。俺は返事も引き止めることもしない。苦々しい敗北感をただ味わっていた。

——話の続きは放課後ね。

「誰が行くか……」

小さく吐き捨て、俺は理科室へ向かった。

「噂《うわさ》になってること、聞いた？」

その日の帰り道、俺は汐《うしお》にそうたずねた。すでに星原《ほしはら》と別れ、汐と二人きりだった。もっと早くに言うつもりだったのだが、星原がネガティブな話題を避けているようだったので、あえて触れないでおいたのだ。

「うん。学校で夏希《なつき》から聞いた。それに、周りの視線もちょっと変わってたから」

「やっぱ分かるよな、そういうの」

人の視線に敏感な汐のことだ。きっと俺よりも強く違和感を覚えただろう。

「……咲馬、今日一日ずっとそわそわしてたね」

「え、俺が？」

「うん、落ち着かない感じだった。ずっとペン回してたし、貧乏揺すりもちょっとだけ」

「い、言われてみればそうかも……ちょっと恥ずかしいな」

ペン回しは癖みたいなものだが、貧乏揺すりまで発動していたとは。中学生のとき、母親と妹から猛烈な勢いで「マジでみっともないからやめろ」と訴えられ、完全に直したはずだった。俺が思っている以上に、視線がストレスになっていたようだ。

「これからどうする？」

何気なく汐がそう言う。

「どうするって……それは公表するかしないかの話？」

「それもあるけど、まぁ、いろいろ」

曖昧《あいまい》な言い方で、汐が求めている言葉がよく分からない。だがあんまり細かく意図をたしかめるのも不粋な気がして、とりあえず思ったことを口にする。

「どうしようもないんじゃないか？　公表しようがごまかそうが、噂《うわさ》好きのヤツらに燃料を与えるだけになりそうだし。いつもどおりでいいと思う」

「……そうだね」

汐《うしお》は控えめに頷《うなず》いた。

ちょっと元気がない。星原《ほしはら》がいたときは普通だったが、二人きりになって噂のことを話した途端こうなった。言葉にしないだけで、汐も大きなストレスを感じていたのかもしれない。

人の視線には、質感がある。

温かいもの、冷たいもの、心地よいもの、不快なもの。一つひとつは違和感程度のものだが、数が増えると、その視線が良いものであっても悪いものであっても、心がすり減る。どうとでも受け取れてしまうからこそ、強制的に想像力を働かされるのだ。

「じゃあ、またね」

汐との分かれ道に差し掛かった。俺も「またな」と返して、汐と別れる。

冷たい風が頬《ほお》を撫《な》でる。西の山々に太陽が隠れようとしていた。

「……なーんかモヤるな」

立ち止まったまま、大きめの独り言を言う。

このモヤモヤは後を引きそうだ。家に帰って一人になると、なおさら悶々《もんもん》とするだろう。

適当に遊んで気を紛らわせるか、それとも誰かに会うか。一応、後者なら心当たりがある。

「……」

会ったところで、きっとろくなことにならない。なんなら悪化する可能性もある。あいつの手の平の上で踊らされるだけだ。

それでもじっとしているのは落ち着かないし、何かしら現状を変えるものがほしい。

「……行ってみるか」

俺は世良《せら》に会うため、駅の方角へと自転車を漕《こ》ぎだした。

時刻は午後五時。

カメリアは駅前の大通りに面するカフェバーだ。コーヒーの値段が他の店より百円くらい高いので、一度しか行ったことがない。それに、小洒落《こじゃれ》た雰囲気も少し苦手だった。

店の前に自転車を停めて、俺は店内に入る。なんとなくここまで来てしまったが、まだ迷いがあった。世良とは顔を合わせたくない、と思いつつも、会ったら何か変わるかもしれない、という期待があるのだ。世良は嘘《うそ》つきで最低なヤツだが、あいつの言葉は良くも悪くも、俺の価値観を壊す。荒療治だと思えば、得られるものがあるかもしれない。

「お一人様ですか？」

「いえ、ちょっと待ち合わせで……」

世良の姿を捜しながら、俺は店の奥へと進む。

外装に違《たが》わず店内も小洒落《こじゃれ》た雰囲気だ。アンティーク調の大きな古時計が壁にかかっている。値段が割高なだけあってか、客の年齢層もちょっと高めだ。主婦やご老人たちが静かに会話を楽しんでいる。学生はいない――と思ったら、奥のテーブル席に椿岡《つばきおか》高校の制服を見つけた。あの目を引く金髪は……。

「あっ！　咲馬《さくま》じゃん！」

こちらに気づいた世良《せら》が、俺に手を振る。

その瞬間、俺はとんでもない失態に気がついた。

世良は一人ではなかった。

同じテーブル席に、三人、他の女子もいた。

バカ。バカバカバカ……。

そりゃそうだろ。世良が、放課後、一人でのんびりコーヒーなんか飲んでるわけないだろ。普通に考えて、友達とか彼女と一緒だろ。

引き返そう。世良と一対一で話すだけでも神経を消耗するのに、初対面の女子が三人もいたら心労で死ぬ。

俺は即座に回れ右して逃げた。気づかない振りをする余裕もなかった。

早足で店を出て、歩きながらポケットから自転車の鍵《かぎ》を取り出す。そして自分の自転車の前で足を止める。

「どこ行くの？」

「どわー！」

背後から話しかけられて、びっくりして鍵を落とした。

世良は俺の落とした鍵を拾い上げると、嫌《いや》みったらしい笑《え》みを浮かべた。

「逃げることないじゃん。話をしにきたんでしょ？　僕と喋《しゃべ》ろうよ」

「嫌だ。用事を思い出したんだ」

鍵を奪い取ろうとしたが、世良はすっと手を挙げてそれを回避する。

「言い方を変えるね。僕と話してくれなきゃ帰っちゃダメです」

「なんでだよ！　お前だけでも嫌なのに、彼女も一緒とか……絶対に無理。アウェー感がやばいだろ。そんな状況で俺がまともに喋れるわけないだろうが！」

「自信満々にネガティブだね。そんだけ喋れるなら平気だって。それにみんな優しいからさ。ほら、行こう」

世良は俺の鍵を持ったまま、店内に戻ろうとする。

自転車は諦《あきら》めて歩いて帰ろうかと本気で考えたが、鍵が世良の手にある以上、また同じ選択を迫られるかもしれない。ならもうここでケリをつけるしかないようだ。

クソ、本当に嫌だ……こんなことなら来なきゃよかった。

後悔が肩にのしかかる。捕虜のようにとぼとぼと世良のあとを追い、店内に入った。そして、女子三人がいる奥のテーブル席を前にする。

「ごめん、お待たせ。エリリちゃん、ちょっと移動してくれる?」

「は〜い」

ギャルっぽい女子が椅子《いす》を引きずって座る場所を変えた。世良《せら》が隣のテーブルから椅子を引っ張ってきて俺に座らせると、世良も腰を下ろした。これで男子二人と女子三人が向かい合う形になった。

テーブルの上には、俺を除いた人数分のカップと、クッキーの盛り合わせがある。ギャルっぽい女子の前には、食べかけのパフェがあった。すでに半分以上なくなっている。

「なんだか合コンみたいだね。咲馬《さくま》はどう思う?」

「帰りたい」

「王様ゲームとかやってみる? やっぱ合コンといったら王様ゲームだよね。でもそれって誰が決めたんだろうね。くじ運だけで人に言うこと聞かせるゲームって、どう考えても初対面の人たちとする遊びじゃないでしょ。初めて合コンで王様ゲームを提案したヤツはマジでモテなかっただろうね」

「……」

「王様といえば、ルイ一四世は人生でたった三回しかお風呂《ふろ》に入らなかったそうだよ」

「……帰らせてくれ」

めちゃくちゃ胃痛がする。というか、なんでこいつはこんなに楽しそうなんだ……。

「えっと、咲馬くん？　とりあえず何か飲む？」

名前を呼ばれて、おそるおそる顔を上げた。

声をかけてきたのは、真ん中の女子だった。女性、といったほうがいいかもしれない。たぶん、高校生ではない。大人びた落ち着いた雰囲気で、この中で唯一、私服だった。前に垂らした三つ編みが、セーターの胸元までかかっている。

「いや別に……長居しないんで……」

「無理やり連れてこられたんでしょう？　ここはいっくんが奢《おご》ってくれるだろうから、好きなの頼みなよ」

いっくんって誰だ。もしかして世良か？　ああ……世良〝慈《いつく》〟だから、いっくん。ふざけた愛称だ。

「咲馬ならワンドリンクまでオッケーだよ」

「……じゃあ、遠慮なく」

メニューを手に取って、ドリンクの欄を見る。一番高いウインナーコーヒーを選んだ。店員さんに注文を通し、運ばれてくるのを待つ。

胃痛がマシになってきた。

どうせすぐには帰れないのだ。今のうちに状況を整理しておこう。とりあえず、女子三人の顔を改めて確認する。

右に座るギャルっぽい女子には、見覚えがある。昨夜、世良《せら》に寄り添っていた女子だ。この制服は、たしか隣町の高校のものだったか。

真ん中にいるのは、さっき俺に気を使ってくれた女性だ。ギャルっぽいのとは違って、清楚な雰囲気がある。世良の彼女とは思えないのだが、実際どうなんだろう。

そして左には、俺と同じ椿岡《つばきおか》高校の制服を着た女子がいる。同じ高校だが、この人のことは知らない。小柄な体格で髪はボブカット、フレームの細い丸メガネをかけている。二人に比べると、ちょっと地味な印象だ。

最後に、俺の隣に座る世良。

こいつには、彼女が複数いる。浮気ではなく、そういう恋愛スタイルだ。半年前に世良から直接聞いたことだが、今も変わっていないのだろう。目の前の三人が世良の彼女なのかどうかは定かでないが、親しい関係であることは間違いなさそうだ。

「とりあえず、自己紹介しよっか」

世良が切り出した。じゃあエリリちゃんから、とギャルっぽい女子のほうを見て言う。

「は～い。桃沢《ももざわ》エリリです。桂加《けいか》高校三年生。どーぞよろしく」

やはり隣町の高校か。桂加高校といえば、椿岡高校と同じかそれ以上に偏差値が高かったと思うが……いや見た目で判断しちゃダメか。

続いて真ん中の女性が口を開く。

「柚木《ゆずき》ウミです。年は内緒で……よろしくね」

柚木……さんは照れくさそうに微笑《ほほえ》む。内緒と言われると余計に気になってしまう。まさか成人ではないと思うが。

俺は残る一人に視線を移す。同じ高校の、ちょっと地味な女子。

「……」

「……」

「……もしかして分かんない？」

「えっ？」

怪訝《けげん》な目で見つめられる。改めて顔を見たが、心当たりはない……はず。

「えっと……悪い、会ったことある？」

その女子は、信じられない、といった表情をすると、俺にじとりとした視線を向けてきた。

「ちょっとショックなんだけど……じゃあ、これならどう？」

そう言って丸メガネを外す。すると埋もれていた記憶から、一つの名前が浮かび上がった。

「あ！　もしかして梨本《なしもと》……？」

「正解。高一のとき紙木《かみき》と同じクラスだった、梨本ナギ」

や、やばい。全然分かんなかった……メガネの有無で結構印象が変わる。だがそれを差し引いても、声を聞いて思い出せなかったのは申し訳ない。苦しい言い訳だが、高一の頃《ころ》はまるで周りの生徒に関心がなかったのだ。

だがひとまずこれで、三人の顔と名前は覚えた。

ギャルっぽいのが桃沢《ももざわ》エリリで、大人びているのが柚木《ゆずき》ウミさん、地味なのが梨本《なしもと》ナギ。

よし、大丈夫。

「じゃあ、最後は咲馬《さくま》」

「あ、ああ」

世良《せら》に促され、俺は軽く咳払《せきばら》いする。

「紙木《かみき》咲馬……です。椿岡《つばきおか》高校、二年」

「僕は世良慈《いつく》だよ～。同じく椿岡高校二年」

「それ、みんな知ってるから」

梨木が突っ込むと、きゃははと桃沢が甲高《かんだか》い声で笑う。苦手なノリだ。

注文したウインナーコーヒーが運ばれてきた。添えられたスプーンで生クリームをコーヒーに溶かしていると、柚木さんが「それで」と俺のほうを向いて言った。

「紙木くんは、何か用があって来たの？　それとも、ただお茶しに来ただけ？」

完全にペースを掴《つか》まれていたが、そうだった。俺は世良と話すためにここに来たのだ。

だが、どう伝えればいいのだろう。世良と二人きりならともかく、部外者がいると話しづらい。この状況は実質四対一みたいなものだ。世良を責めると、昨夜の桃沢みたいに、他の三人から反撃が来る可能性がある。そうなると、あまりに分が悪い。

　というか、この三人は世良とどういう関係なんだろうか。桃沢は距離感的に彼女だろうが、柚木さんと梨本に関しては、ちょっと考えにくい。少なくとも梨本は男遊びをするようなタイプではなかったはずだ。

「一つ、確認したいんだけど」

　俺は目の前の三人に聞こえないよう、小声で世良にたずねる。すると世良は「なになに？」と耳を寄せた。

「この三人は、お前とどういう関係なんだ……？」

　世良はすっと前を向いて、

「君たちと僕はどういう関係なんだ、って咲馬が訊《き》いてるよ」

　女子三人に伝えた。せっかく小声で言ったのに！

「見て分かんない？　恋人に決まってんじゃん」

　と最初に答えたのは桃沢だ。次に柚木さんが口を開く。

「そうだね。付き合ってる、ってことになるのかな」

　最後に梨本。

「まぁ、一応付き合ってる……かな」

……驚いた。

多少、言葉を濁している部分もあったが、やはり三人とも世良《せら》の彼女なのだ。三人ともだ。

普通なら修羅場になる場面なのに、複数交際が成立している。

なんだろう……ちょっとショックかもしれない。もちろん同意の上なのだろうが、この三人が世良の毒牙にかかってしまったように考えてしまう。

「いっくんが複数の子と付き合ってることを、咲馬《さくま》くんは知ってたの？」

柚木《ゆずき》さんが微笑《ほほえ》みながら俺に問う。

「まぁ、一応……」

「そう。なら、事情は理解できるね」

できるにはできる。だが、どうしても拒否反応のようなものを覚えてしまう。それが偏見だという自覚はあるから、三人のことを非難するつもりはない。本人たちが満足しているなら、外野は黙っておくべきだ。

……でも本当は、何かが大きく間違っているような気がしてならなかった。心の深いところでは、納得できていない。

そんな俺の葛藤《かっとう》を知ってか知らずか、柚木さんがくすりと笑った。

「もっと色ボケみたいな女の子ばかりだと思った？」

「え、いや……」

「いっくんと付き合うような女の子は、頭がお花畑で、何も考えてなさそうな、騙《だま》されやすい女の子だと思っていたんじゃないのかな?」

「そ、そんなことないです」

「ふふ……君、嘘《うそ》つくの下手《へた》でしょ」

だらだらと冷や汗が流れる。まずい。顔に出てしまっている。

「そんなふうに思ってんの!? サイテー、ゴミカス野郎じゃん」

シンプルな罵倒《ばとう》が胸に刺さる。そんな桃沢《ももざわ》の言葉に、「まぁ仕方ないんじゃない?」と梨本《なしもと》が宥めるように言った。

「普通、そう思うよ。私だってこうなる前は、危ない匂《にお》いしか感じなかったし」

「えー、マジで? 私はめっちゃ楽しそうだと思ったけどなー」

「それはエリリが能天気すぎ」

「みんなが考えすぎなんだよ。恋愛ってのは自由でなくちゃ」

軽口を叩《たた》き合う二人を眺めつつ、俺はウインナーコーヒーを啜《すす》る。

三人とも騙されたり弱みを握られたりして世良と付き合っているわけではなさそうだ。ちゃんと自分の考えを持っているように見える。まだ少ししか話していないので断定はできないが、言動も常識人の範疇だ。

だからこそ、分からない。そんなまともな人たちが、なぜ世良と、複数交際という特殊な恋愛スタイルを受け入れているのだろうか。

「私たちのこと、ふしだらな関係だと思う？」

柚木《ゆずき》さんが俺に言う。その目線は、子供に語りかけるような慈愛が含まれていた。

「……ふしだら、とまでは言いませんけど。違和感はあります」

「正直でよろしい。でも一つ理解してほしいのは、君の考える『付き合う』と私の『付き合う』は、違うということなの」

違う、とはっきり言われて、つい眉をひそめる。

「何がどう違うんですか」

「私はね、私たちこの四人のことをチームだと思ってるの。孤独を埋める、欲を満たす、刺激を求める……その三つの目的を成し遂げるための、チーム。一対一の恋愛では、どうしても相手一人に求めすぎてしまうことがある。その結果、双方が同じ幸せを望んでいるにもかかわらず、束縛や嫉妬《しっと》が生まれるの。だけどチームになれば、そういった負担やリスクを分散できる。従来の恋愛体系より、はるかに人間的な付き合い方なんだよ」

人間的――と普段の会話ではなかなか出てこないだろう単語を、心の中で復唱する。

柚木さんの言っていることは、理解できる。なるほどと思う部分もあった。でも、だからってすぐに飲み込めるものではない。ＳＦ小説の設定を説明されたような、現実感のなさがあった。

　何より、俺が納得できないのは。

「それは、世良《せら》にそう説明されたんですか」

「よほどいっくんを警戒してるみたいだね。まぁ、賢い判断だと思うけど」

　柚木さんは上品に微笑《ほほえ》む。

　質問の答えになってないんだが……と思った矢先に「半分だよ」と柚木さんは言った。

「さっきの話で、いっくんの受け売りは半分。残りは自分で言語化したものだよ」

「……そうですか」

　なんとも据わりが悪いものを感じる。半分が多いのか少ないのか、一体どの部分が柚木さんが考えたものなのか……説明不足だと思うが、たしかめる気にもなれなかった。

「相変わらずユズっちは理屈っぽいな〜」

　桃沢《ももざわ》がうんざりしたように言った。クッキーをつまんで、ぱきっと齧る。食べカスがぽろぽろとテーブルに落ちた。

「もっと単純な話でしょ？　恋人はたくさんいたほうが楽しい。ただそれだけ」

「……？　桃沢は世良の他に彼氏いるのか」

「年上には敬語」

「あ、はい……桃沢さんには、世良の他に彼氏がいますか」

　なんかやたらと言葉遣いに厳しいんだよな……お前が柚木さんにタメ口なのはいいのかよ、

とも思うが。あと世良《せら》も敬語使ってないし。

「いないよ。彼女ならいるけど」

そう言って、桃沢《ももざわ》は柚木《ゆずき》さんのほうを見る。すると柚木さんは熱っぽい視線を桃沢に返した。

あ……そういうこと!?

もちろん、女性同士で付き合う人がいることも、男女両方に恋愛感情を抱く人がいることも知っている。でも、こうして目《ま》の当たりにしたのは初めてで、さすがに驚きを隠せなかった。

本当にいるんだな、と思った。

直後に、そりゃいるだろ、ともう一人の自分が返した。

そうだ。いるんだよ。汐《うしお》が長いあいだ本来の自分を隠してきたように、公言していないだけで世の中が規定した『普通』に属さない人は、たしかに存在する。当たり前のことだった。

……なんだか急に恥ずかしくなってきた。

この五人の中じゃ、俺は圧倒的に異物なのだ。

「エリリちゃんの価値観が一番僕と近いね」

世良が言った。

「楽しいから……結局それ以上の理由はないんだよね。友達も恋人も家族も、たくさんいたほうが楽しいんだよ。みんな認めたがらないけど」

ね、と世良が桃沢のほうを向いて同意を求めると、桃沢は「ほんとそれ」と真顔で答えた。

俺は隣の世良に視線を移す。

「前々から気になってたんだが……お前のその、楽しければなんでもいい、って思考は一体どこから来てるんだ。生まれつきなのか？　それとも誰かの影響か？」

「お、それ聞きたい？」

まるでその質問を待っていたかのように、世良の目が輝いた。

「いいよ、話してあげよう。あれは遡《さかのぼ》ること一〇年……」

「手短に頼むぞ」

「昔から僕は超がつくほど健康優良児でね。駆けっこすれば一番は当たり前、猫踏んじゃったは周りの誰よりも早く弾けた。何をするにも頭一つ抜けてたね。そんな僕と違って、兄は身体《からだ》が弱くて物覚えも悪かった。でも優しくってね。兄が僕に勝ってるとこなんて年くらいのものなのに、ずいぶん可愛《かわい》がってくれたよ。そんな兄が、ついに持病が悪化してもうすぐ死んじゃうってなったときに、僕にこう言ったんだ。慈《いつく》、俺の分まで人生を楽しめ……ってね」

「へー……」

めちゃくちゃ嘘《うそ》くせえな……。

でも万が一本当だったらと思うと、安易に嘘と断じることはできない。実際、汐の家庭も似たような状況だった。

でも、世良だしなぁ……俺が反応に迷っていると、梨本《なしもと》が「いやいや」と笑い交じりに首を振った。

「ふつーに嘘《うそ》でしょ。世良《せら》くん、一人っ子だって前に言ってたじゃん」

「ネタばらしが早いよナギちゃん」

……分かってたよ。

もう慣れた。この程度で怒っていたらキリがない。

「梨本《なしもと》は世良のどこがいいんだ。こいつすぐ嘘つくだろ」

おい、と桃沢《ももざわ》が俺を睨《にら》む。

「人の彼氏をこいつって呼ぶな」

「す、すみません」

このギャル怖ぇよ……尖《とが》ってた頃《ころ》の西園《にしぞの》を思い出す。

梨本は「うーん」と顎《あご》に指を当てる。

「私は二人ほどちゃんとした理由がないんだよね。まだ様子見してるとこはあるし、今はお試し期間みたいなものかな」

「お試し……」

同じだ。俺と汐《うしお》も、お試しで付き合っている——ということになっている。まさか被《かぶ》るとは。案外、オーソドックスな付き合い方なのかもしれない。

「でも、世良くんといるのは楽しいよ。彼、びっくり箱みたいな人でしょ？　何が飛び出すか分からないところが、非日常感あって好き」

「照れるね。そういうナギちゃんも可愛《かわい》くて好きだよ」

「あはは。ありがと」

俺はウインナーコーヒーを啜《すす》る。少し冷めているが、クリームが溶けきってちょうどいい甘さになっていた。

最後まで飲み干してカップを置くと、柚木《ゆずき》さんと目が合った。

「私たちのこと、少しは見る目が変わったんじゃないかな？」

「まぁ、そうすね……」

正直、三人の第一印象は悪かった。世良と付き合っている時点で、それこそ柚木さんが言ったような色ボケか、奇人変人の類いだと思い込んでいた。それは俺の先入観に過ぎなかった。

三人とも、普通の人だ。

普通、という言葉をあまり気軽に使いたくはないが、そう表現することに問題はないだろう。思想や趣味嗜好《しこう》の違いはあれど、三人の意見はいずれも共感できる範囲だった。

「怪しい宗教みたいだな、とはもう思ってないです」

「あはは。意外とはっきり言うね、君」

「でも……俺はやっぱり、恋人は一人で十分だと思います。いや、一人がいい」

柚木さんは柔和な笑《え》みを浮かべたまま、俺のことを見つめる。理由を言うのを待っているみたいだった。

「……柚木《ゆずき》さんたちの考えは理解できます。誠実でいられるなら、恋人は多いほうがいいのかもしれない。でも俺は、やっぱ自分の好きな人と他の誰かがイチャイチャしてたら……複雑ですよ。家族ならまた別だけど……自分が一番であってほしいって、どうしても思ってしまう」

「醜い独占欲」

そう呟《つぶや》いたのは、桃沢《ももざわ》だった。蔑《さげす》むような視線を俺に向けてくる。

「あんたみたいなのがいるから日本は少子化になってんだよ」

「それは関係ねえだろ……」

「敬語」

「すみません」

けほん、と咳払《せきばら》いして仕切り直す。

「醜いのは否定しないです。でも、これは最近思ってるんですけど……恋愛ってそもそも見苦しいものなんじゃないですかね。誰かと付き合うのも、相手を傷つけたり傷つけられたりすることの繰り返しだと思いますし……あ、でもこれは恋人が複数でも同じか……?」

喋《しゃべ》りながら顔が熱くなってくる。恋愛に関してはよちよち歩きの人間が、よくそんな臆面もなく独自の恋愛論を語れるものだ。じわじわ後悔してきた。

「大体分かったよ」

柚木さんが言った。

「私たちのスタイルを押しつけるつもりはないから、君の考えは否定しない。一対一の恋愛だって、それはそれで素晴らしいものだと思うしね」

肯定しつつも、心の底では納得してないんだろうな、と思ってしまった。別に議論をしたかったわけではないのでまったく構わないが、俺がこの人の価値観に傷をつけることはできなかったようだ。そこにわずかな虚《むな》しさを感じる。

「紙木《かみき》くん」

柚木さんの声のトーンが、一つ低くなった。

「繰り返すけど、君の考えは否定しない。でもね、私は確信しているの。いずれ私たちが当たり前になる時代が来るわ。メディアにすり込まされた恋愛観は、そう遠くないうちに破壊される。恋愛は、これからもっと自由になるの」

「……どうですかね」

ぼーん、と鐘の鳴る音がした。

壁にかけられた古時計の針は、六時ちょうどを指している。

柚木さんとの話が終わると、世良《せら》はあっさりと自転車の鍵《かぎ》を返した。コーヒーも飲み終わっていたので、俺はすぐさま退散した。もう二度と世良の誘いには応じないと、肝に銘じた。

冷たい夜風を切りながら、自転車を漕《こ》ぐ。

そもそもは、世良《せら》に文句の一つでも言ってやろうとカフェに乗り込んだのだが、それは完全に失敗だった。ただ結果として、有意義な話ができたように思う。世良の彼女たち、あの三人と話して、恋愛の形は多様だと思い知らされた。

柚木《ゆずき》さんの言うとおり、もしかすると世良のような恋愛スタイルが普通になる時代が来るのかもしれない。そうでなくとも、理想とされる恋愛像は徐々に変わっていくのだろう。落としたハンカチを拾って始まる恋なんて、そのうち石器時代の風習になる。もうなってるかもしれない。

——理想ばかり見つめて、掴《つか》めるはずの幸せを見逃しちゃうことなんだよ。

俺が汐《うしお》に告白したときの言葉だ。

世良の真似事《まねごと》をするつもりは一切ないが、俺は自分の恋愛観をもっと疑ったほうがいいのかもしれない。

本当は、汐とどうなりたいのか。

どういう形で付き合っていくのが、正解なのか。

これからも、考え続けなければ。

思考に一区切りついたところで、ため息が漏《も》れた。

「……なんか違う気がするんだよなぁ」

今、こうして頭を悩ませていること自体に疑問が湧《わ》く。

恋愛って、もっと無心で楽しむものなんじゃないのか？　恋は盲目なんて言葉があるくらいだ。どうすればもっと楽しくなるだろう、と考えることはあっても、どんな付き合い方が正解なのか、なんて小難しいことはあまり考えない気がする。それとも、世の中のカップルはみんな楽しそうに見えて、常になんらかの命題と向き合っているのだろうか？　だとしたら現実はシビアだ。

赤信号に捕まり、停止する。

見上げると、真っ暗な夜空に三日月が冴《さ》えている。椿岡《つばきおか》はここ数日いい天気が続くそうだ。

北海道も晴れているだろうか。

第十章　北へ

修学旅行初日。

保安検査場を通過したその先が搭乗ゲートだ。先が見えないくらい長い通路が伸びていて、等間隔にゲートの受付が並んでいる。通路の片側は全面ガラス張りで、その向こうでは何機もの飛行機が離陸を待っていた。

まだ朝早い時間に空港を訪れていた。あと二〇分ほどで受付が始まり、新千歳空港へと向かう飛行機に乗り込むことになる。それまでのあいだ、俺を含む椿岡《つばきおか》高校二年次の生徒たちは、搭乗ゲートで思い思いに時間を潰《つぶ》していた。

修学旅行では私服で参加することが許可されている。というか制服で来ている生徒は一人もいなかった。みんな——特に女子は、おしゃれに気合いを入れている様子だ。

最初は皆一様に窓際に並んで飛行機の写真を撮っていたものだが、今では散り散りになっていた。ベンチで談笑に興じたり、売店で買い物をしたりしている。俺と蓮見《はすみ》は前者だった。

「あ～緊張してきた……蓮見は飛行機乗ったことあるんだっけ？」

「中学のとき、沖縄旅行で一度だけ」

「どんな感じ？　飛行機って結構揺れる？」

「まぁ、揺れるな」

「どのくらい？」

「横に九〇度くらい傾くこともある」

「え、マジ……？　絶対倒れちゃうじゃん」

「だからシートベルトがあるんだよ。離陸前にCAさんがそこらへん徹底的に確認するんだ」

「なるほど……」

「あと、飛行機乗るときは靴を脱がないとダメだぞ」

「そうなの？　脱いだ靴どうすんの？」

「靴袋に入れて自分で持ち歩く。もしかして紙木《かみき》……靴袋、持ってきてないのか？」

「え⁉　誰も貸してくれないの？」

「うん。でも安心しろ、そこの売店で売ってるから」

「ちょっと買ってくるわ」

「全部嘘《うそ》だぞ」

蓮見の肩を強めに叩《たた》いた。

ちょっと催してきたので、俺は立ち上がる。集合の時間まで余裕はある。

少し歩いて通路沿いにある男子トイレに入り、手早く用を足した。通路に戻ると、近くの人だかりに汐《うしお》と星原《ほしはら》の姿が見えた。二人はA組の女子に囲まれながら、楽しそうに話している。

汐にとってはこれが初めての修学旅行だ。先日まで時おり不安を覗《のぞ》かせていたが、こうして傍《はた》から見るかぎり、なんの問題もないように思えた。まだ修学旅行は始まったばかりだが、あの調子なら大丈夫そうだ。

「あれ」

後方から声がして、俺は振り向く。

最初に目につくのは、癖のないショートのボブカット。梨本《なしもと》ナギ、とつい先日会った女子の名前を頭の中で呟《つぶや》く。女子トイレから出てきたばかりのようだった。

「やっぱり紙木《かみき》くんか。先日はどうも」

「あ、ああ。こちらこそ、どうも」

突然話しかけられたせいで、少し言葉に詰まった。そうでなくとも、あまり面識のない女子と話すときはいまだに緊張する。

「……メガネ、今日はかけてないんだな」

「あれは世良《せら》くんといるときだけ。そんな深い理由はないよ？　ただの気分だから」

「そうなんだ……」

てっきり変装の意味合いがあるのかと思っていた。世良と付き合っている、なんて学校で噂《うわさ》されたら面倒だろう。

特に話したいこともないので、その場を離れようとしたら「ねえ」と引き止められた。

「君、ずいぶん世良くんに気に入られてるんだね」

「俺が？　からかわれてるだけだろ」

「あれが世良くんなりの好意なんだよ」

「勘弁してくれ」

気になる女の子にちょっかいかける男の子じゃあるまいし。いや、そんな純情なものでもないか。あいつはもっと歪《ゆが》んでいる。

とっさに俺は周りを見渡した。彼女がここにいるなら、世良が近くにいてもおかしくない。

「世良は一緒じゃないのか？」

「彼女だからってずっと一緒にいるわけじゃないから。そういう紙木くんだって、今は槻ノ木《つきのき》さんと離れてるでしょ」

「知ってるのか……」

「結構、有名な話だよ」

意図せず注目されるのは、あまりいい気分ではない。そっとしておいてほしい。そんなことを梨本に言ったところでどうにもならないから、苦笑するしかないのだが。

「たしか世良くんが言い回したのが元凶なんだっけ。災難だったね」

「同情するならあいつに注意してくれよ。彼女なんだろ」

「無理無理。私がコントロールできるわけないじゃん。紙木《かみき》くんは世良《せら》くんの読めなさを舐《な》めてるよ。彼、でかい五歳児みたいなもんだから」

「悪口っぽい例えだな」

だが、しっくり来る。ちょっと間の抜けた笑顔は黙っていれば愛嬌《あいきょう》があるし、平気で虫を殺してそうな無邪気な残酷さも秘めている。良くも悪くも子供らしい——というか、子供らしさの悪い部分を煮詰めたようなヤツだ。

「ほんとに自由な人なんだよ、世良くんは」

梨本《なしもと》はしみじみと言う。その声音《こわね》に、わずかな憧憬《しょうけい》の念を感じた。

「紙木くんはRPGってやる？」

「RPGってゲームの？　まぁ人並みにはするけど……」

ま、まだなんか話すの？　意外と話し好きなんだろうか。それともクラスメイトとはあんまり仲よくないのかな……。

「RPGやってると、会話するシーンでたまに選択肢が出てくるじゃん？　『はい』とか『いいえ』とか『助ける』とか『断る』とか。まぁ、いろいろ。その中で、絶対にこれは違うだろ、みたいな選択肢が交ざってるときない？　ゲーム会社の遊び心を感じるときがさ」

「あー、分かる。あり得ない選択肢だけど、それを選んだらキャラがどんな反応するか気になってつい押しちゃうヤツな」

「そうそう。他にも『はい』を選ばないとストーリーが進行しないのに、『いいえ』を押し続けちゃうみたいな」

「あるある」

「世良くんは現実でそれをやっちゃうんだよね」

すっと頭が冷える。ゲームの話題を振ったのは、それを伝えるためだったのか。

「あれはね、好奇心に忠実なんてレベルじゃないんだよね。もはや歩く好奇心。根っこは子供なんだよ。でも彼の場合、実際の子供と違って実現できる力があるからさ。もう、手のつけようがないよね」

梨本は今までになく饒舌《じょうぜつ》だった。しかも世良の異常性を語っているにもかかわらず、本人は自慢するような調子なのが、ますます俺の心情を複雑にさせる。常識人だと思っていた梨本のイメージが、少しずつ崩れていく。

「……そこまで分かってて、よくそんなのと付き合えるな」

梨本はふふんと笑った。

「だって、めったにいないでしょ？」

「そりゃいないだろうけど……」

梨本は腕時計を見ると、「そろそろ時間だ」と呟《つぶや》いた。

「じゃ、もう行くね」

軽く手を振って梨本《なしもと》は俺の前から去ると、近くに集まっていた女子の輪に加わった。まるで最初からそこにいたような自然さで、相槌《あいづち》を打ったり自分から話を振ったりし始める。クラスメイトと仲よくないんじゃ……なんて想像をしてしまった自分がちょっと恥ずかしくなった。

俺も蓮見《はすみ》の元へ戻ろうとしたとき、ふとあることに気づいた。

「もしかして今の、のろけだったのか……?」

＊

初めての飛行機は、なんてことなかった。

離陸直前はドキドキしたたし、鼓膜が膨らむような耳の痛みは新鮮だったが、感動は数分ほどで萎《しぼ》んでいった。飛び立って一〇分後には、ぼんやりと外の景色を眺めて時間を潰《つぶ》していた。

ただ、雲に突っ込んで窓の外が真っ白に染まるあの時間は、別世界に足を踏み入れたみたいで結構好きだった。

そんなこんなで新千歳空港に下り立つ。

時間が押しているのか慌ただしく引率され、感慨にふける間もなく、バスに押し込まれた。

そこから一時間ほど殺風景な道を行き、なんだか都会っぽくなってきたぞ、と思った頃《ころ》合いで俺たちはバスを降りた。

「北海道に来たぞ～！」

星原《ほしはら》が、わー、と両手を挙げて喜びを表現する。

時刻は一一時。

札幌の空気は椿岡《つばきおか》よりもはるかに冷たく、透き通っていた。呼吸するたび肺の中が洗われるようだ。移動時間がそれなりに長かったせいか、寒さよりも開放感が勝り、しばらくコートも羽織らず澄み切った空気を全身で味わった。

今は晴れているが、街はすっかり雪化粧が施されている。俺たちが集められた札幌駅の前は除雪されているものの、路肩には雪がうずたかく積もっていた。

「必ず五時までに戻ってくること。遅れた生徒は置いていきます」

学年主任の先生が、厳しい声音《こわね》で注意事項を周知する。みんな真剣に聞いてはいるが、何人かは逸る気持ちを抑えきれないようにそわそわしていた。星原もそうだった。身体《からだ》が左右に揺れていることに、本人は気づいていなさそうだ。

注意事項を伝え終えると、先生はふっと表情を緩めた。

「では、節度を持って楽しんでください。解散！」

自由時間が始まった。

生徒たちはそれぞれのグループに集まって、三々五々散っていく。俺も、汐《うしお》と星原と合流した。星原は開口一番、「まずはご飯！」と方針を定める。

「北海道って言ったらやっぱ海鮮だからね。予定どおり市場《いちば》にGOだよ」

自由時間の大まかなプランはあらかじめ決めていた。市場での食事を提案したのは星原《ほしはら》だ。

汐《うしお》が「どうやって行く？」とたずねた。

「電車ならすぐだけど、歩きでも大丈夫そうだね」

「晴れてるし、歩こっか。それに、身体《からだ》動かしてから食べたほうがおいしいからね」

異論はない。俺たち三人は市場に向かって歩きだした。

札幌の空気の綺麗《きれい》さには感動したが、街並みに関してはそこまで目新しさはなかった。新鮮味を感じたのは、道路がやけに広いことと信号機が縦長なことくらいだろうか。それ以外は、俺が持つ都会のイメージと大して変わらなかった。

「ちょっと期待しすぎたかな……」

「何に？」

歩きながら汐が顔を近づけてくる。独り言のつもりだったが、聞こえていたようだ。

「札幌に。だってさ、北海道って一番身近な海外みたいなとこあるだろ？」

「そうかな……？　そんなことないと思うけど」

「ほら、本州と海で隔てられてるから」

「それを言ったら沖縄もそうじゃない？」

「沖縄もちょっと海外っぽさ感じてるよ、俺は」

「適当な判定基準だなぁ。現地の人が聞いたら怒るよ」

「そ、そう？　じゃあもう言わないでおく……」

たしかに失言だったかも。なんというか、地政学的に。

「なになに、なんの話してるの？」

先導していた星原が歩くペースを落として隣に並んだ。お腹が空いているからか、さっきまでちょっと早歩きだった。

「北海道に海外っぽさを期待するのは間違いだったな、っていう話だよ」

「海外っぽさ？　あ、地名が読みにくいから？」

「そうそう！　それもあるんだよ。北海道の地名って、アイヌ語が語源だから変わった読み方が多いんだよな。だから余計に異国感ある」

「あー、言われてみればたしかに」

星原は共感してくれたようだ。嬉《うれ》しい。

赤信号に捕まり、俺たちは足を止める。すると汐がポケットから携帯を取り出していじり始めた。地図を確認しているのかな、と思ったら、画面を俺たちのほうに向けてくる。

「北海道の難読地名クイズだって。ちょっとやってみない？」

やる！　と星原が即答する。無論、俺も乗った。

じゃあ一問目、と汐が地名を表示させた。

『占冠』

答えは下のほうにあるみたいだから、汐《うしお》も読み方を知らないだろう。俺たち三人は揃《そろ》って首を傾げた。

「しめかんむり……ではないよな」

「クイズになるくらいだから、もっと捻《ひね》った読み方だと思うよ」

「うーん、全然分かんないや……この漢字二つともそんな読み方多くないよね……」

三人とも早々にギブアップし、汐が答えを表示させる。

『しむかっぷ』

「しむかっぷ!?　一問目の難易度じゃないだろ！」

「でも北海道ってパ行の地名が多いよね。そう考えると納得？」

「冠でかっぷって読むんだ……」

信号が青に変わったあとも、難読地名クイズをやりながら市場を目指した。『積丹《しやこたん》』『和寒《わつさむ》』『音威子府《おといねつぷ》』……三人とも、一問も正解できなかった。漢字に強い自負があったが、北海道の地名の前には無力だった。

クイズが盛り上がったおかげで、市場にはすぐに着いた。冷たい空気に、海鮮の匂《にお》いが混じっている。道路に沿って鮮魚店が並び、どこも観光客で賑《にぎ》わっていた。縁日みたいな雰囲気だ。

「うわ〜、お店がたくさんある……どこがいいんだろ」

「君たち、高校生？」

ある鮮魚店の前を通ると、でっぷりと肥えたおじさんに声をかけられた。腰の前掛けを見るに、この店の人みたいだ。

「はい、そうです！」

「お、元気いいね。カニ試食する？」

「えー！　いいんですか！」

おじさんは店頭に並んだカニの足をハサミで切って、星原《ほしはら》の手の平にちょこんと載《の》せた。

「ほら、君たちも」

「あ、ありがとうございます」

俺と汐はおずおずと手の平を差し出す。試食したら買わないといけない、という意識があるせいでちょっと身構えてしまう。学生だからそこまで気にする必要はないだろうけど。

切れ目を入れられたカニの殻から身をつまんで、三人同時に、口に含む。

「んま！　めちゃくちゃおいしい！」

ぱっと花が咲くように星原は顔を輝かせた。たしかにうまい。弾力とほのかな甘味があって、一気に胃液が湧《わ》いてくる。空腹が加速してきた。

「あはは、嬉《うれ》しいね。試食できるもの、他にもいっぱいあるよ～」

「え～、ほんとですか～」

花の蜜につられるように、星原《ほしはら》はふらふらと店の中へと入っていく。

「おいおい、大丈夫か……?」

「ぼくたちも入ろっか」

星原に続いて、中へと足を進めた。

店頭にはカニが多く並んでいたが、中の品揃《ぞろ》えは豊富だった。星原は店員さんに商品の説明を受けながら、次々に試食品をもらっている。そのうち他の店員さんもやって来て「これもどう?」と別の品物を勧めた。イクラ、貝柱、カニのほぐし身、まぐろの落とし……わんこそばみたいな勢いで、手の平に載《の》せてもらったものを口に放り込んでいる。

一心不乱に試食を続けていたが、ふと我に返ったようにこちらを向いた。

「ど、どうしよう! 無限に試食が出てくる!」

「愛されてるなぁ……」

しかし気持ちは分かる。店員さんの。なんかこう、星原は……お菓子とかあげたくなるよな。

見ているだけなのも悪いし、何か買おうかなと適当に商品を見る。手が出ないほどではないが、どれもかなり値が張った。予算的に厳しいものばかりだ。

そろそろ出たほうがいいかもしれない。星原を呼びに行こうとしたら、「ねえ」と店員さんに話しかけられた。中年くらいの女性だった。

「君たち、昼ご飯はもう食べたの?」

「いえ、まだです。これから店を探しに行こうかと……」

「そっか。ここらへんのお店は観光客向けだから、どこも結構するよ」

なるほど、観光客向け……え、市場なのに？　魚介にせよ野菜にせよ、市場に売られているものは安価な印象があった。だが言われてみれば、たしかにどの商品も高い。相場を知らないからこれが普通だと思っていた。

「安いとこ教えてあげるよ。ちょっと歩くけど」

「いいんですか？」

「そりゃもちろん。修学旅行かなんかで来たんでしょ？　いい思い出作ってほしいからね」

おお……親切な人だ。

場所を教えてもらったあと、星原を連れて店を出た。

「呼んでくれて助かったよ～。あのままだと試食したもの全部買ってたと思う」

「一日目で破産しちゃうだろ……」

一〇分ほど歩いたところに、その店はあった。ぱっと見た感じは普通の鮮魚店で、食事ができるように見えない。

地図で確認しようとしたら、汐《うしお》が店の奥のほうを指さした。

「奥に食べる場所あるっぽいよ」

「じゃあ、入ってみるか」

店内へと足を進める。床が濡《ぬ》れていて、歩くたび靴底がきゅっきゅと鳴った。

やがてこぢんまりとした簡素な食事スペースに出た。客はまばらだが、みんな黙々と刺身や焼き物を口に運んでいる。ここで合っているみたいだ。

「いらっしゃい。適当に座ってね」

年配のおばさんに促され、俺たちは近くのテーブルについた。スツールは完全にスポンジが潰《つぶ》れていてお尻《しり》が痛い。メニューを広げると、海鮮丼や刺身の盛り合わせが手書きで記されていた。海鮮丼の相場は分からないが、二千円以下なら安いほうだろう。たぶん。

星原《ほしはら》がぱらぱらとメニューをめくり、「どれにしようかな」と呟《つぶや》いている。メニューに写真がついていないので、ちょっと博打感があった。

「汐《うしお》はどうする？」

「うーん……サーモンとホタテの海鮮丼にしようかな。咲馬《さくま》は？」

「しらす丼にしようかな。安いし」

「せっかく北海道まで来たんだから、値段で決めると逆に損だよ。食べたいのにしたら？」

「う、一理あるな……じゃあ、この五種の海鮮丼にしよっと」

「いいね、一番豪華なやつだ。……結局値段で決めてない？」

「決めてないって……」

俺は星原のほうを向く。

「星原、決まったか？」

「う～～～ん……決めた！　私も五種のやつにしよっと」

店員さんを呼んで注文を通す。

間もなくして、三人分の海鮮丼が運ばれてきた。三つともこれでもかとネタが盛られている。普段、飯の写真は撮らないのだが、これぱかりは写真に残したくなって俺は携帯を取り出した。見れば、汐と星原も海鮮丼の写真をぱしゃぱしゃと撮っている。

「汐ちゃん、こっち向いて」

「？　うん」

「はい、チーズ」

ぱしゃり、と星原が汐を撮った。

「海鮮丼とのツーショットだよ。あとで送っとくね！」

「あ、ありがとう」

「ほら、紙木《かみき》くんも」

海鮮丼とのツーショットってなんだ……。料理と一緒に撮るのが流行りなんだろうか。

俺の写真を撮ったあと、お返しに俺も星原の写真を撮ってやった。海鮮丼と顔を並べて満面の笑《え》みでピースしている。いい写真だ。額縁に入れて教室の壁に飾りたい。

「じゃ、いただきます！」

いただきます、と俺と汐《うしお》も声を合わせた。

わさびを溶かした醤油に海鮮丼のネタをつけて、ご飯と一緒にかき込む。

「うお……めちゃくちゃうまい……」

一口で分かった。スーパーのパック寿司とは明らかに違う鮮度だ。特にウニが絶品だった。俺が今まで食べてきた、あの茶褐色のねっとりしたものは偽物だったのかな……と思うほどに。隣に座る汐も、顔を綻ばせていた。

「すごくおいしい……これは北海道に永住したくなるね」

「ああ、道民はいいもの食べてるなぁ……」

自由時間のプランを決めるとき、昼食の候補は他にもあった。ジンギスカン、ラーメン、スープカレー……やはり海鮮で正解だったと確信する。もちろん、他の候補が間違いというわけではないだろうが、次に北海道を訪れても俺は海鮮丼を食べるだろう。

ふとあることに気づいて、前を見る。この中で一番はしゃぎそうな星原《ほしはら》だが、意外にも黙々と食べていた。よく見ると、目が真剣そのものだった。ちょっと怖さすら感じる。あれかな。本当においしいときは静かになるタイプなのかな……。

邪魔するのも悪いので、俺も食事に集中する。やっぱりうまい。

やがて三人とも完食した。

「は～……大満足」

海鮮丼を食べ始めてから、初めて星原《ほしはら》が感想を漏《も》らした。お腹をさすりながら、顔をうっとりさせる。気に入ったようで何よりだ。

「私、卒業旅行は北海道にする」

「もう来年の話してる……」


昼食を済ませたあとは、予定どおり電車に乗って白い恋人パークへと向かった。札幌の人気スポットらしく、観光のモデルコースでもしょっちゅう名前が上がっている場所だ。

ちなみに、ここに決めたのも星原の要望だった。なんでも場内においしいスイーツがあるらしい。清々《すがすが》しいほど食欲に忠実だ。

「わ！　結構すごいよ」

駅から五分ほど歩いたところで白い恋人パークが見えてきた。レンガ造りを模した外観は、街中でよく目立っている。屋上に立てられた『CHOCOLATE　FACTORY』のロゴ看板に胸が躍った。

「結構テーマパークっぽいな。もっと社会見学するような場所かと思ってた」

「紙木《かみき》くん、全然調べずに来たんだね……デートスポットとしても人気なんだよ」

「へ～……」

建物に近づいて門を通り抜けると、なんともメルヘンチックな光景が広がっていた。敷地内には立派な時計台が建てられていて、周囲には西洋風の家が立ち並んでいる。お菓子の家やツリーハウスなんかもあって、異国風の世界観を作り上げていた。それなりに客が多く、家族連れや同じ椿岡《つばきおか》高校の生徒もちらほらと見られる。

館内に入る前に、適当に庭園を歩き回ってみた。

噴水に雪像、電話ボックスや二階建てのバス……どこで写真を撮っても絵になりそうだ。というか、「たくさん写真を撮ってください」と言わんばかりにフォトスポットが多い。セルフタイマーで撮影する用の台座や、自撮り用のミラーなんかも設置されている。俺たちはパークの狙《ねら》いどおりにぱしゃぱしゃとたくさん写真を撮って、庭園をぐるりと一周してきた。

「汐《うしお》ちゃん、紙木くん。ちょっとそこに立って」

「ん？　どこだ？」

星原の指さした先を見てみると、そこには大きなハート型のオブジェがあった。ちょうど、二人並んで立てばハートの枠内に収まりそうな――。

明らかにカップルを意識して作られたオブジェだ。

「ほら、早く早く。順番来ちゃうよ」

おおう……マジか。ちょっと恥ずかしいな。

ちらりと横を見ると、汐も居心地が悪そうにしていた。

「せっかくだし、撮ってもらうか？」

「……そうだね。気を使ってくれてるし」

汐《うしお》は自分を納得させるように言って、オブジェの前に移動した。俺も汐の隣に並ぶ。

「もっとくっついて！　笑顔が硬いよ！」

カメラマンみたいなこと言い出した。指示どおり、肩がくっつくまで距離を縮めて、できるだけ自然に笑う。

「はい、チーズ」

ぱしゃり。

一枚、二枚、三枚と撮って、星原《ほしはら》は満足げに頷《うなず》いた。

「オッケー！　あとで二人に送るよ」

「はは……ありがとう」

「恥ずかしかった……」

汐は赤くなった顔をぱたぱたと手で扇《あお》ぐ。もう庭園は十分見回ったので、館内に入ることにした。


入場料を払って奥に進んでいく。途中でチョコレートの歴史を学んだりオシャレなフォトスポットで写真を撮ったりしながら、のんびりと歩いた。三階まで来たところで、工場見学ができるフロアにやってきた。

通路を進むと、ガラス張りの窓があって、お菓子の製造現場を見下ろせるようになっていた。眼下には、大きな機械がいくつも並んでごうごうと音を立てて稼働している。

「思ったより普通だね」

星原が正直な感想を言った。

「そうだな。小人のおじさんもいないし」

「それは映画の中だけでしょ」

汐が突っ込む。伝わってくれて嬉《うれ》しい。

特に長居することもなく、エレベーターを使ってラウンジのある四階に上がる。もう一通り見終わったので、最後に星原が所望していたスイーツ専門のカフェに入った。

窓際の席に案内され、ソファ席に腰を下ろした。星原はパフェを、俺と汐はロールケーキを注文する。

「夏希《なつき》、海鮮丼でお腹いっぱいになってなかった？」

「甘い物は別腹だからなんの問題もないよ。なんなら歩いたせいでまたお腹空いてきてるし」

「よくそれで太らないなぁ……ダイエットとかしてるの？」

「う〜ん、ダイエットって言っていいのかな？　常にお腹へこませてるから、その分カロリー消費してるかも」

「へえ、ぼくも意識してみようかな……」

「汐《うしお》ちゃんはもっとお肉つけたほうがいいよ！」

などと話しているうちに注文の品が届いた。大きなパフェを前に、星原《ほしはら》は早速スプーンでアイスの部分をすくって食べた。「んん〜」と恍惚《こうこつ》とした声を出して、頬《ほお》を押さえる。

「やっぱ甘味がないとね。海鮮丼は抜群においしかったけど、デザートがないのだけが心残りだったんだよ」

そう言って、バクバクとアイスの山を崩していく。ロールケーキより明らかに量が多いが、このペースだと星原のほうが先に食べ終わりそうだ。

「夏希《なつき》は本当に食べるのが好きだね」

汐が微笑《ほほえ》ましそうに言った。

それに星原は、大きく頷《うなず》く。

「食べるのはみんな好きなんだよ。食欲に素直になれるかどうかってだけで」

「お、名言」

「でも、中学のときはそんなだったんだよね、私」

食べるペースが少しだけ落ちた。星原は懐かしむように目を細める。

「中学生になったばかりの頃《ころ》、クラスに知ってる子があんまりいなくてさ。なのに周りのみんなは小学校から友達同士で、すでに輪ができあがってて。ちょっと馴染《なじ》みにくかったんだよ」

よく聞く話だ。中学校は複数の小学校から生徒を集める形で成り立っているが、学区によっては出身校に大きな偏りが生まれる。すると星原のように、ちょっと浮いてしまう生徒が出てくる。

「昼休みも一人でお弁当食べてたんだけど、ある日クラスで一番可愛《かわい》い子から『星原さんってよく食べるね！』って言われたんだよ。そしたら周りの子も、ほんとだ、とか言って集まってきて……全然、嫌味《いやみ》な感じじゃなかったから、嬉《うれ》しくってさ。それで私、思ったんだよ」

アイスの部分を食べきった星原は、ぺろりと唇《くちびる》を舐《な》める。

「私がたくさん食べるとみんな喜ぶ、って」

俺と汐は、黙って話を聞いていた。

「それから食いしん坊キャラみたいなのが定着してさ。それをきっかけにみんなと馴染めて、どんどん食べるようになったたっていうわけだよ。人に歴史ありだね」

星原としては何気ない思い出話だろうが、俺はそれを微笑ましいものとして聞き流すことができなかった。かなりの衝撃を受けていた。

「……今もそうなの？」

壊れやすいものを慎重に扱うような声音《こわね》で、汐が訊《き》いた。

「食いしん坊キャラが？　う～ん、それは自分で決めるようなものでないしなぁ。でもそう見られてる気はする」

「それもあるけど……今もみんなを喜ばせるために、食べてるの？」

どことなくその表情は青ざめている。汐《うしお》が感じている不安は、俺にも分かっていた。

たぶん、罪の意識だ。

星原《ほしはら》はきょとんとした顔で俺と汐を交互に見ると、シリアスな空気感を察したのか、慌てたように両手を顔の前でぶんぶん振った。

「や、全然無理はしてないよ！　みんなが喜ぶっていうのは、あれだよ。サブというか副次的な効果？　というか……。まぁ昔は頑張って食べてたこともあったけど、今は本当に、好きで食べてるだけだから！」

「そ、そっか……」

勢いに気圧《けお》されながら、汐は答える。

「なら、いいんだ。自分が一番されて嫌《いや》なことを、夏希《なつき》に強《し》いてるのかと思った」

汐はロールケーキの生クリームをフォークですくって、控えめな仕草で口に運ぶ。

「……ぼくの場合はさ。みんなが求めてるふうに振る舞ってるうちに、実際の自分と周りのイメージがかけ離れちゃって、それが結構苦しかったんだけど……夏希は、ちゃんと自分の一部になってるんだね。この違いって一体なんなんだろう」

汐の表情にはまだ若干憂いの色があるが、言葉自体は純粋な疑問のように思えた。

星原は「う〜〜ん」とずいぶん長いこと唸《うな》った。

「やっぱり、好きかどうかじゃない？　私は元から人より食べるほうだったから、汐ちゃんが言うように実際の自分と周りのイメージが、そんなに離れてなかったのかも」

「でも、ぼくも最初は嫌じゃなかったんだよね。中学生に上がるくらいまでもっと男らしくならなきゃって気持ちはあったし……今は全然そんなことないけど」

「それはたぶん、私と汐ちゃんとじゃ、根本的に違う話なんだよ。私は好き嫌いでどうにかできる範囲だったけど、汐ちゃんは違うでしょ？　たとえば、私がピーマンを食べるとみんな喜ぶから好きになったけど、汐ちゃんはピーマンの味が好きでもアレルギーだからたくさん食べると身体《からだ》を壊す……みたいな」

「なるほど……適切な例えかどうかは分かんないけど、納得感はある」

汐も星原も、真剣な面持《おもも》ちで考察している。

思えば、前にも汐と似たような話をしていた。あのときと同じで、正直、俺にはピンと来なかった。

「すごく高度な会話が繰り広げられてるな……」

「紙木《かみき》くんはそういうのないの？」

「まったくない。なさすぎて二人のことがちょっと羨《うらや》ましいとすら感じてるよ」

「そっかぁ。きっと紙木くんは自分の芯がしっかりしてる人なんだね」

「それはない」

謙遜《けんそん》や自虐ではなく、優柔不断さにかけては自信がある。

星原《ほしはら》は苦笑いすると、再びパフェを食べ始めた。汐《うしお》も食事を再開する。

一瞬シリアスな空気になりかけてヒヤっとしたが、前向きに終えられて一安心だ。


白い恋人パークを後にした俺たちは、札幌駅に戻ってきた。時刻は昼の四時。これから駅周りを観光する。集合時間まであと一時間しかないが、元々駅周りは時間が余ったら軽く見て回る予定だったので、問題はない。時計台と大通公園を見るくらいの余裕はあるだろう。

で、三〇分後。時計台と大通公園を写真に収めることはできたが、今度は時間が余ってしまった。自由時間の終了まで残り三〇分。遠くへ行ける時間ではないし歩き疲れていたので、俺たちは近くの店に入った。カウンターでじゃがバターを買ったあと、店内の椅子《いす》に座る。イートインのスペースはこぢんまりとしていて、ほとんどの席が埋まっていた。

「疲れた～。結構歩いたねえ」

「そうだね。今日はすぐに眠れそう……」

ふわあ、とあくびをする汐。俺も心地よい疲労感が溜《た》まっていた。

「あ、そうだ。夜になったら一緒にトランプしようよ。汐ちゃんの部屋行くからさ」

「いや……夏希《なつき》は入れないんだ、ぼくの部屋。というか女子全員」

「え!?　なんで？」

「会議でそう決まったらしい。トラブルを避けるために、だって」

「えー！　そんなのひどい！　伊予《いよ》先生が言ったの？」

「や、伊予先生は反対してくれたらしいんだ。それでもやっぱり、いろいろ問題があるみたいでさ。まぁ、仕方ないよ」

「そっかぁ……じゃあ、卒業旅行は一緒に部屋でトランプしようね」

「一緒に行くこと決まってるんだ……」

一年後の話がどんどん具体性を増していく。冗談ではなく、星原は実現するつもりで言っているだろう。俺も交ぜてくれるかは分からないが、できるならまた三人で海鮮丼を食らいたいものだ。

「ここ空いてるよ！」

快活な声が聞こえた。

声のしたほうを見ると、女子が俺たちの隣を指さしていた。その子に呼ばれてさらに二人の女子がやってくる。いずれも俺たちと同い年くらいで、片手にじゃがバターや肉まんを持っていた。地元の人かな、と思ったが今日は平日だ。同じ修学旅行生かもしれない。

三人の女子は星原の隣に座った。だが元々二人分くらいのスペースしかなかったのでぎゅうぎゅう詰めである。

「汐ちゃん、紙木《かみき》くん、ちょっとそっち寄ってくれる？」

星原が気を利かせた。俺たちが席を詰めると、少しスペースに余裕ができた。女子三人組の一人がそれに気づく。

「わ、ありがと～」

いえいえ～、と星原《ほしはら》は人懐っこい笑《え》みで返す。それで警戒心が取れたのか、女子三人はこちらのほうに意識を向けた。

「もしかして、修学旅行で来た感じ?」

「うん、そうだよ」

「ウチらもなんだ。東京から来たの。そちらさんは?」

「私たちは――」

やはり修学旅行生だったか。共通の話題ができたおかげで、さくさくと会話が進む。星原のコミュ力に感心していると、一人の女子が星原の肩越しに汐《うしお》のほうを見た。

「ていうか、お連れの人めちゃくちゃ美人さんじゃない!? ハーフ? それともモデルとかやってるの?」

声をかけられた汐は、ちょっと身構えた様子で愛想笑いした。

「ハーフなのはあってるけど、モデルとかは何も……」

「へえ……あれ?」

じっと汐のことを見つめる。すると何かに気づいたように、目を見開いた。

「もしかして、男の子?」

きゅ、と胃が縮むような緊張が走った。

汐の見た目はほぼほぼ女子だが、声や骨格で分かる人には分かってしまう。ここで会ったばかりなのだから、汐の事情など知る由もない。

地雷を踏んだ、とまでは言わないが、上手《うま》く説明できるかどうか……俺が割って入って答えるのも変なので、どぎまぎしながら汐を見守る。

「や、ぼくは——」

「ぼく!?」

ずい、と一番奥にいた女子が身を乗り出した。

汐は、しまった、と言いたげに顔をしかめた。

「え、マジじゃん！　男なのに女の格好してるんだ？　変わってんね」

あははっと笑う。

そこに嘲笑《ちょうしょう》のニュアンスはない。学校の廊下やショッピングモール、他にも駅やカフェなんか……つまりどこでも耳にするような、女子高生特有の甲高《かんだか》い笑い声だ。たぶん、この女子に差別的な意図はないだろう。それでも、汐にとってはショックだったようで、恥ずかしそうに俯《うつむ》いてしまった。

「なあ、そういう言い方は——」

「こら!!」

きいん、と耳をつんざく叱責《しっせき》が俺の声をかき消した。

周りの客、店員、それどころか通行人までも手を止め足を止め、星原《ほしはら》のほうを見た。怒られた当の女子は、星原の豹変に心底驚いたように目を丸くしている。

星原は、小さく震えながら汐《うしお》のことを笑った女子を睨《にら》んだ。

「そういう……友達のこと笑うの、やめてほしい……です」

「あ、いや、別にバカにしたわけじゃ……」

慌てて弁解の言葉を探している。しかしどうして怒られたのかすら理解していない様子で、唇《くちびる》を結んで黙り込んでしまった。

気まずい沈黙が落ちる。周りの人が何事もなかったように日常を再開し始めた頃《ころ》、最初に星原に声をかけた女子が口を開いた。

「ご、ごめん。ウチら、そういうのよく分かんなくて」

汐は、笑われた側なのになぜかちょっと申し訳なさそうに眉を下げた。

「いいよ。そんな気にしてないから……」

「うん……もう行くね」

気まずい空気に耐えかねたのか、席を立つ。すると残りの二人もすぐに続いた。

去り際、汐を笑った女子がこちらを向く。軽薄な笑《え》みはすっかり消えて、困惑と申し訳なさ、そしてわずかな不服を滲《にじ》ませた顔で汐に言う。

「邪魔してごめん」

三人の姿は雑踏に紛れた。もう席を詰める必要はなくなったが、星原はすぐには余ったスペースに身体《からだ》を動かそうとしなかった。

「ありがとう、夏希《なつき》」

「お礼なんていいよ。ただ……ムカッとしただけだから」

なんだか後味が悪そうにしている星原に、汐は優しく微笑《ほほえ》む。しかし汐の顔には、まだ若干の憂いが残っていた。せっかくいい雰囲気だったのに、なんとも辛気くさい空気が流れる。

なんとかしなければ……考えた末、俺はじゃがバターをがつがつと一気に頰張《ほおば》った。遭難者が数日ぶりに食べ物を見つけたような勢いで食らう。汐も星原も唖然とした。

「んぐっ」

やばい。喉《のど》に詰まった。

「み、水」

「何やってんのさ……」

汐が呆《あき》れながら俺にミネラルウォーターを渡す。自販機で買ったものだ。間接キスだとか気にする間もなく、俺は急いで飲んだ。

「ふー……助かった」

汐にお礼を言って水を返す。なんで急いで食べたの、と言われる前に、俺は理由を伝える。

「早く食べないと、冷めちゃうだろ」

いまだ呆《あき》れている汐《うしお》の横で、星原《ほしはら》が「たしかに！」と声を上げる。

「じゃがバターはほくほくしながら食べるのが一番だからね」

そう言って、星原もむしゃむしゃと頬張《ほおば》り始めた。

「おいおい、あんま急いで食べると喉《のど》詰まらすぞ」

「大丈夫！　紙木《かみき》くんじゃないから」

「はっはっは。言ってくれるな」

ちょっとだけダメージが入った。まぁ可愛《かわい》いから許すけど……。

俺と星原のやり取りを見て、汐は表情を緩ませていた。喉を詰まらせた甲斐《かい》があったな、と一人達成感を覚えた。


時間に遅れることなく、俺たちは集合場所にたどり着いた。担任の伊予《いよ》先生に到着を報告して、バスに乗り込む。全員集まると、バスはそのまま定山渓《じょうざんけい》にあるホテルへと走りだした。

みんな自由時間で遊び疲れたのか、車内は静かだった。ホテルに着くまでのあいだ居眠りしたり、撮った写真を見返したりと、各々《おのおの》が穏やかに過ごしている。

バスは一本道を進んでいる。建物が多かった外の景色は、やがて殺風景な一本道になった。変わり映えしない景色を、俺はぼんやりと眺める。外はもう暗くなっていた。

「……夏希《なつき》、珍しく怒ってたね」

隣に座る汐が、小さな声で言った。シートに深くもたれ、目線は力なく膝上《ひざ》に落ちている。

「他校の女子と話したとき……だよな。そりゃあ、怒るだろ。星原は」

「咲馬《さくま》はどうだった？」

「星原が声を上げなきゃ、俺がなんか言ってた。……ほんとだぞ」

「そっか。そうだよね」

淡々とした声音《こわね》で汐は答える。いまいち何を言いたいのか分からない。

「夏希が怒ってくれたこと自体は嬉《うれ》しいんだよ。でもさ……正直ちょっと、申し訳なかった」

「汐が気に病むことじゃないだろ。そりゃ星原は汐のために怒ったろうけど、気を使ったわけじゃない」

「いや、ちょっと違うんだ。夏希に対しても申し訳なさはあるけど……あの三人にも」

他校の女子三人組のことだ。

汐の言わんとしていることが分かってきた。それでも一応、「どうして？」とたずねる。

「ぼくのこと笑ってたあの子さ。たぶん、悪気はなかったと思うんだよ。まぁ差別なんて大概そうだけど……本当に何気なく、思ったことを口走っただけのはずなんだ。それが、夏希に怒られて、三人ともしゅんとしちゃってさ……せっかくの、修学旅行なのに」

「それは俺たちだって同じだ」

「うん、そうだね。誰が悪いか、みたいな話をしたいんじゃないんだ。ぼくは……自分が笑われたとき、周りにどんな反応をしてほしかったのか、それを考えてたんだよ」

俺は頷《うなず》いて、先を促す。

「何度も言うけど、夏希《なつき》が怒ってくれたことには感謝してる。でも、差別なんか誰でもしちゃうからさ。ぼくも、咲馬《さくま》もね。あの子たちがしたことは、歩いてて前の人の踵《かかと》を踏んじゃうくらいの失敗だと思ってる。ごめんなさいの一言で切り替えて、また楽しく話せたら、それでよかったんだ……」

だが、現実はそうならなかった。

言うまでもなく、汐《うしお》は星原《ほしはら》を責めているわけではない。あの三人組の女子高生にも怒っていない。もっと大きなもの……風潮というか、世の中全体を取り巻く空気そのものに、嘆いているようだった。

「なんか、めんどくさいね、ぼく」

「んなことねえよ」

慰めているわけではない。ただ事実を述べるように、俺は言う。

「誰でもやっちゃうからこそ、気をつけなきゃいけないんだろ。だからそうやって言葉にするのは大事だ。面倒なんて思わないよ。俺も……気づけてないこと、あるだろうし」

車内の空気は乾燥している。

俺は唾液《だえき》で喉《のど》を湿らせて、話を続ける。

「無意識に人の踵を踏んづけまくってるヤツがいたら、悪意がなくても、ちゃんと怒らなきゃダメだ。できれば、説明とかして……繰り返させないようにしないと。汐の踵がどんどんボロボロになってしまう」

汐はのそりと身体《からだ》を動かして、俺のほうを向いた。

「咲馬……なんか大人びた？」

「え？　そう？」

「うん。なんか、素直に感心しちゃった」

「マジで？　嬉《うれ》しいな。なんだろうな、北の大地補正かな」

「そんな補正ある？」

「寒い土地で北風に吹かれてると、ハードボイルドな気持ちにならない？　ポケットに手を突っ込んで立ってるだけで、ベテラン刑事とか一匹狼の探偵みたいになった気がしてさ……」

「う～ん、大人びたと感じたのは気のせいだったかも……」

おい、と俺が突っ込むと、汐は薄く笑って目を伏せた。

「……でも、偉いよ。そういうところは、本当に」

ふわあ、と汐は大きくあくびをして、肩を丸める。

「疲れたな……少し寝るよ」

「ああ」

汐《うしお》は目を瞑《つむ》った。

俺は頬杖《ほおづえ》をついて、再び外を眺める。すると夜の冷気を窓越しに感じた。

北海道の夜は、椿岡《つばきおか》よりずっと寒いだろう。

＊

定山渓《じょうざんけい》にあるホテルに到着した。

想像していたよりも立派なホテルだった。ロビーは広々としていて、頭上のシャンデリアは煌《きら》びやかな光を放っている。普通に泊まったらかなり高くつきそうだ。こういうところにお金を使うなら、教室に空調設備を導入してほしいところだが……まぁそんな単純な話でもないのだろう。

一旦《いったん》、荷物を割り振られた客室に置いたあと、ビュッフェ会場に集まって夕食を取った。それなりに豪勢な食事に舌鼓を打ち、満腹になったあと、部屋に戻ってきた。

修学旅行一日目の日程はこれで終わりだ。あとは各自、シャワーを浴びて寝るだけだ。消灯の二二時まで、まだ二時間以上もある。

「は～疲れた……」

ベッドに倒れ込む。ぴしっと整えられたシーツはひんやりとしていて気持ちがいい。シャワーを浴びて寝転んだら、すぐに眠れそうだ。

「シャワー、先に使っていいか？」

隣のベッドに腰掛ける蓮見《はすみ》に訊《き》いた。ぽちぽちと携帯をいじっていたが、それをポケットにしまって立ち上がる。

「うん。俺、ちょっと出るから」

「え、どこ行くの？」

「友達んとこ。麻雀やるらしいから、人数合わせで」

「あ、そう……じゃあ、楽しんで」

「ん」

部屋を出て行く蓮見。

特にやることもないので、早速シャワーを浴びる。風呂《ふろ》から出てきたあと、ジャージを着て髪を乾かした。そのまま歯磨きも済ませる。これで寝る準備は完璧《かんぺき》。ベッドに寝転んで、目を瞑った。

「……」

がばりと起き上がる。

いや、まだ眠っちゃダメだろ。修学旅行の夜は他にもっとやるべきことがある。トランプとか、恋バナとか、枕《まくら》投げとか、とにかくいろいろ。

蓮見《はすみ》は別の部屋に行っちゃったし、俺が遊べる相手は……汐《うしお》しかいない。もちろん嫌《いや》というわけではないのだが、ちょっとした懸念事項がある。

俺と汐が付き合っていることは、学校中で噂《うわさ》になっている。それを踏まえた上で、俺が汐の部屋に訪れ、万が一それを誰かに見られると……噂に厄介な尾ひれがつきそうだ。汐にとってもそれは避けたい事態だろう。

でも、だからって一人で夜を過ごすのは心細い。それに、汐も寂しがってるかも。

「……行くか」

人に見つからなければいいだけの話だ。細心の注意を払って、こっそりとお邪魔しよう。と、その前に、汐に俺が行くことを伝えておく。携帯を手に取って画面を開くと、メールが一通届いていた。俺がシャワーを浴びているあいだに届いたみたいだ。

差出人は汐。本文はたった二文字だった。

『来て』

こ、これは……。

前々から汐のメールは素っ気ないところがあったが、それにしても『来て』の一言だけは初めてだ。解釈の余地が大きすぎて、この二文字をどう受け取ればいいのか分からない。

よほど心細いのか、何かトラブルでもあったのか、単に長文を打つのが面倒だったのか……。

なんにせよ、行くしかない。ルームキーを手に取って、俺は廊下に出た。

壁にはめ込まれたプレートに、部屋番号の記載がある。それを頼りに曲がりくねった廊下を早足で進んだ。汐の部屋は同じフロアだ。

「ここか」

汐の部屋を前にして、左右を見る。誰にも見られていないことを確認し、ドアをノックした。隠れて付き合ってる芸能人ってこんな感じなのかな……と思っていると、ガチャリとドアが開いた。

「や、待ってたよ」

一瞬、部屋を間違えたのかと思った。銀色のネックレスが、視界の下でちゃらりと揺れる。目線を少し上げれば、そこにあるのは詐欺師のようなこびへつらった笑《え》み。

出てきたのは、世良《せら》だった。

「な……なんでお前がここに！」

「入りなよ。誰にも見られたくないだろう？」

言われなくてもそうするつもりだ。身体《からだ》を部屋の中に滑り込ませ、ドアを閉める。奥に進むと、ベッドに腰掛け不安そうな顔をした汐がいた。まだシャワーは浴びていないようで、コートを脱いでいること以外は昼間と同じ格好だ。

「ごめん、咲馬《さくま》。急に押し入ってきて……」

「汐《うしお》が謝ることないだろ」

キッと世良《せら》を睨《にら》む。

「お前……無理やり入ってくるとかシャレになってないからな」

「その点は悪かったと思うよ。いやマジでさ。でも、汐が寂しいと思って遊びに来ただけなんだぜ。咲馬《さくま》も一緒にトランプしようよ」

「誰がお前とやるか。出てけ」

「消灯までには出ていくからさ。それでどうかな?」

「どうかな?　じゃねえよ。そんなん当たり前だ。無理やり閉め出すぞ」

「どんなふうに?」

ど、どんなふうに?　その返しは想定しておらず、一瞬返事に窮する。だがすぐに妙案が思いついた。

「隣の部屋から先生を呼んでくる」

「あはは。めっちゃ他力本願」

「言っとくけど、マジだからな。汐の事情を考慮すれば、先生だってなぁなぁで済ませることはない」

「それは怖いね」

と言いつつも、世良は薄い笑《え》みを顔に貼《は》り付けたまま、その場を動こうとしなかった。

一秒だってこいつを汐の部屋に居させたくない。絶対、何か企んでいる。とにかく警戒を続けながら世良を睨んでいると、汐が大きくため息をついた。

「いいよ、少しくらいなら」

「えー！　やめとけって……」

「変なことしたらすぐ先生呼ぶから。それに、実際ちょっと退屈してたし」

「だからって、別に世良じゃなくても……」

ちらりと世良のほうを見ると、これ見よがしにふふんと笑った。

「ね？」

「うわ、ムカつく……お前、調子に乗るなよ」

本当は全然納得できていないが、汐が許しているなら俺も従うほかない。

汐の隣に腰を下ろすと、世良も同じように汐の隣に座った。俺と世良で汐を挟むようなポジションだ。部屋に椅子《いす》が一つしかないからベッドに座ること自体は仕方ないが、それにしたって汐と世良の距離が近すぎる気がする。妙な対抗意識が働いて、俺もちょっとだけ汐と距離を詰めた。

「つーか、なんでお前は汐の部屋に来たんだよ。D組の男子のとこに行けばよかっただろ」

「さっき言ったじゃん。汐が寂しくないように、だよ」

「どうせなんか企んでるんだろ」

警戒の度合いをさらに上げる。

世良《せら》はポケットからトランプを取り出し、慣れた手つきでシャッフルを始めた。このままベッドの上で遊ぶみたいだ。

「それで、何やる？　なんでもいいよ。ババ抜き、ポーカー、大富豪……一通りのルールは知ってるからさ」

どうする、と視線で汐《うしお》に問うと、汐は少し考えてから口を開いた。

「じゃあ、大富豪で」

「オッケー」

世良はシャッフルしたカードを三人に配る。ベッドの真ん中をカードの捨て場として、俺たちは輪のように座る位置を変えて内側を向いた。

じゃんけんで順番を決め、俺が一番になった。早速、『ハートの4』を捨てようとしたら、

「最下位は、自分の秘密を一つ告白する」

世良がそう言った。

「罰ゲームだよ。あったほうが盛り上がるでしょ？」

「ああ？　んなもんいらないだろ」

できるだけ声にドスを利かせて訴える。罰ゲームなんて嫌《いや》な予感しかしない。

「しかもなんだよ、秘密を話すとか……ただでさえ嫌なのに、お前に知られるとか最悪だろ」

「そう言うと思った。だから条件を加えるね」

世良はピンと人差し指を立てる。

「最下位は、自分の秘密を一つ告白する。ただし、嘘《うそ》でもいいとする」

思わず眉を寄せる。

「嘘でもいい……？　それじゃ罰ゲームの意味なくないか」

「配慮してあげてるんだよ。これなら咲馬《さくま》も気持ちよく遊べるでしょ？」

「……」

鵜呑《うの》みにしていいのだろうか。世良のことだ、きっと俺たちを弄んでやろうと画策しているに違いない。だが、それにしたってこの罰ゲームは意味を成さない気がする。

返答に迷っていると、汐が「いいんじゃない？」と先に答えた。

「嘘でもいいなら、ぼくは構わないよ」

「……まぁ、汐がいいなら、いいけどさ」

世良はにやりと笑った。

「いいね～。じゃあ罰ゲームはアリってことで。よし、始めよう！」

元気よくスタートを宣言する。

俺は改めて最初のカードを出した。形だけの罰ゲームとはいえ、世良には負けたくない。

ここは本気で勝たせてもらう。

ゲームは終盤戦。残りの手札が少なくなってきた。

世良《せら》が『ダイヤの8』を出して場を流す。そして手札の中で一番弱いと思われる『スペードの5』を出した。次は俺の番だ。勝ち筋が見えた。

びし、と叩《たた》きつけるようにジョーカーを出す。『スペードの3』以外は、ジョーカーに勝てない。

「パス」

「僕もパス」

「よし！」

これで終わらせる。俺は『クローバーの6』を四枚同時に捨てた。

「革命！　からの八切り！　からの『5』二枚同時出し！　はい、俺の勝ち～」

「咲馬《さくま》、めちゃくちゃ楽しんでない……？」

汐《うしお》の冷静な突っ込みを一旦《いったん》は聞き流し、勝利の余韻に浸る。我ながら上手《うま》く決まった。久しぶりの大富豪は楽しいな……世良の存在がノイズではあるが、概ね理想的な修学旅行の夜を過ごせている。今のところは。

「上がった」

汐が『ダイヤの2』で場を流して『ダイヤの7』を出したところで、手札がなくなった。

ドベは世良。

「あらら、負けちゃった」

「ほら、罰ゲームだぞ。ご自慢の弁舌でそれらしい秘密をこしらえてみろよ。どうせ嘘《うそ》だろうけど、聞いてやるから」

思いっきり尊大に振る舞ってやる。普段から人を小馬鹿にしているのだから、これくらいの仕返しは当然だ。

「そうだね。罰ゲームだから仕方ない。僕の秘密を話すよ」

世良は手札を捨てて、俺と汐に向き直る。

間違いなく虚言だろうが、それでも身構える。罰ゲームを提案した本人が、考えなしに秘密を話すわけがない。一体、何を企んでいる。

世良はわざとらしくこほんと咳払《せきばら》いして、告白する。

「汐と付き合いたいとは、もう思っていない」

「……？」

頭に大きな疑問符が浮かんだ。

それが秘密？　虚言にしても意味が分からない。嫌味《いやみ》でも挑発でもないし、そもそも秘密の体《てい》すら成していない。ただ、嘘だと分かっていても、ほんの一瞬だけ安心してしまった。

「あっそう……じゃあこれで終わりだな」

「何言ってんのさ。消灯まで時間はあるよ。第二セットだ」

世良《せら》はカードを寄せ集め、何食わぬ顔でシャッフルを始めた。

たしかに消灯まで時間はあるが、世良の意図が読めなくて気持ち悪い。

「どうする？」

汐《うしお》はぱっとしない表情でカードを繰る世良を見ていた。汐も思うところがあるのだろう。

「もう少し続けてみよう。今のとこ害はないし」

「じゃあ、そうするか……」

続く第二セット。

今度は負けた順からカードを出していく。本来のルールなら負けた側は『大貧民』や『貧民』となってペナルティを課せられた状態からスタートするが、今回はナシにしておいた。

俺は自分の手札を確認する。ジョーカーが二枚。これならまず負けないだろう。

トントン拍子にゲームは進み、予想通りの結果となった。

「上がりだ」

また一位だ。二回目だから、そこまで嬉《うれ》しくない。

続いて、汐が二位抜けする。世良がドベ。一回目とまったく同じ結果になった。

「二人とも引きが強いね」

手札を捨てて、世良は肩を竦《すく》める。やけに白々しい態度だ。たしかに俺の引きは強かったが、どうにも予定調和な気がしてならない。だが俺を勝たせる意図も、世良が進んで罰ゲームを受ける理由も不明だ。

今度の告白で、何か分かるだろうか。

世良は言う。

「今は夏希《なつき》ちゃんと付き合いたい」

雷が落ちたように、怒りが全身を駆け巡った。

瞬間、理解する。罰ゲームは、ただの口実に過ぎない。こいつは単に堂々と発言できる機会を欲していただけだ。

世良の目論見《もくろみ》は、上手《うま》くいった。クリーンヒットだ。気づけば俺は立ち上がっていた。

「終わりだ。もう帰れ」

「まだ二セットしかやってないよ？」

「不愉快だから終わりだって言ってんだよ。さっきのが事実でも虚言でもどっちでもいい。その発言で、俺がどんな反応するかくらい分かってただろ。もうお前とトランプなんかやりたくない。いや、同じ部屋にだっていたくない。だから出てけ」

「そう熱くなるなよ。ただの恋バナじゃないか。修学旅行の夜の醍醐味《だいごみ》だろう？　大体さあ、夏希ちゃんの彼氏でもないのに、どうしてそこまで必死になるのさ」

「お前みたいなカスに狙《ねら》われてるって知ったら、そりゃ彼氏じゃなくても必死にもなるだろ」

「夏希《なつき》ちゃんのこと、僕になびいちゃうような騙《だま》されやすい子だと思ってるの?」

「安い挑発はやめろ。これ以上、お前と話してもなんの意味もない。……なあ、汐《うしお》だって嫌《いや》だろ?」

汐に同意を求めた。

きっと俺と同じ気持ちのはずだ。今は言葉にしていないだけで、星原《ほしはら》をダシに使われて内心憤慨しているに決まっている。

「世良《せら》」

いつもより低いトーンで世良を呼び、鋭く睨《にら》みつけた。さあ、言ってやれ。

「次、そういうこと言ったら出てってもらうから」

「ほら、汐だって……え」

つい間の抜けた声が出る。

次って……まだ続けてもいいと思ってるのか? 大富豪を? いやまさか、と思って視線を汐に戻したが、口を結んだまま黙っとしていた。次のゲームが始まるのを待っているようだった。嘘《うそ》だろ。

「へえ……?」

世良にとっても意外な反応だったらしい。感心したように汐を見つめていた。

「なあ、本当にいいのか? 絶対ろくなことにならないぞ……」

「……世良、カード混ぜて」

「はーい」

え、無視された……？

驚きで言葉を失っていると、汐がこちらに顔を寄せてそっと耳打ちした。

「わざと負けて」

すぐには汐の言うことを理解できなかった。数秒の間を置いて、『なるほど』と『なんで？』が同時に来る。

俺がわざと負けたら、世良は罰ゲームを受けられない。つまり発言の機会を失う。『なるほど』はそれだ。だが、そこまでして大富豪を続ける意味が分からないから『なんで？』だった。世良を部屋から追い出すのが一番手っ取り早いだろうに……。大体、罰ゲームなんか受けなくても、口を塞《ふさ》がれていないかぎり世良はいくらでも喋《しゃべ》る。

考えれば考えるほど無意味な指示だ。『なんで？』が『なるほど』を覆い尽くしていく。

「よし、三セット目行くよ」

頭上の疑問符をなんとか処理しようと試みているうちに、世良がシャッフルを終える。

仕方ない。とりあえず、ここは汐の言うとおりにしよう。もしかしたら、世良を陥れる作戦でもあるのかもしれない。

配り終えたカードを手に取る。

手札は……『2』が四枚来ていた。負けなきゃいけないときにかぎってこの引きの強さはなんなんだ。運が良いのか悪いのか……いや、普通に悪い。わざと負けることは、世良《せら》に気づかれないほうがいいだろう。それを踏まえると、手札が強ければ強いほど、利敵行為がごまかしにくくなる。

頑張ってバレないようにしないと……世良の手札を意識しつつ、僅差で負けるようカードを場に出していく。

……なんで修学旅行の夜にこんな心理戦を繰り広げなきゃいけないんだ。

理想と現実とのギャップに辟易しながら、カードを出していく。まずは汐《うしお》が一番に上がり、三枚差で世良が二番目に上がった。なんとか上手《うま》くいった。

「ほら咲馬《さくま》。罰ゲームだよ、罰ゲーム」

「言われなくても分かってる」

無論、秘密を話す気は毛頭ない。ここは適当な嘘《うそ》で乗り切るつもりだ。……が、すぐには思い浮かばなかった。それらしい嘘ならなんでもいいだろうが、なんでもいいからこそ悩む。

うーん……あれでいいか。

「……実はクモが苦手」

「へえ～、可愛《かわい》いところあるね」

「うるせえな……」

クモが苦手なのは、俺じゃなくて彩花《あやか》の秘密だ。すまんな、と一応心の中で謝っておく。

ベッド棚にはめ込まれたデジタル時計を見ると、「21：37」と表示されていた。あと二セットもすれば消灯の時間になる。すぐにでも世良を追い出したいが、汐は何も言わないし、今のところ上手くいっているので、大富豪を続行する。

四セット目。

「ねえ、もっとお喋《しゃべ》りしようよ。黙々と大富豪やってるだけじゃつまんないよ」

「こっちはお前に付き合ってやってんだぞ。うだうだ言わずカード出せ」

「咲馬の当たりがどんどん強くなって悲しいよ、僕は」

大げさに泣くフリをする世良に、うぜえな……と小さく独り言が漏《も》れる。

世良は『スペードの7』を出すと、やれやれとため息をついた。

「いいよもう、二人が喋んないなら僕が一人で喋るから」

「黙ってやれ」

「これは僕が中学三年生の頃《ころ》の話なんだけどね」

「……」

なんだかもう面倒くさくなってきた。今日は長い移動時間と札幌観光で疲れているのだ。怒るのも体力を使うし、難しいことも考えたくない。

「好きな人ができたんだ。もちろんそれが初めてじゃないけど、久々にびびっと来てね。去年の汐《うしお》のときみたいに、頑張ってアプローチしたんだ。どこも悪くないのに、仮病を使ったりして何度も保健室に通ってね……」

保健室？

少し引っかかったが、気にせず『クローバーの2』を出す。

「二学期に入ったくらいで、ようやくお付き合いできるようになってさ。嬉《うれ》しかったね。過去最高に苦戦したよ。いや、苦戦って言い方はよくないな。要塞みたいなガードをゆっくり崩していくのも、それはそれで充実した時間だったから」

でもね、と世良《せら》はどこか寂しそうに続ける。

「楽しい時間はそう長く続かなかった。僕と保健室の先生が付き合っていることが、クラスメイトにバレちゃってね」

さらりと衝撃的な発言が飛び出した。完全に同じ生徒だと思っていた。これも叙述トリックというのだろうか。

驚きはあったものの、まぁ世良ならあり得るか、という納得感もあった。こいつは分別というものを知らない。年の差や立場なんて些細《ささい》な問題なのだろう。

「しかも、そのクラスメイトが過去に僕と付き合っていた子なのがよくなかった。逆恨みで面白くおかしく吹聴されて、あっという間に学校中で噂《うわさ》になってさ。僕は全然構わないんだけど、先生はまずいよね。すぐさま『然るべき対応』をされちゃって、以来連絡も取ってないし、どこに行ったのかもよく知らない」

悔しいが、聞き入ってしまう内容だった。たとえ嘘《うそ》っぱちでも、沈黙を埋める小話としては上出来だ。

てっきりここで終わりかと思ったが、まだ続くようだった。

「僕たちが付き合っていたことは、しばらく上質なゴシップとして教室を賑《にぎ》やかせた。みんな、本当にひどいんだ。先生のこと、生徒に手を出した犯罪者だとかアバズレだとか好き放題いっちゃってさ」

「……そもそも付き合わなきゃよかった話だろ。お前の責任だ」

無視を貫くつもりだったが、つい反応してしまった。

世良は「お」と嬉しそうな声を上げる。

「やっと反応してくれたね。嬉しいよ。でも、そういうことを言われるとさすがに傷つくね。僕だってバカじゃないんだから、リスクは十分に理解していたよ。それでも、ほら、愛は止められないから」

「そんな崇高《すうこう》なもんじゃないだろ」

「喋《しゃべ》ってくれたついでに質問するよ。先生は非難されまくったけど、僕はどうだったと思う？当時、僕がみんなからどんなふうに思われたか、想像はつくかい？」

「……」

教師と付き合った生徒に対する、周囲の目線。少なくとも、好意的なものではないだろう。保健室の先生と同じように、しばらくは世良《せら》も嘲笑《ちょうしょう》や軽蔑《けいべつ》の対象となったはずだ。

と、思ったのだが。

逆だった。

「なんか、尊敬されちゃったんだよね」

「廊下を歩いていると、やるじゃん、よくやったな、とか言われるんだよ。中学の頃《ころ》って不良信仰みたいなのなかった？　あんな感じ。僕は『すごい悪さをしたヤツ』ていう称号を得て、周囲から一目置かれたんだ」

「胸くそ悪い話だな」

「まったくだ。だから、ちょっと痛い目を見てもらおうと思ってね」

物騒な単語を、なんでもないように口にした。

「わざと嫌われるように振る舞って、みんなが僕をいじめるよう仕向けた。それで暴力の証拠を、レコーダーとこの身体《からだ》に記録したんだ。前のアリサちゃんみたいにね。……まぁあそこまでボコスカ殴ってくる子はいなかったけど。で、まとめた証拠を高校受験シーズンにぶちまけてやったんだ。あれは痛快だったな」

汐《うしお》が一番に上がった。

気づけば、ゲームは終盤だった。

「以上、世良慈中学生編でした。楽しんでもらえたかな？」

「……それ、本当の話なのか？」

「さあ、どうだろうね。でも咲馬《さくま》が興味を持ってくれて嬉《うれ》しいよ」

「誰が……」

ぱさり、と世良が最後のカードを場に出した。

四セット目が終わった。無事、俺がドベだ。

「罰ゲームよろしく」

「……トマトが嫌い」

「奇遇だね。僕もだよ」

俺は時計を見る。残り時間的に次がラストだ。もうここまで来たらさくっと終わらせてしまおう。カードをシャッフルして、三人分の手札を作る。

五セット目、スタート。……にしても、さっきから気になっていたのだが。

汐、やけに静かだなぁ……。

純粋にトランプを楽しめる状況ではないのはたしかだが、それにしても無口だ。結局、世良の居座りをどうして許したのかも分からないままだし、わざと負けることにどれほどの意味があるのかもさっぱりだ。世良以上に考えが読めない。

……まぁ、いい。世良がいなくなったあとに真意を訊《き》いてみよう。

「ねえ、二人は中学生の頃《ころ》どんな感じだったの？　僕は話したんだから、そっちも教えてよ」

「嫌《いや》だ」

「冷たいねえ。人がこんなに寄り添ってあげてるというのに」

ぶつくさと文句を言いながらも、カードを出していく。これといった山場もないまま進行し、世良《せら》の手札がなくなった。

「やったね、一位だ。最後に勝てて嬉《うれ》しいよ」

よし。これでもうわざと負ける必要はなくなった。

改めて手札を確認する。強いカードは序盤で出し尽くした。このままいけば負けるが、勝敗にこだわる場面でもない。普通にプレイしよう。

気を抜くと、猛烈な眠気が襲ってきた。なんか急に疲れた……。明日のスキー実習に備えて、部屋に戻ったらすぐに寝よう。

「あれ」

俺の手札がなくなった。

……勝ってしまった。二位だ。つまり、ドベは汐《うしお》。

あの激弱な手札から勝った？　よほど汐の引きが悪かったのだろうか。

「汐、罰ゲームだよ」

「うん」

素直に頷《うなず》く汐。

まぁ、なんの問題もない。汐の秘密は少し気になるが、まさか本音を語るわけないし。適当に流せばそれで終わりだ。あくびを噛《か》み殺しながら、汐が告白するのを待つ。

「……このままじゃ、ダメだと思ってる」

小さな声で、汐は言った。

それが、秘密。やけに曖昧《あいまい》な、具体性に欠ける告白だった。だが抽象的だからこそ、それは本当の秘密なんだろうなと直感した。嘘《うそ》ならば、濁す必要はない。

このままじゃ、ダメ。

一体、何がダメなんだろう。

汐は短く息をついて、世良のほうを見た。

「もう終わりにする。先生が消灯の確認をしに来るから」

「そうだね。まだ遊び足りないけど、今日のところはここまでにしとくよ」

世良はトランプを回収すると、ベッドから降りた。

時間が来ているとはいえ、やけに大人しく従うような。少しばかり違和感を覚えたが、言葉にするほどではない。「おやすみ」と別れの挨拶《あいさつ》を交わして、俺は世良とともに部屋を出た。

ドアが閉まる直前、俺は回れ右して汐の部屋に戻った。ドアの隙間《すきま》に足先を突っ込んで、完全に閉まるのを阻止する。

「うわ、びっくりした」

「悪い、ちょっと気になることがあって……」

後ろを振り返る。よし。世良《せら》はついてきていない。部屋に入ることなく、そのままドアの前で用件を伝える。

「さっきの……このままじゃダメって、どういう意味なんだ?」

「ああ、それ……」

汐《うしお》は億劫《おっくう》そうにぽりぽりと頭をかいた。

「ただの嘘《うそ》だから、気にしないで」

「そ、そうか? なら、いいけど……」

「訊《き》きたいことは、それだけ?」

「あ、うん」

「そっか。じゃあ、また明日」

「ああ、また明日……」

ドアが閉まる。

……いまいち釈然としない。本当にそんな嘘をつくだろうか。仮に嘘だとしても、そこに何かしらの理由……もう少し具体的にいうなら、不満があるんじゃないだろうか。でないと「このままじゃダメ」とはならない気がする。

どうにも消化不良だ。

それに、今思い出したが、大富豪を続けた理由も聞き損ねた。また明日にでも訊いてみるか？　でも、せっかくの修学旅行で根掘り葉掘り問いただすのはなぁ……。

「紙木《かみき》」

「わっ」

ビクッとして振り返ると、そこには伊予《いよ》先生が立っていた。怒り顔で腰に手を当て、口を開く前にこれは怒られるやつだなと察する。

「もうすぐ消灯の時間だよ。早く自分の部屋に戻りなさい」

「す、すいません。今すぐ……」

やっぱり怒られた。でも思ったより軽い叱責《しっせき》で安心する。

そそくさと立ち去ろうとしたら、「あ、紙木」と何か思い出したように呼び止められた。

「今、汐の部屋にいた？」

これは正直にイエスと答えていいのだろうか。男子同士の部屋の行き来は許可されているものの、汐は特殊なケースだ。本来、女子として接するべき汐の部屋にいたことを認めれば……不純異性交遊の疑いをかけられるのでは!?

「な、なんのことやら」

「ごまかすの下手《へた》か。別に怒るわけじゃないから。ちょっと気になっただけ」

「あ、そうすか……まぁ、はい。いました、汐《うしお》の部屋。大富豪で遊んでただけで、いかがわしいことは何も」

「聞いてないことまで答えなくていいから……」

ため息交じりに言うと、今度は薄く笑《え》みを浮かべて、優しい眼差《まなざ》しを向けた。

「修学旅行って一生の思い出になる学校行事だからさ。できるだけ楽しんでほしいってことを伝えたかったんだけど……今のとこ大丈夫そうで安心した」

伊予《いよ》先生の声音《こわね》には、若干の疲労が混じっていた。

一生の思い出——そう認識しているからこそ、トラブルや生徒の不調には細心の注意を払っているのだろう。そもそも、多感な時期にある高校生数十人を遠方に引き連れ、無事家に帰すだけでも骨が折れるはずだ。教師とは大変な仕事だなと敬服する。

「修学旅行はまだ三日あるから、後悔がないよう楽しみなよ」

「はい。伊予先生もご無理なさらず……」

「生徒がそんな心配しなくていいの。ほら、行きな」

それでは、と俺は会釈して、再び自分の部屋へと向かった。

伊予先生の言うことは正しい。人生最後の修学旅行。そりゃあ楽しまなければ損というものだろう。些細《ささい》なことで頭を悩ませるのはもったいない。

切り替えよう。今後は修学旅行を楽しむことに集中する。とりあえず、今日はもうさっさと寝よう。

部屋まで戻ってくると、蓮見《はすみ》がベッドに寝転んで携帯をいじっていた。その横を通り過ぎて、ぼすんと自分のベッドに腰を下ろす。

そして頭を抱えた。

「またこのパターンか……」

「え、何」

廊下を歩きながら、気づいたことだった。

ここ最近、同じことをずっと繰り返している。いや、最近どころじゃない。たぶん、半年くらい前から。何か起こる↓一人で悶々《もんもん》とする↓切り替えようとポジティブに努める↓でも結局一人で悶々とする……このループに、毎月一、二回くらい陥っている。今回もきっとそうだ。どうせまた、このあと頭を悩ませることになる。

一時は克服できていたような気もするが、あれは勘違いだったのだろうか。考えすぎは自分の性質みたいなものだと受け入れているが、それでもしんどい。

「つっても、どうしようもないんだよな……」

「こいつ独り言やば……」

ベッドに横になった。歯磨きは済ませているので、このまま寝ても問題ない。携帯に充電ケーブルを差し込み、蓮見のほうを向く。

「そろそろ寝るわ」

「お、おう。紙木《かみき》、部屋だとそんな感じなんだな……」

「そんな感じって？」

「自覚ないのすごいな」

「……？　もう眠いから寝るわ」

布団を顎《あご》先まで持ち上げ、目を瞑《つむ》った。

＊

修学旅行二日目。

朝食を済ませたあと、三〇分ほどバスに揺られ、札幌国際スキー場へと訪れた。幸運なことに札幌は晴れ間が続くようで、今日もよく晴れていた。驚くほどに真っ青な空を、薄い雲が細くちぎれながら流れていく。

駐車場の先にある施設でスキーウェアに着替え、ブーツを履き、スキー板とストックを受け取る。想像以上に歩きにくい……それに疲れる。すでに明日の筋肉痛が心配になってきた。

ゲレンデに出ると、目が痛くなるほどの白に圧倒された。雪の斜面が日の光を反射して、真っ白に輝いている。白と青のコントラストが、驚くほどに綺麗《きれい》だった。

「見てみて！　雪だるま作った」

星原《ほしはら》が手の平の上に、小さな雪だるまをちょこんと載《の》せていた。可愛《かわい》い。それを汐《うしお》に見せびらかしている。二人ともスキーウェアはレンタルではなく自前のものだ。レンタルするか自分で持ってくるかは、修学旅行の前に選ぶことができた。

はしゃぐ星原を見て和《なご》んでいると、インストラクターの一人が「A組の人、集まってくださーい」と招集をかけた。ぞろぞろと生徒たちが集まり、インストラクターの先生と顔合わせをする。

「えー、まずは皆さんに初心者コースと経験者コースで分かれてもらいます。初心者は私のところへ、経験者の方は向こうのお兄さんの前に集まってください。それではどうぞ～」

む、分かれるのか……。

俺は初心者だし、星原も初心者といってもいいだろう。だが汐は明らかに経験者だ。

「ごめん、二人とも。教えるって約束したのに……」

「大丈夫！　汐ちゃんは経験者コースでたくさん滑ってきて」

「ああ、こっちは気にすんな」

汐は「そういうことなら……」と言って微笑《ほほえ》むと、経験者コースのほうへと向かった。

「う、うわわ……」

ふらふらと危なっかしい動きで、西園《にしぞの》が斜面を下ってくる。最初はなんとかインストラクターさんの方向に向かっていたが、どんどん軌道が逸《そ》れていき、なぜか急加速して雪だまりに突っ込んだ。しばらくもがいていたが、やがて諦《あきら》めたようにスキー板を外した状態で出てくる。

「難しすぎるんだけど……」

西園も初心者コースだった。意外だ。去年のマラソン大会では陸上部に交じって一桁台《ひとけただい》を取るほど運動神経がよかったが、スキーの適性はからっきしのようだ。たぶんA組の初心者コースの中で一番多く転んでいる。

「なんで滑れないかな……腹立つ」

「でも、さっきより上達してるよ!」

「ちょっとだけでしょ……」

星原《ほしはら》が西園を励ましていた。珍しい光景だ。

これもまた意外なのだが、星原は上手に滑れていた。本当に一度しか滑っていないのか疑わしくなるほど、難なくターンもブレーキングも習得している。

「私が思うにさ」

隣にいる真島《まじま》が言った。視線は星原と西園に向けられているが、俺に話しかけているようだった。

「運動が苦手な人ほどスキーが上手なんじゃないかな」

「まぁまぁ失礼なこと言ってるからな……」

たった数人の統計で決めるなよ……けどちょっと納得してしまう部分もあった。俺も運動は得意なほうではないが、思ったより滑れている。そして野球部の真島《ましま》は、今は涼しい顔をしているものの、西園《にしぞの》同様に苦戦していた。

「でも間違ってないっしょ」

「正しくはないだろ。俺は見たことないけど汐《うしお》はスキー上手らしいし」

「あー、たしかに汐が下手《へた》くそな印象はないね。スキーもボードもめっちゃ上手《うま》そう。ていうか汐が苦手なものってあんのかな」

「あるよ、辛《から》いものとか」

「へえ、よく知ってるね。付き合ってるから？」

「幼馴染《おさななじみ》だから、だよ。あと急にぶっ込んでくるのやめろ」

噂《うわさ》は真島も耳にしていたみたいだ。別に意外ではない。それでもいきなり言われるとびっくりする。

「否定はしないんだ？」

「……まぁ、しないけどさ。あんま言いふらすなよ、ちょっと困ってんだから」

「あはは、ごめんごめん」

ほんとに悪いと思ってんのかな……。

　椎名《しいな》が経験者コースに行ったからか、よく絡んでくる。話し相手になってくれるのはありがたいが、人のことやたらといじってくるのが困りものだ。まぁ世良《せら》に比べれば百万倍マシないじり方だが。

「はーい、皆さんついてきてくださーい」

　インストラクターさんが移動を始めたので、俺たちはあとに続いた。ストックを使って緩い斜面を滑っていく。さすがにこの速さなら転ぶ人はいないし、会話をする余裕もある。

「紙木《かみき》はふつーに女の子が好きなんだと思ってた」

「……そういう言い方はやめろ」

「でも見た目とか内面の問題じゃなくて、汐を恋愛対象として見るの難しくなかった？　紙木はほら、幼馴染だから」

　なかなか痛いところを突く。その辺りの葛藤《かっとう》は、もう嫌《いや》というほど経験した。

「それでも、ちゃんと付き合うって決めたんだよ」

「立派だねえ」

　む、と眉間《みけん》に力が入る。その一言に他意はないのだろう。だが真島も噂好きの生徒と同じで、汐と付き合うことを慈善活動か何かだと勘違いしているのかと、疑ってしまった。

「別に、立派とかじゃないだろ。こっちは好きで付き合ってるだけなんだから、偉くもなんともない。なんでみんなそうやって持ち上げてくるのか分からん」

「あれ……もしかして本気で怒ってる？」

少しだけ不安そうに、真島《ましま》は俺の顔を覗《のぞ》き込んできた。

「ちゃんと謝ったほうがいい？」

「や、別にそこまでじゃないけど……」

あっそう、と答えて真島は前を向く。

ざっざっと雪を滑る音が、やけに大きく聞こえる。微妙に気まずくなってしまった。

ちょっと過剰反応だったかもしれないと後悔していると、真島がちらりと俺を見た。

「立派っていうのは、たしかに語弊があったかも。でも紙木《かみき》と汐《うしお》が付き合うのって、やっぱりセンセーショナルな出来事なわけじゃん？　あることないこと言われて、うんざりすることも多いと思うんだよ。だから応援したくなる気持ちも込めて、立派って言ったんだ」

でも、と真島は申し訳なさそうに笑う。

「そんなこと言っといて、私も囃《はや》し立ててるような真似《まね》しちゃったね。ごめん」

「……いいよ。俺もちょっとトゲトゲしすぎた」

ホッとする。仲直りというわけではないが、禍根《かこん》を残さずに済んでよかった。

ただ……この場で深掘りするつもりはまったくないのだが、これだけ良識があるのに西園《にしぞの》に対して歪《ゆが》んだ友情を抱いているのは、人間分かんないなと思う。

真島は西園に罪悪感を植え付けさせ、半ば無理やり改心させた過去がある。結果的には上手《うま》くいったものの、強引だったと言わざるを得ないし、騙《だま》しているようなものだ。その真実を知ったときは驚いたし、恐怖も感じた。

二面性、というやつなのだろう。

誰にだって良い部分と悪い部分があり、万人が認める善人なんていない。そういう意味では、人間らしいともいえる。

「にしても、あれだね。紙木、ふつーに喋《しゃべ》れるようになってきたね」

「俺が？」

「うん。最初のほうなんか、きょどりまくってたじゃん。目も合わせてくれなかったし」

「それはまぁ、人見知りだから。でも、成長したんだよ俺も」

「半年以上経《た》ってようやく普通に喋れるって、成長おっそいなー」

「うるせえ」

「あはは」

インストラクターさんが足を止め、また新たな指示を出す。これが終われば昼食だと、付け加えるように言った。

午前の部も、そろそろ終わりだ。

昼食はスキー場近くにあるレストハウスで済ませた。それから流れるように午後の部が始まり、指導内容はより本格的になっていく。終盤には、初心者コースでも全員がある程度滑れるようになっていた。

午後四時を回った頃合《ころあ》いに実習は終わりを迎え、バスでホテルへと戻った。夕食は昨日よりも豪勢で、ジンギスカンの食べ放題だ。むさぼるように肉を食らい、動けなくなるほど満腹になる。

「う～……ちょっと食べすぎた」

ホテルの自室でお腹をさすりながら、ベッドに寝転ぶ。

二日目は、あっという間だった。

初めてのスキーは楽しかった。小学生みたいな感想だが、それ以上特に言うことがない。というか、今は頭が働かなかった。疲労と満腹で、眠気が凄まじい。シャワーを浴びる気力すらない。

今日はもうこのまま寝ようかな。明日の朝、浴びてもいい。……でも、結構汗かいちゃったしなぁ。それに何度か転んだから、ところどころ汚れてる気がする。

やっぱり、ちゃんとシャワー浴びるか……。

「紙木《かみき》」

ベッドで携帯をいじっていた蓮見《はすみ》が立ち上がった。

「先シャワー浴びてくるわ」

「え！　俺も行こうかと思ってたんだけど……」

「早い者勝ちだから」

そう言って足早にバスルームへ向かおうとする蓮見を「ちょっと待て！」と引き止める。

「そういうの、よくないだろ。ここは公平にじゃんけんで決めよう」

「え～……しゃあないな」

戻ってくる蓮見。

チョロいな……。紙木家だったら交渉の余地なんかない。先に脱衣所に入ったほうが入浴の権利を得られる。だから時によっては、風呂《ふろ》が沸《わ》いた瞬間ビーチフラッグみたいな勢いで彩《あや》花《か》と競走を繰り広げることがあった。

そのままバスルームに直行しておけばいいものを……と心の中であざ笑いながら、俺は立ち上がる。そして右手を掲げた。

「じゃんけん、ぽん」


「なんで負けるかなぁ……」

ため息交じりに呟《つぶや》きながら、廊下を進む。

蓮見が上がってくるまで大体二〇分といったところだ。部屋にいてもよかったのだが、じっとしていると寝落ちしてしまいそうなので、ロビーで時間を潰《つぶ》すことにした。汐《うしお》の部屋に行くことも考えたが、今日はもう疲れている。きっと汐《うしお》も同じだろうから、遊びに行くのはやめておいた。

階段を下り、ロビーに出る。ホテルの外に出ることは禁止されているが、ロビーまでならセーフだ。だがこの時間はみんな友達同士で交流しているからか、ロビーには一人も生徒の姿がなかった。代わりに、集団で旅行中と思《おぼ》しき中高年たちが談笑に興じている。

ロビーには居づらい雰囲気なので引き返そうとしたら、一角に喫煙所みたいなスペースを見つけた。自販機コーナーだ。ホテル内に売店があるからか、自販機コーナーの周りには人気《ひとけ》がない。あそこなら誰の邪魔にもならず済みそうだし、ちょうど喉《のど》も渇いていた。

早速、自販機コーナーに移動して、ラインナップを眺める。

「……ソフトカツゲンってどんな味なんだろ」

「名前から味が想像できないよね」

「縁起はよさそうだけどな」

「ゲン担ぎ的な？」

「そうそう……ってうおわ!?」

床から一センチ浮くくらい驚いた。

自分の間抜けさに腹が立つ。あまりに自然なやり取りだったので、すぐには気づけなかった。

「なんでお前がいんだよ、世良《せら》」

「咲馬《さくま》と同じさ。ジュースを買いに来ただけだよ」

気づかなかったとはいえ、友達みたいな距離感で相槌《あいづち》を打ってしまった。昨日の今日でまた顔を合わせるなんて、あまりについていない。

「今日はもう疲れてるから何も話さないぞ」

「じゃあ疲れてなければお喋《しゃべ》りに付き合ってくれるの？」

「間違えた。お前とは、もう、何も話さない」

一言一句、はっきりと言葉にして世良を拒絶する。こいつといると自分の口がどんどん悪くなっていくのを感じる。

「ホテルの自販機ってお酒売ってること多いけど、ここにはないね。修学旅行生に対する配慮なのかな？」

ラインナップからジュースを選んでいると、世良が話しかけてきた。もちろん無視する。

「知ってる？　修学旅行のあいだって千円払っても有料チャンネルは観られないんだよ。中学のときそれで大恥かいた子がいたんだよね。懐かしいな」

どれにしようか。鉄板のコーヒー牛乳もいいが、ソフトカツゲンの味も気になる。

少しのあいだ悩んでから、自販機にお金を入れて、ボタンを押す。ガコン、と紙パックのソフトカツゲンが落ちてきた。俺はそれに手を伸ばし、

「昨夜の汐、様子がおかしかったと思わない？」

世良《せら》の言葉に、意識を掴《つか》まれる。

——思う。たしかに昨夜の汐《うしお》は、変だった。

「大富豪のときとか、明らかにいつもと違ったよね。僕のこと、相当嫌ってるはずなのに部屋に居座らせてさ。しかも極めつけは『このままじゃダメだと思ってる』だ。あれは絶対なんかあるよ」

ソフトカツゲンを手に取り、俺は振り返った。

「なんかって、なんだよ」

「なんだと思う?」

にやりと口角を持ち上げる。思わせぶりな態度に苛立《いらだ》ちが募った。

汐の話は、きっと俺を釣るための餌だ。決して汐の心配をしているわけではない。だがそれでも、期待してしまう。世良は汐の異変に気づいていて、その原因を分かっているんじゃないかと。なんだかんだこいつの洞察力はバカにはできない。

「もったいぶるな。言えよ」

「きっと今の汐は過渡期なんだよ」

「かとき……?」

「サナギの段階ってことさ。これから羽ばたこうとするための準備期間。何か大きな選択をするつもりなんだと思うよ」

具体性の欠片もない考察なのに、しっかり聞き耳を立ててしまう。

何もこいつが正しいとは微塵《みじん》も思っていない。ただ、ヒントが欲しかった。仮にでたらめでも、そこに新しい視点があれば、汐の心情を探る手がかりとなる。

「逆に、咲馬《さくま》はどうなの？」

世良が首を傾けた。何かを不思議に思っているというよりは、頭の自重を支えるのをやめたような、リラックスした仕草だった。

「最近の汐に、矛盾するような言動はなかった？」

世良はにこやかに笑っている。

「感情の機微や言葉の節々に、何か思うところはなかった？　記憶を総動員させて、よくよく思い出してみなよ。そうすれば、なんとなく見えてくるんじゃない？」

「……何を言ってるんだ？」

眠気はとっくに覚めていたが、今度は猜疑心に思考が絡め取られそうになる。

完全に何かを知っている口ぶりだった。それを嘘《うそ》だと断定することができないのは、かすかに思い当たる節があったからだ。

「お前は……汐の何を知ってるんだ」

「顔が怖いよ、咲馬」

和《なご》ませるように言って、世良は自分のこめかみを軽く指で叩《たた》く。

「ちょっとは自分で考えなよ」

「は？　そんだけ思わせぶりなこと言っといて……」

「ていうか、汐《うしお》の話はもうよくない？　前にも言ったけどさ、今気になってるのは夏希《なつき》ちゃんなんだよね」

紙パックの角が潰《つぶ》れる。無意識に手に力が入っていた。

どうしてこう……人をムカつかせるポイントを的確に突いてくることができるんだろうか。俺が絶妙に食いつくようなラインで汐の話をチラつかせ、散々焦らされたところで星原《ほしはら》を持ち出す。タネは分かっているのに、それでも怒りの衝動を抑えられない。

「お前なぁ……！」

胸ぐらを掴《つか》みかかる勢いで世良《せら》に詰め寄った。すると世良は、敵意がないことを示すように両手を挙げ、その一方で挑発するような視線を俺に注ぐ。

「おお、怖い怖い。咲馬《さくま》は夏希ちゃんのことになると目の色が変わるね」

「俺を怒らせるためだけに星原の名前を使うな」

「効果的だから？」

「ぶん殴るぞ」

はーっとため息をついて、世良は大げさに肩を竦《すく》める。

「どうしてそんなに必死になんのかね。まだ好きなの？　夏希ちゃんのこと」

顔に熱が昇る。過去の話とはいえ、誰にも知られたくない事実を突きつけられると、さすがに怯《ひる》む。だが口を閉ざせば世良の思うつぼだ。だから必死に、虚勢を張る。

「違う。今はもうそういうのじゃない」

「今は、ね。じゃあ以前はそうだったたって認めるんだ」

「いや、それは……ああクソ、どうでもいいだろ、過去の話は。つーか、話を逸《そ》らすなよ。俺が聞きたいのは――」

　そこではたと気づく。

　口を閉ざせば思うつぼ？　どうしてそんな思考になっているんだ。黙って立ち去ることが、この場の最適解だろうに。

　もう、切り上げないと。汐の話は気になるし星原を出汁に使われた怒りもあるが、これ以上続けるのはまずい。時間を無駄にするだけでなく、抱く必要のない不安まで植え付けさせられる。疑心暗鬼で修学旅行を過ごすのはごめんだ。まだ、引き返せる。

「もういい。俺は行く」

　一瞬で踵《きびす》を返した。半ば逃げるように、早足で世良の横を通り過ぎる。何を言われても絶対に振り返らない。急いで自販機コーナーから離れ――。

「わ」

　一人の女子とぶつかりそうになった。

ぶかっとしたパーカーを着て、髪を小さく二つ結びにしている。頭一つ分低い位置にあるその見慣れた顔は、ほんのりと紅潮していた。

そこにいたのは星原《ほしはら》だった。

「あれ！　夏希《なつき》ちゃんじゃん。奇遇だねえ」

背後から世良《せら》がひょこりと顔を出した。

「あ、さっきの話もしかして聞いてた？　咲馬《さくま》ったらひどくて――」

自分でも驚くほどのスピードで世良の口を塞《ふさ》いだ。その拍子にソフトカツゲンを落としたが気にする余裕もない。

「おい、本当にやめろ。与太話ならあとで付き合ってやるから、マジでこれ以上ややこしくするな」

こくこくと世良が頷《うなず》いたので、手を離した。すると世良は俺の耳元に顔を近づけ、

「言ったからね」

ぼそりと呟《つぶや》くと、星原のほうを見た。

「なんだかお邪魔みたいだから、僕はもう行くよ。じゃ」

ひらひらと手を振って、世良が先に階段へと向かった。

その場には、固まった俺と星原が残される。

「あ、私も。失礼しました～」

うへへ、と気を使うように笑いながら、星原も立ち去ろうとする。

「ちょちょちょ、ちょっと待って！」

慌てて引き止めた。

気まずそうに振り返る星原に、俺もまたひたすら気まずい思いで、確認する。

「き、聞いてた……？」

「えーと……まぁ、ちょっとだけ？」

「ちょっとって、具体的には？」

「ぶん殴るぞ、って紙木《かみき》くんが言ったくらいから？」

頭を抱えてうずくまりそうになる。なら『まだ好きなの？』のくだりもがっつり聞かれていただろう。これはもう、ごまかしようがない。

最悪だ……恥ずかしさと情けなさ、そして世良への怒りで、呼吸が浅くなる。全身から嫌《いや》な汗が出てきた。

「で、でも全然大丈夫だよ！　私、そういうの気にしないから！　ほんとに！」

ああ、めちゃくちゃ気を使われている……。

精神的なダメージは甚大だが、とりあえず気持ちを落ち着かせるため、一度深く息を吸う。

考え方を変えよう。バレたのが、このタイミングでよかったと。汐《うしお》と付き合っていることが、すでに星原への恋心が過去のものである証拠になる。なら、事態はそう悲観的なものではない。何より、星原《ほしはら》が気にしないと言っているのだ。だったら、たとえ上っ面でも、俺もそう振る舞うのが道理だろう。

よし、ちょっとだけ大丈夫になってきた……今なら星原とも目を合わせられる。

「……それに、結構前に気づいてたから」

星原がさりげなく付け足した言葉に、落ち着きかけていた脳内が再び騒然となった。

「き、気づいてた？　何に？　え？　結構前って……？」

あっ、と星原は失言でもしたみたいに口を手で覆った。

「あ、いや、ごめん。今のはちょっと……気にしないで」

「いやいやいやいやいや、言ってくれよ。それ受け流すのは無理だって、気になって眠れないから」

「うう……」

今度は星原が追い詰められたような顔をした。無理して言わなくてもいい、と声をかけたいところだが、さすがに今回は明らかにしてほしい。それが痛みを伴う事実だとしても……。

「……紙木《かみき》くんと連絡先交換したとき、この人もしかしたら……って」

「連絡先を、交換……」

鈍器で頭を殴られたような衝撃を受けた。ふら、と一瞬立ちくらみを覚えて、すぐさま星原に詰め寄る。

「初めて喋《しゃべ》ったときじゃん!!　嘘《うそ》だろ!?」

「ご、ごめんなさい……」

星原の目に、うっすらと涙の膜が張る。

し、しまった。声を荒げすぎた。

「ご、ごめん！　取り乱した。悪い、今から冷静になる」

せっかく言いにくいことを話してくれたのに、俺が怯《おび》えさせてどうする。これは本当によくない。反省すべきだ。明日の自由行動に響かないよう、リカバーしないと……。

周りを見渡して、床に落ちたソフトカツゲンに目が止まる。拾うのを忘れていた。

そうだ、何か飲めば……小銭を自販機に入れ、ボタンを押す。そしてガコンと落ちてきたものを星原に渡した。

「これ、お詫《わ》びに……」

「ええっ、悪いよ。何もしてないのに……」

「このままだと落ち着かないんだ。頼む、もらってくれ」

「……じゃあ、遠慮なく」

星原は受け取った青色のパッケージを興味深そうに眺めた。

「ソフトカツゲン……ってどんな味なの？」

「さあ……？　飲んだことないから」

「え、飲んだことないもの渡したの？」

た……たしかに！

なんとなく自分と同じものにしたが、ここは好みを聞くべきだった。苦手な味かもしれないのに、どうして何も言わず買っちゃったんだろう。バカすぎるだろ。

あ、まずい……強烈な自己嫌悪が。こういう経験の浅さが露呈する瞬間が、一番恥ずかしい。

内心、悶《もだ》えまくっている俺の前で、星原《ほしはら》は紙パックにぷすりとストローを差し込んだ。

一口飲んで、顔を綻ばせる。

「……甘い」

苦手な味ではなかったみたいだ。恥ずかしさは拭《ぬぐ》えないが、とりあえず安心する。せっかくなので俺も自分のものを飲み始めた。

あー、なるほどなるほど……こういう系か。嫌いじゃない。

「星原も、ジュースを買いに来たのか」

「というか、避難？　恋バナがディープな感じになってきたから、逃げてきた」

「そっか……」

恋バナから逃げてきたのに、避難先でも惚《ほ》れた腫《は》れたの話を耳にしたことになるのか。お互い、運が悪い。

「ええと、掘り返すようで悪いんだけど……その、気づいてたんだな」

「あ、うん……紙木《かみき》くん、分かりやすいから」

散々、言われてたことだ。顔に出やすいとか、嘘《うそ》をつけないとか。なのに今まで一度も星原が勘づいている可能性を疑わなかった自分の能天気さに、嫌気が差してくる。

「それに、紙木くんじゃなくても、そういうのってなんとなく分かっちゃうから」

「すごいな……」

そういえば、星原は俺と汐《うしお》が付き合っていることも雰囲気で察していた。天然おバカキャラみたいに見えて、人間関係の器用さと空気を読み取る能力は、俺とは比べものにならないほど高い。

「……中学の頃《ころ》にさ、ちょっと人間関係でトラブルになったことがあって。たぶん、そのときから人をよく観察するようになったのかも。誰かから好かれてるとか嫌われてるとか、そういうのに無自覚だと、上手《うま》くやってくのは難しいから」

「シビアな世界に生きてるんだな……」

俺の知らない苦労があったようだ。星原の平和的でのほほんとした性格は、いわゆる自己防衛や処世術の一つなのかもしれない。優雅に泳ぐ白鳥が、水面下では激しく水かきをしているのと同じことだ。

「でも、本当にすごいな。全然、気づかれてるとは思わなかった。俺といて気まずくなったりしなかったのか？」

星原は照れくさそうに頬《ほお》をぽりぽりとかいた。

「一番最初の頃《ころ》は、ちょっとね。でも、紙木《かみき》くんなら大丈夫だってすぐに分かったよ。実際、途中から好きじゃなくなってたでしょ？」

「まぁ、恋愛的な意味では……」

「だよね。この人は私なんかに告白して関係を壊したりしないだろうなって、信頼してたから」

それは信頼といっていいのだろうか。ちょっと複雑なものがある。そもそも恋愛対象として見られていなかった事実が、ずしんとくる。この話を聞いたのが今でよかった、と心から思った。もしこれが去年の六月とか七月の話だったらたぶん死んでた。

「こういうこと聞くのも恥ずかしいんだけどさ……どうして告白しないと思ったんだ？　俺が意気地なしだから……？」

「あはは、違うよ」

星原《ほしはら》はまたストローに口をつける。そのまま何かを待つように俺のことをじっと見つめ、かと思いきやきょとんと首を傾げた。

「あれ、ほんとに分かんない？」

「すまん、後学のためにも教えてもらえると助かるんだが……」

急に星原の視線が、優しさを帯びた。

小さく微笑《ほほえ》んで、俺に言う。

「だって、紙木くん——」

＊

修学旅行三日目。

明日の朝に北海道を離れるので、実質今日が最終日だ。観光バス専用の駐車場で降車し、俺たちは小樽の地を踏む。薄く積もった雪が、べしゃりと鳴った。

潮の香りが鼻腔《びくう》を撫《な》でた。海が近いせいだ。潮風は冷たく、車内の暖房でぼんやりしていた頭がキンキンに研ぎ済まれていく。カモメの鳴き声が、遠くから聞こえていた。

栄えていた札幌と比べて、小樽はどこか寂しい雰囲気が漂っていた。見上げれば、青空がなんとか透けて見えるくらいの薄い雲が空を覆っている。周りに高い建物がないせいで、やけに頭上が広々と感じた。

札幌観光と同じく、今日も自由に散策することになっている。しかし一日目よりも自由度が高く、特定の班で行動しなくてもいいし、時間内に集合場所へ戻ってこられるなら多少の遠出も許可されていた。生徒の自主性を尊重する、という教師陣の方針らしく、生徒からは好評だった。

が、俺はそうでもなかった。

自由行動といっても、何かしらのグループは自然と生まれる。そうなると班決めのときみたいな駆け引きが発生するのは必然だろう。俺はそれが怖い。

「咲馬《さくま》」

駐車場の片隅で不安に苛《さいな》まれていると、汐《うしお》に声をかけられた。

「一応、聞いとくけど……誰かと回る予定はある？」

「いや、ない」

「だよね。これから夏希《なつき》に声かけようと思うんだ。一緒に行くでしょ？」

もちろん、と即答したかったが、ちらりと星原《ほしはら》のほうを見て、返事にためらった。

視線の先には、女子たちが集まってやいのやいのとはしゃいでいる。どこへ行くか、誰と回るかを話し合っているのだ。その中の一人である星原は、すでに数人からお誘いを受けているようだった。そこには真島《ましま》や椎名《しいな》もいる。よく見れば違うクラスの女子も交じっていた。

さすがの人望だ。そりゃあ一緒にいて楽しいのだから、引く手あまただろう。そこに俺が入り込むのは、抵抗がある。

汐も星原のほうを見ると、何かを察したように「ああ」と声を漏《も》らした。

「女の子ばっかで気まずい？」

さすが、俺の性格をよく理解している。

俺は頷《うなず》いて、汐に視線を戻した。

「たぶん、星原もいろんな人と回りたいと思うんだよな。真島とか椎名とか、他にもいろんな女子を引き連れて。そこに俺がいると気を使わせちゃいそうだし、俺も気まずい。だから、悩んでる」

我ながらめんどくさいなぁと思うが、人生ラストの修学旅行、その最終日なのだから、誰と過ごすかは重要だ。

「じゃあ、二人で回る?」

「二人って、俺と汐?」

「それ以外にいないでしょ。嫌《いや》ならいいけど」

「ぜ、全然嫌じゃない！　むしろめちゃくちゃ助かる……んだけど……」

どっちつかずな態度でまごついていると、汐はうんざりしたように眉を寄せた。

「まだなんか不安?」

「……汐はいいのか?　星原とか、他の友達と過ごしたくない?」

「ぼくがいいって言ってるんだから、いいんだよ」

な、なんて頼もしいセリフだ……。汐の背後から後光が差したような気がした。

気遣い上手で、甲斐《かい》性があって……これが、汐なんだよな。そう感じるたびに、世良《せら》を交えて大富豪をしたときの違和感が膨らんでいく。あのとき見せた、不可解な言動は一体なんだったんだろうか。

まぁ、ここで考えても仕方がない。とにかく今は、汐の厚意に甘えよう。

「じゃあ、喜んで――」

「咲馬《さくま》」

ぞくりと悪寒がした。

班決めの恐怖から脱したところで、新たな不安の種が芽生える。振り返るのも嫌《いや》だが、どうせ無視しても諦《あきら》めず食いついてくる。だから渋々、視線を動かした。

「世良《せら》……」

「お、汐《うしお》も一緒なんだ。いいね、三人で回る？」

「やめとくよ」

と答えたのは汐だ。ここではちゃんと断るのか。一瞬ドキッとしたが、ひそかに安心する。

「そっか、残念。じゃあ、咲馬と二人で行くよ」

「なんで俺が行くことになってんだよ。絶対に嫌だからな、お前と一緒なんか」

「えー。でも、昨日約束したじゃん。あとで付き合ってやるから、って」

汐が驚いたようにこちらを見た。

「そんな約束したの……？」

「いや、違うんだ。こいつがあまりにしつこいから、その場しのぎで……」

思わず舌打ちが出そうになる。世良が来ると状況がややこしくなる。

「おい、約束は守ってやる。でも、今は無理だ。せめて修学旅行が終わったあとにしろ」

「なんで？」

「分かるだろ。お前といるのが苦痛だからだよ。修学旅行くらい、好きな人と過ごさせろ」

ふうむ、と世良は考えるように顎《あご》に手を添えた。これで納得するとは思っていない。だから次の発言に備えた。

「ならいいよ。夏希《なつき》ちゃんを誘うから」

……身構えていても、それは看過できない。

「だから……やめろ、そういうの」

何回、同じ手に引っかかってしまうのだろう。ただの挑発に過ぎないと分かっているのに、星原《ほしはら》の名前を出されると冷静さを失ってしまう。もはや条件反射だった。

「せっかくの修学旅行を台無しにする気か？　星原を巻き込むな」

「相変わらずひどい言いようだなぁ。何も嫌がらせしにいくわけじゃないんだよ」

「嘘《うそ》つけ。お前が絡むとろくなことがない。大体、星原がお前の誘いに乗るわけないだろ」

「やってみないと分からないじゃないか。見てなよ、たしかめてくるから」

「おいやめろ、お前ほんといい加減に――」

「もういいよ、咲馬」

くいと服を掴《つか》まれて振り向く。汐は悲しいやら怒っているやら、見ているこっちが申し訳なくなるような切実な表情をしていた。

「三人で回ろう。北海道まで来て、喧嘩《けんか》なんてするなよ……」

熱くなった頭が、たちどころに冷えていく。そんな目で見られたら、従うしかない。

「……分かったよ」

汐《うしお》を困らせたくはない。世良《せら》といるのは心底嫌《いや》だが、ここは我慢だ。それに、こいつの執着心は異常だが、同時に飽き性でもある。一日中ずっと一緒とはかぎらない。

「半日でいいよ」

まるで俺の心を読んだかのように、世良がそう言った。

「僕もいろんな子と回りたいしね。半日経《た》ったら、僕は離れるよ」

半日……決して短い時間ではないが、世良から譲歩されると思っていなかった分、魅力的に聞こえた。

ただし、と世良は俺と汐を交互に見る。ああ、やっぱり何か条件があるのか——腹立たしさより先に納得感が来てしまう。そりゃあ、何か企んでるよな。

「その半日間は、咲馬《さくま》と二人きりにさせてよ」

「は？　そんなの——」

「嫌だ」

俺が言い切る前に、汐が断った。それも、必死な感情が前面に出た『嫌だ』だった。

「飲めないよ、その条件は」

「そう悪い案じゃないと思うけどな。僕が咲馬といるあいだ、汐は夏希《なつき》ちゃんや他の子と思い出作りに励んでたらいいじゃん。デートはいつでもできるけど、大勢の友達と遊ぶ機会はそうないでしょ？」

「修学旅行をどう過ごすかはぼくが決めることだよ。大体、世良が狙《ねら》ってるのはぼくじゃなかったの？」

「人の気持ちは移りゆくものだよ。それにさ、何も与えずこちらを見ようともしなかったくせに、ずっと自分のことを好いてくれると考えるのは、あまりに傲慢《ごうまん》じゃない？」

「……っ」

悔しそうに汐は奥歯を噛《か》みしめた。今の言葉は刺さるものがあったようだ。

汐が怒る一方で、俺は落ち着きを取り戻していた。同じ事象に対して自分よりも怒っている人を見ると怒りが収まる、なんて話を聞いたことがあるが、それなのかもしれない。

世良の言い分を認めるわけでないが、自分の心配をしなくていいなら、汐には他の子と遊んでほしい。決して、汐といるのが嫌なのではない。修学旅行は、恋人よりも友達と過ごしたほうがいい。その気になれば俺と汐はいつでもデートできるが、多数の友達と知らない街を観光する機会は、そうそうない。

「……半日でいいんだな？」

俺が確認を取ると、世良は嬉《うれ》しそうに笑って、汐は顔をしかめた。

「ちょっと、咲馬《さくま》……」

「半日経《た》ったら絶対に戻ってくる。それから、一緒に小樽を回ろう」

「でも……」

納得しかねている汐《うしお》に、世良《せら》が安心させるように微笑《ほほえ》みかけた。

「心配しないで、汐。そう悪いことにはならないから」

「……」

汐は何やら葛藤《かっとう》のある表情を見せたが、少しして諦《あきら》めたようにため息をついた。

「半日って、具体的には何時まで？」

「そろそろ一〇時だから、一三時まででどうかな？」

「……分かった。それまでに解放しなよ」

「約束する」

それ以上、汐は何も言わず、星原《ほしはら》のもとへと向かった。去り際に、何か言いたげな顔で俺を一瞥して、また前を向いて歩きだした。

なんだか寂しそうな汐の後ろ姿を見て、自信が揺らぐのを感じた。もしかしたら、何か大きな間違いを犯してしまったのかもしれない。

不安になって呼び止めようとしたら、世良に肩を掴《つか》まれた。握力は込められていないのに、決して逃がさないという圧力のようなものを感じて、身体《からだ》が強張《こわば》る。

世良は屈託のない笑みで俺に言った。

「じゃ、行こうか」


それから一〇分後、俺は一人道ばたで待ちぼうけしていた。

汐と別れてすぐ、世良は「ちょっとだけ待ってて」と言って、俺を置いてどこかへ行った。

「なんなんだよあいつ……」

あいつと二人でいる時間が減るのはありがたいが、こう何分も置いてけぼりにされるのはムカつく。しつこく誘ってきたくせに一人にするなよ……。

あ、もしかして……これは俺と汐を引き離すための罠《わな》!? やたらと噛《か》みついてくる俺を遠ざけて、今のうちに汐や星原に接触している、とか。あり得る。

クソ、また嵌《は》められた……。急いで携帯を取り出して汐に連絡しようとすると、すぐそばの路肩で車が止まった。五人乗りのコンパクトカーだ。運転席のドアが開いて、中の男がやってくる。

「咲馬、乗って」

「え……？」

運転していたのは世良だった。

まったく予期していない出来事に脳がバグりそうになる。

車……車⁉　高校生の世良が？　しかもこの北海道で？

盗難や無免許といった犯罪性のある単語が次々と頭に浮かぶ。怒ればいいのか、通報すればいいのか、それともすぐさまここから逃げるべきなのか……無数の選択肢を処理しきれず、ただ固まるしかない。

そんな俺に、世良《せら》は紙切れみたいなものを俺に渡した。

免許証だった。

「ちゃんと運転できるから安心して。ていうか、ぼーっとしてると先生に見つかっちゃうよ？早く乗りなよ」

「え、あ、おう……」

言われるがまま助手席に乗り込んだ。

世良も運転席に乗り、シフトをDに変えて発進する。加速していくと、ポーンと音が鳴った。

「咲馬《さくま》、シートベルト」

「あ、ああ……」

シートベルトを引っ張り、カチ、と留めた瞬間、やっと状況に理解が追いついた。すさまじい勢いで頭から血の気が引いていき、背中に冷たい汗が流れる。

「こ、この車……どこから持ってきたんだ……？」

「レンタカーだよ。もしかして盗難車だと思った？　バカだな～」

からからと笑う世良。犯罪の片棒を担がされていなくて安心——したのも束の間。また次の不安が顔を出した。

「それでも、無理だろ。高校二年生に、車は……」

「知らないの？　北海道って、高校生なら誰でも車を運転できるんだよ」

「そうなの⁉」

「うん。ほら、北海道って広いじゃん？　それに、雪も多いしさ。自転車やバイクだと危険が多いから、政府が車通学を推奨してるんだよ。だから北海道の高校は、家庭科の授業でみんな一度は車を運転するんだ」

「へ〜……」

全然、知らなかった。そんな制度があったなんて。人より多少本を読んでいる自負があったが、世の中まだまだ知らないことだらけだ。

……いや、ちょっと待て。

「なんで家庭科の授業？」

「掃除や洗濯と同じくらい、運転のスキルは必須だからだよ。特に田舎はね」

「なるほど……」

家族に一人は車の運転ができないとかなり不便だ。そう考えると、少なくとも体育や物理よりかは、家庭科でしっくりくる。

静かに納得していると、突然、世良《せら》がぶはっと吹き出した。ヤバイきのこでも食べたのかと思うくらい、病的な笑いっぷりだった。あまりに不気味で言葉を失う。というか運転に集中してほしい。

ひとしきり笑ったあと、世良は目尻《めじり》の涙を指先で拭《ぬぐ》った。

「いやー……咲馬《さくま》は面白いなぁ。全部嘘《うそ》だよ」

「全部嘘⁉」

「北海道の高校生は授業で車を運転するって……中学生でも信じないよ、そんなこと。大体、僕、道民じゃないし。それに『なんで家庭科の授業？』って……なんであらゆる突っ込みどころを無視してそこが気になるのさ。ぷっはは」

ぱしぱしとハンドルを叩《たた》きながら、またツボに入っている。

全部、嘘……たしかに、考えてみればおかしい。いや考えなくてもおかしいだろ。バカか俺は。いくら混乱してたからって、世良の言うことを鵜呑《うの》みにするな。

ニュースを見ていると、たまにどうして引っかかるんだろうと言いたくなるような詐欺事件を目にする。あれは他人事《ひとごと》ではなかった。五里霧中に陥った人間は、どんな嘘でも信じてしまう。

「……ん？　おい待て！　じゃあお前、なんで運転できんの……？」

「咲馬が手にしているものは、ただのブロマイドじゃないんだよ」

ブロマイド……ああ、免許証のことか。

そうだ、免許証があるなら違法ではない。けど、世良《せら》がなぜ免許証を持てる？　名前の欄にはちゃんと『世良慈《いつくの》』と載ってるし、顔写真も本人で間違いない。

免許証をつぶさに観察していると、生年月日の欄に目が止まった。

改めて、世良を見る。

「お前……今、何歳なの？」

「一九歳だよ」

世良は平然と答えた。

「二年ほど学校をお休みしてた時期があってね。だから実はみんなより二個年上なんだ。これは内緒にしててね？　先生だって全員は知らないんだから」

「マジかよ……」

免許証に記載されている以上、嘘《うそ》ではないのだろう。

驚いたが、不思議な納得感もある。思えば初対面のとき、どこか大人びた雰囲気を感じた。東京から来た転校生だから垢抜けているのかと思ったが、実際には、俺たちよりも年上だったのだ。

今までずっと隠していたのか。得体の知れないヤツだが、一瞬だけこいつの正体らしきものが見えた気がした。

「……ていうか、この車はどこに向かってるんだ？」

さっきから大きな道をひたすら直進している。あらかじめ小樽の観光マップはぼんやり頭に入っているが、車が必要なほど遠い観光スポットはかぎられている。

「神威岬《かむいみさき》だよ」

「小樽にそんな場所あったか？」

「この道をひたすらまっすぐ進んだところにあるんだ。調べてみなよ」

言われたとおり、携帯で地図を開く。神威岬は……。

「おい！　めちゃくちゃ遠いじゃん！　そもそも小樽じゃねえ！」

「飛ばせば一時間だよ。大丈夫、約束の時間には間に合わせるからさ」

「いやお前、間に合わせるっつっても……まずいだろ、小樽から出たら」

「小樽から出てはいけません、なんて規則はないよ」

「それはそうだけどさ……」

いくらルールに違反していなくても、このことを先生が知ったら黙っちゃいないだろう。そもそも免許を取ること自体が校則違反——と思ったが、世良が免許を取ったのが椿岡《つばきおか》に来る前だったら、問題はないのかもしれない。抜け目のないヤツだ。

言いたいことは山ほどあるが、短い時間で感情がバタバタしたせいで疲れた。シートにもたれかかって、窓の外を見る。小樽の閑散とした街並みは、少し椿岡に似ている。雪が完全に溶けてなくなれば、ますますそう感じるだろう。

隣から鼻歌が聞こえた。流行のアイドルソングだ。ハンドルに添えられた左手の人差し指が、トントンとリズムを刻んでいる。ずいぶん機嫌がよさそうだ。いや、いつもこんな感じか。こいつが不機嫌そうにしているところは、見たことがない。

「……お前は、なんでそんな自由でいられるんだ」

ふと疑問が口を衝《つ》いた。世良《せら》は鼻歌を中断して口を開く。

「それはね、亡くなった兄が僕に人生を楽しめと――」

「それは前に聞いた。もう真面目《まじめ》に答えなくていいから、せめて俺が納得できる範囲の嘘《うそ》をついてくれよ」

「咲馬《さくま》もようやく僕との付き合い方が分かってきたね。ナイス適応」

まったく嬉《うれ》しくない。

「逆に訊《き》きたいんだけど、咲馬は自由じゃないの?」

「それは……自由の定義による」

「そうだよね。昔の哲学者によると、自由ってのは自分を制することができる状態をいうらしいんだ。痩《や》せるためにダイエットしたり、欲しいゲームを買うために節約をしたり……。逆に、欲求の赴くままに行動する人は、本能の奴隷になっているだけに過ぎないとね。そういう意味では、僕よりも咲馬や汐《うしお》のほうがはるかに自由だ」

倫理の授業を受けているような気分になった。感心するが、質問の答えにはなっていない気がする。

「……よく分からん。俺が訊きたいのは、どうして周りの目を気にしたり誰かに嫌われてないか心配になったりしないか、ってことだよ」

「それは優先順位の問題だね。僕だって多少はそういうの気にしてるよ」

「嘘つけ」

「いや、ほんとほんと。後悔に追いつかれる前に行動してるだけなんだよ。自転車が速く漕《こ》げば漕ぐほど安定するように、僕も動き続けることで精神を健全に保ってるだけなんだ」

その言葉が本心かどうかは、もう気にしないことにした。ただすべてを嘘だと断じれば会話にならないので、ここは本心だという体《てい》で俺も答える。

「それ、健全っていえるのか？　しんどそうな生き方だけど」

「だからさっき言ったじゃん。僕よりも咲馬や汐のほうが自由だって。僕はね、こうしたほうが面白いかも、って発想が生まれたらそれを試さずにはいられないんだよ。本能の奴隷……はちょっと自虐が過ぎるから、もうちょっとカッコよく言うと、直感の従者」

「……アホくさ」

「でも、楽しいよ。僕は僕の人生がものすごく楽しい。自由かどうかなんて、どうでもよくなるくらいにね」

「……」

別に羨《うらや》ましいとは思わない。世良《せら》が語るとおり、なんの苦痛もなく生きているわけではないのだろう。それでもほんの一瞬、こんなふうに生きられたら、と考えてしまう自分がいた。俺の価値観が、わずかに変質させられるのを感じた。

自由とは、本能の奴隷で。

普通とは、価値観の押しつけで。

恋愛とは、傷つけ合うことの承認で。

何気ない言葉に隠れた暴力性に気づいたとき、息が詰まって、何も言えなくなる。

「なんも分からん……」

俺の声は、トンネルに入ったときのごおー、という反響音にかき消された。

海沿いの道を進んでいくにつれ、積雪量も増えていった。路肩に積もった雪のせいで、車道が細く感じる。右手には広大な日本海が一望できるが、世良を視界に入れるのが嫌《いや》で、あまり見ないようにしていた。帰り道に、じっくり眺めよう。

決して、ドライブを楽しんでいるわけではない。

だが、最初の頃《ころ》に比べて、世良に対する嫌悪感は薄れていた。麻痺、と言い換えてもいいが。

「あ、見て」

世良が言った。視線の先にある看板を見ると、神威岬《かむいみさき》への道のりを示す看板があった。指示どおり右に曲がり、傾斜のある道を進んでいく。

「雪降らなくてよかったよ。午後から荒れるみたいだからちょっと心配してたんだよね」

「……そういや、どうして神威岬にしたんだ?」

「絶景なんだよ。見頃は夏らしいけど、冬でも綺麗《きれい》なはずだから。岬の先端に立って風を浴びたら、絶対気持ちいいよ」

「ふうん……」

クソ、ちょっと楽しみになってきたな。

湾曲した山道を進むと、開けた場所に出た。どうやら駐車場らしいが、車は一台も停まっていない。それに、地面が見えないくらい雪が積もっていた。

車から降りると、強風に前髪が持ち上がった。小樽よりもずっと風が強くて冷たい。これは間違いなく氷点下いってる。脱いでいたコートを、急いで後部座席から取ってきて羽織った。

「さっび……どっちに行けばいいんだ?」

「こっちだよ」

世良が先導する。向こうのほうにスロープのようなものが見えた。あの道が岬の先端に続いているようだ。俺は大人しくついていく。

道は緩やかな上り坂になっていた。傾斜は大したことないが、とにかく雪が多くて歩きにくくい。踏む場所を間違えると、足首までずっぽり埋もれてしまいそうだ。

下を向きながらびくびくして歩いていると、人間よりも小さな足跡を見つけた。鹿だろうか。こんなところまで来るんだなと驚く。そういえば、道中で『熊出没注意』の標識を何度か見かけた。今は冬眠中だろうが、あまりに人気《ひとけ》がないので怖くなってくる。歩くペースを、少し速めた。

びゅうびゅうと吹く風に晒《さら》されながら道なりに進むと、鳥居のようなゲートが見えた。そのすぐ前まで来て、俺たちは足を止める。

「閉じてるぞ」

「閉じてるね」

ゲートの張り紙を読んでみると、『強風のため通行止』とのことだった。

世良《せら》はがっくりと肩を落とした。内心、俺もちょっと残念に思っていた。

「うえ〜最悪……せっかくここまで来たのに」

「仕方ないだろ、諦《あきら》めろ」

「あ、そうだ。柵を乗り越えれば」

「行くなら一人で行けよ。俺は絶対に行かないからな」

「ちぇー、分かったよ。諦めます」

と言いつつも、世良はゲートの前から離れようとしない。ゲートの上部にある文字を、じっと見つめていた。実をいうと、俺も気になっていた。

そこには大きく『女人禁制の地』と書かれている。

近くの看板を見てみると、詳しい説明書きがあった。大昔、チャレンカという女性が、恋仲だった源義経に置き去りにされたショックで、岬から身投げしたらしい。それ以来、女性を乗せた船が神威岬《かむいみさき》の近くを通ると、みな転覆した……とのことだ。

「なんで女性を乗せた船なんだろうね？　恨むべきは義経、そうでなくても、せめて男じゃない？」

「そりゃお前、嫉妬《しっと》だろ。私は置いてけぼりにされたのに、あの女は男と船に乗ってて悔しい……って思いが、呪《のろ》いになったんだろ」

人間らしい怨念がこもった、生々しい伝説だ。オカルトの類いは信じていないが、身投げした話は実際にあったんじゃないだろうかと思えてくる。

「僕だったら、男だろうが女だろうが通る船全部転覆させるけどね」

「知らねえよ……」

世良は柵に手をついて、遠くにある岬の先端を見つめた。

「嫉妬ねえ……たった一人に執着するからそうなるんだ。もっといろんな人を愛しておけばよかったのに」

「誰かを好きになるって、そういうもんじゃないだろ。しかも源義経って、たしか平安時代だろ？　そんな時代に、複数の人を愛するなんて……」

「平安時代の貴族は、愛人が複数いるのが当たり前だったらしいよ。妻は一人でも、愛情は他の人にも向けられてたんじゃないかな」

「……貴族だけの話だろ？　少なくとも一般的な風習じゃない」

「いや、当時は全国的に夜這《ば》いの文化が根付いていたから、二股《ふたまた》三股はそう珍しくなかったはずだよ。みんな誰とでも気軽に営んでたから、現代ほど嫉妬《しっと》を覚えることはなかったんじゃないかな」

「それは……」

言葉に詰まる。

反論できなくても、恥ずべきことではない。だが、退《ひ》きたくなかった。いや、退けなかった。頭の一番深いところで、負けてはならないと叫ぶ声が聞こえる。

「それは性欲の話であって、愛の話じゃない」

「同じでしょ」

「いいや、違う。パスタとスパゲティくらい違う」

「同じじゃん」

「違うっつの、バカ。愛っていうでかい括《くく》りのなかに性欲があるんだ。ただの一要素なのに、それを愛そのものだと勘違いするな。お前はネジを見て『これは車だ』って言うのか？　言わないだろ」

「ははっ、めっちゃ力説するじゃん」

世良《せら》はゲートの前を離れた。そのまま帰るのかと思いきや、すぐ脇道に逸《そ》れていく。さくさくと雪を踏みしめながら、俺は世良についていった。

「ネジを見て車だとは思わない。だけど、ネジがなければ車は動かないよ」

前を歩きながら、世良が言った。

「何が言いたいんだよ」

「性欲を軽んじちゃダメだよ。大抵の人間が持っているものだし、それが愛を育むことだってあるんだから」

「壊すこともある。浮気なんて最たる例だ」

「よっぽど認めたくないんだね、性欲を」

「別に、認めたくないわけじゃない……けど……」

言っている途中で自信がなくなってきた。最後のほうは、風にかき消されて世良に届いていないだろう。

認めたくない、のかもしれない。

なぜなら性欲とは本能的なものだ。脳に組み込まれたシステムであり、自分自身が気持ちよくなるために存在する。だが愛情は違う。愛は、自分ではなく、誰かを幸せにするためにある感情だ。

もっとも、『誰かを幸せにする』という思いも、エゴの一つだ。だから、愛情も性欲も根源が同じであることは認めざるを得ない。

「ねえ咲馬《さくま》、汐《うしお》とは――」

びゅお、と突風が吹いた。

風圧で身体《からだ》がよろめく。帽子を被《かぶ》っていたら、確実に飛ばされていた。まるで目に見えない巨大な獣が、俺たちを威嚇《いかく》しているような……そんな風だった。

「なんか言ったか?」

よく聞こえなかったので距離を詰めようとすると、世良《せら》は足を止めた。

そこは展望台だった。円形のスペースで、三六〇度見渡せる形になっている。俺は引き寄せられるように、日本海側の柵に近づいた。

綺麗《きれい》な景色とは言いづらい。曇っているせいで水平線が分かりづらく、沖の空気は白く濁っている。なのに、海から目が離せなかった。不思議な引力があった。

「咲馬」

名前を呼ばれて、振り返る。

世良は珍しく真剣な表情をしていた。

「汐とはもうエッチした?」

「な」

肌に刺さるような寒さのなか、それでも顔が熱くなるのを感じた。

「な、何言ってんだよ、いきなり」

「真面目《まじめ》な話だよ」

「やめろ。こんな場所でする話じゃないだろ。つーかどこだろうと、そんなこと訊《き》くのめちゃくちゃ失礼だからな」

「その感じだとしてないんだね。まぁ当然っちゃ当然か」

世良は柵に積もった雪を払いのけて、そこに腰掛けた。

「咲馬はさ、自分が汐に欲情できないことを、負い目に感じてない？」

ぴた、と冷たい手が首筋に触れたように、全身の筋肉が緊張する。

「恋人なのに、汐のことを性的に見ることができない。どころか、同性の身体と触れ合うことに拒絶感すら覚えている。その事実から、咲馬は必死に目を逸《そ》らそうとしてるんじゃないかな」

びゅうびゅうと風が吹き込んでいるのに、世良の声は一言一句、しっかりと耳に届く。聞きたくないのに、耳を塞《ふさ》ぐことも、話すのをやめさせることもできない。

「だからさっきの話で、愛なんていうなんでも包み込む壮大な概念から、意地でも性欲を切り離そうとしていたんだ。汐への愛情を、疑いたくないから」

気を抜くと、風に煽《あお》られて足が地面から離れそうな気がした。

腹筋に力を入れて、ぐらついた身体《からだ》の芯を支える。そしてゆっくりと肺に空気を送り込んだ。

「……それ、汐《うしお》に言ってないだろうな」

「当たってるんだ」

世良《せら》は愉快そうに笑うと、邪魔そうな前髪を耳にかけた。

「大丈夫、言ってないよ。ていうか言えないよ。そんなひどいこと」

世良の言うことだから信用はできないが、多少の気休めにはなった。

なんとかして平静を取り戻し、拳を握りしめる。

「それの何が問題なんだ？」

「ん？」

「汐のことを好きでも、その身体までは愛せない。それの何が悪い？　恋人だからって、相手のすべてを好きにならなきゃいけない理由はないだろ」

できるだけ、声を張る。

「身体の繋《つな》がりが、すべてじゃない」

「汐が聞いたら泣くね」

ふー、と世良は宙に白い息を吐き出す。尾を引くこともなく、あっという間に風に流されていった。

「もちろん、何も悪くない。ただ、前途多難だとは思うよ。そんなんでどうやって愛をたしかめるの？　そもそも、咲馬《さくま》はそれで満足なの？」

「構わない」

即答した。

「そこはもう、受け入れてる。誰かと付き合って、何かを我慢することは、そんなに珍しいことじゃないだろ。たとえば……デートの費用のために無駄遣いをやめる、とか」

「そんなレベルの話じゃないと思うけどね」

「とにかく、いいんだよ。汐と一緒に映画観たりゲーセン行ったりラーメン食べたりできたら、俺は十分幸せなんだよ。お前と違って手当たり次第じゃないんだ。ささやかな幸せを噛《か》みしめさせろ」

「すごいね、思春期真っ盛りの高校生とは思えない慎ましさだ」

皮肉たっぷりに言ったあと、世良は降参したように両手を挙げた。

「オッケー分かった。咲馬は我慢できる、それは認めるよ」

でも、と続けて世良は笑う。

「汐はどうかな？　咲馬にその気がなくても、汐は望んでるんじゃないかな？」

そんなことはない、なんて言えるはずがなかった。

実際、素振りはあった。汐の……そういう欲求を直視するのは抵抗があって、今まで考えないようにしていた。

「望んでるったって……ど、どうやってやるんだよ」

「そこはなんとなく想像つくでしょ。つーか分からないなら汐《うしお》に直接聞きなよ」

「き、聞けるか！　そんなこと……」

世良《せら》はうんざりしたように「勘弁してよ」と言った。

「保健の授業で恥ずかしがる中学生じゃないんだから、もっと真面目《まじめ》に考えなよ。汐が気の毒になってきたな。本当に咲馬《さくま》は、身体《からだ》の繋《つな》がりを『そんなこと』だと思ってるの？　醜くて汚くて口にするのも悍ましい行為だとでも？」

ガキんちょ、と世良は呟《つぶや》いた。

「性欲にすらまともに向き合おうとせず、ずっと付き合ってられると思ってんの？　そんなの破局するに決まってんでしょ」

ぎり、と奥歯を噛《か》みしめる。

心の中に土足で踏み入れられたような不快感がある。そのうえ、これでいい、と思って並べた家具の配置を、勝手に変えられたような気もした。

不愉快極まりないが、そのほうがいい、と思っている自分もいる。

こいつの言っていることは、間違っていない。

「考えが甘かったことは認める。たしかに俺は……あるのが当然のものを、ないように振る舞っていた。ずっと、目を逸《そ》らしていた。癪《しゃく》だけど、お前のアドバイスはちゃんと受け止める。

だから……もういい。それ以上は、何も言うな」

「無理だよ」

世良の返事は早かった。

「見てられないんだよ、咲馬の恋愛。あまりにも拙《つたな》すぎる。そんなんじゃ誰も幸せにならない。そもそも、咲馬は本当に汐が好きで付き合ってるの？」

ぴくり、と頬《ほお》がわずかに痙攣《けいれん》する。

「何が言いたい？」

世良は立ち上がり、こちらに近づいてくる。風で服がばたつき、ちゃんとセットしたであろう髪もとっくに乱れていた。

「汐に対する同情を、好きだと勘違いしてるんじゃない？」

世良の目が、一対並んだ銃口のように俺を捉《とら》える。

「あるいは」

カチリ、と撃鉄が落ちる音。

「自分が差別的な人間でないことを、汐を使って証明したいだけなんじゃないの？」

また突風が吹く。

全身にぶつかってくるような、強い風だった。だけど今度はよろめかなかった。なおも風が吹き荒れるなか、俺は世良との距離をさらに詰める。

空気の塊を飲み込んで、俺は言う。

「そんなわけないだろ」

気づけば、世良《せら》の胸ぐらを掴《つか》んでいた。震えるほど力が入る。世良はまったく表情を崩さず、何をされているのかも気づいていないように、俺から目を逸《そ》らさなかった。

「お前は、なんなんだ」

沸々とたぎる怒りが、震えるような寒さを打ち消す。

「どうして、そんなことが言えるんだ。俺がお前に何をしたんだよ。なんで俺に執着する？一体、何がしたいんだよ、お前は」

世良は何も答えない。

風の強さが、どんどん増していた。天候が崩れ始めている。そのうち雪でも降ってくるかもしれない。

胸ぐらを掴まれたまま、世良はゆっくりと口を開いた。

「それはね、咲馬《さくま》」

世良の体温が、右手を通じてほんのわずかに伝わってくる。

「僕が本当に狙《ねら》ってるのは、君だからだよ」

＊

汐《うしお》は、その紙木《かみき》咲馬って子が好きなの？

……はは、そんな顔しないでよ。

見てたら分かるよ。咲馬の話をしてるときの顔、輝いてたもん。僕とのデートはつまらなさそうなくせに。

デートじゃない？　どうせ付き合うことになるんだから、デートでよくない？

……ああ、自信はあるよ。定期考査で一位を取るだけでいいんでしょ？　楽勝楽勝。それに一位を取ったら汐と付き合えるんだから、張り切っちゃうよ。

それで、咲馬ってどんな子なの？　小学生のときはずいぶんやんちゃというか……なんだかバカっぽいなって印象だけど。今は？

……あはは、めっちゃ悪く言うじゃん。

なのに、好きなんだ？

否定しなくていいよ。汐、完全に乙女の顔になってたもん。ちょっと妬けちゃうけど、興味が湧《わ》いてきたな。今度話しかけてみようかな……。

へえ？　本当に？

それはいいねえ。僕も散々行動が読めないって言われるけど……もしかしたら、僕と咲馬、似てるのかもね。

仲よくなれるといいなぁ。

*

「は?」

するり、と手が世良《せら》の胸ぐらから滑り落ちた。

「狙《ねら》ってるって……どういう意味だよ」

世良は笑っている。花を愛でるような、優しさに溢《あふ》れた笑《え》みだった。

「エリリちゃん、ユズさん、ナギちゃん……そこに咲馬《さくま》の名前を連ねたいと思ってる」

「ふざけてるのか?」

脳が理解を拒んでいる。

いや、理解する必要すらない。いつものやつだ。俺を惑わせるために言っているだけ。

「ふざけてないよ。君のことが好きだと僕は言ってるんだぜ」

「……お前、それ、告白みたいなもんだぞ」

「だからそのとおりだってば。ただまぁ君とイチャイチャしたいわけじゃないんだ。それを期待してたなら申し訳ないけど」

「するわけないだろ殺すぞ」

「最初は汐《うしお》の話を聞いてほんのちょっと興味を惹《ひ》かれただけだった。でも話しているうちに、君の価値観をどうしても歪《ゆが》めたくなってね。だから、加わってほしいんだ。ユズさんの言葉を借りるなら、僕たちのチームに」

「入るわけねえだろ」

反射的に声が出た。

さすがに今回は怒りよりも馬鹿馬鹿しさが勝つ。世良の告白には、一ミリの真実味もない。だから、何も響かない。

「お前はラストバトルの前に勧誘してくる魔王か？　仮にその告白が本当でも、今まで散々人を弄んできたお前の誘いに誰が乗るかよ」

「正確にはりゅうおうだね」

「どっちでもいい。とにかく、天地がひっくり返っても、お前の仲間にはならない」

「そっか。残念」

世良はため息とともに宙を見上げた。表情だけ見れば本気で残念がっているようだが、これも演技だろう。視線を俺に戻し、ぽりぽりと首の裏をかきながら言う。

「汐は君と別れたがってるけど、それでも入らない？」

一瞬。

あれだけ吹き荒《すさ》んでいた風が、ふっつりと止んだ。無重力空間に投げ出されたような錯覚を受ける。

「破局するって言ったのは、ただの嫌味《いやみ》じゃないよ。確証がある」

目の前にちらりと光るものが横切った。

雪だ。風に吹かれて、視界に次々と線を描いていく。

「……なんだよ、確証って」

舌が異様に渇いていた。

「咲馬《さくま》と汐《うしお》が付き合っていることは、秘密にしていたんだよね。そのわりには、僕が見かけたとき、汐はあっさり認めたじゃん。あれってなんでだと思う?」

「なんでって……」

「そもそも、本当に秘密にしておきたいなら、学生がたくさんいる駅前でデートなんかしないんじゃない? ただでさえ椿岡《つばきおか》は遊ぶ場所が少ないんだから、すぐ誰かに見つかっちゃうよ。特に、僕みたいなお喋《しゃべ》りなヤツに見つかったら大変だ」

世良《せら》は歩きだした。俺の横を通り過ぎ、日本海を眺める。そして風を感じるように、両手を広げた。

「汐は、別れる口実が欲しかったんだよ」

なおも続ける。

「学校で噂《うわさ》されて、好奇の目に晒《さら》されて……それが嫌だから咲馬とはいられない。そう言って、別れを切り出すつもりなんじゃないかな」

「話が飛躍しすぎだ」

　世良の背中に、俺は自分の言葉をぶつける。

「お前の話はなんの説明にもなっていない。どころか前提がおかしい。別れる口実？　そこは重要じゃないだろ。どうして、汐が別れたいと思っているのか、それを説明してみろよ。できないんだろ、どうせ」

「うん、はっきりとは分からない」

　世良は振り返ると同時に、素直に認めた。

「でも、別れたがっているのは事実だよ。それは汐に直接たしかめたからね」

「嘘《うそ》をつくな」

「嘘じゃないよ。一昨日の夜、咲馬が部屋に来る前に、汐と二人で話したんだ。元々僕は咲馬と汐が上手《うま》くいくと思っていないし、汐もなんだか別れたそうな雰囲気を出してたからね。もしかしたら、と思ったんだ。それでさっきの秘密云々《うんぬん》の話をしたら、あっさり認めたよ」

　――このままじゃダメだと思ってる。

　大富豪の罰ゲームで、汐が告白したこと。それが遅効性の毒のように、じわじわと全身を蝕《むしば》んでいく。

「そんなわけない」

「信じられないなら別にいいよ。どうせそのうち、嫌《いや》でも分かる」

地面の冷たさが、靴の中に侵入してくる。足先の感覚がなくなってきた。

寒さが尋常ではない。なのに、杭で固定されたように、俺はその場から動くことができない。

「ふふっ」

不意に、世良《せら》が笑った。

「……何がおかしいんだよ」

ぴ、と世良は俺を指さす。

「その顔」

恋人とじゃれ合うときのような、甘ったるい声で世良は言う。

「怒ったり、驚いたり、落ち込んだりして……何も言えなくなってる君の顔が、僕はたまらなく好きだよ」

最悪な告白だった。

身体《からだ》の芯が冷たくなっていく。まるで内臓が外気に晒《さら》されたような気分だった。何も食べていないのに、吐き気がしてくる。

世良がこういうヤツだってことは、分かっていた。心の底に刻まれていた。

……はずなのに、どうしてこう、何度も何度も、俺は――。

ぶぶ、と携帯が震えた。

ポケットから取り出して、画面を開く。

「汐《うしお》から？」

当たっていた。

――オルゴール堂の前で待ってる。

メールにはそう書かれていた。

「時間だし、そろそろ帰ろうか。汐の元まで送ってあげるよ」

世良は歩きだした。

いまだ動けずにいる俺の横を通る際、肩にポンと手を置くように、世良は言った。

「人生最後の修学旅行、悔いのないようにね」

＊

その後の記憶は曖昧《あいまい》だった。

世良の車に乗り込んで小樽に着くまでのあいだ、ほとんど何も喋《しゃべ》らなかった。口を開いても「ああ」とか「うん」とか適当な返事をしていただけで、それが何に対する相槌《あいづち》なのかは何一つ覚えていない。

小樽に着いたあとは、車から降りてオルゴール堂へと向かった。この道をまっすぐ進めば、数分で着くらしかった。携帯で時刻を確認すると、予定の時間を一〇分ほど回っていた。

神威岬《かむいみさき》に比べれば、寒さはマシだし風も弱い。だが雲行きは怪しく、パラパラと雪が降っている。傘をさすほどではないが、あまり外にいたくない。

早足で歩いていると、西洋風のレトロな建物が見えてきた。あれがオルゴール堂だろう。そして建物の前に、汐《うしお》の姿があった。

「咲馬《さくま》！」

向こうも俺に気づいて、こちらに駆け寄ってくる。

「待ってたよ。大丈夫だった？」

「あ、ああ……」

どう喋《しゃべ》ればいいのか分からない。世良《せら》の言葉をすべて信じたわけではないが、汐が俺に対して何か思うところがあるのは事実だろう。その〝何か〟を知るのが怖かった。

汐はおそるおそるといった様子で俺の顔を窺《うかが》う。

「……世良になんか言われた？」

「えっと……」

言葉を濁していると、くるる、とお腹が鳴った。そういえば、朝から何も食べていない。

空腹を紛らわすためにお腹に手を当ててると、それに気づいた汐が怪訝《けげん》な顔をした。

「もしかして、昼ご飯食べてないの？　あいつ、人のこと振り回しといて……」

憎たらしそうに呟《つぶや》くと、汐は「何か食べよう」と言って俺の手を引いた。

「いいけど……汐はもう食べたんじゃないのか？」

「少しくらいならまだ入るよ」

なんか申し訳ないな……と思ったが、悪いのは世良だ。いつもなら苛立《いらだ》ちを感じるところだろうに、今は怒る気力もなかった。

近くにあった海鮮料理店に入り、カウンター席に座る。俺はとろサーモン丼を、汐はミニサイズの鉄火丼を注文した。北海道に来てから二度目の海鮮丼。飽きてはいないが、あまり食事を楽しむ気分ではない。

「世良とはどこに行ってたの？」

「神威岬……って分かるか？」

「どこそれ？」

俺は説明する。神威岬が車で一時間ほどの場所にあること、世良が実は一九歳で、車の免許を持っていること……汐は目を丸くして、何度も驚きの声を上げた。世良に対する恨み言もところどころで吐いていたが、俺と世良が何を話したかには触れなかった。

注文の品が届くと、今度は汐が今までどう過ごしていたかを教えてくれた。

午前中は星原《ほしはら》たちと小樽を観光していたらしい。真島《ましま》、椎名《しいな》、轟《とどろき》、七森《ななもり》さん……他数名。かなりの人数だった。最初に小樽運河をクルージングして、早めの昼食を取り、その後はルタオ本店でスイーツを食べていたそうだ。頬《ほお》にクリームをつけた星原の写真を、汐《うしお》が見せてくれた。可愛《かわい》くて頬が緩む。

「……ふう」

汐がため息と同時に箸を置く。

鉄火丼はまだ半分以上残っている。すでに満腹なのだろう。昼食を取ってデザートまで食べているのだから、完食できなくても無理はない。

「それ、お腹いっぱいならもらっていいか」

「あ、うん。いいよ」

汐の鉄火丼を頂く。正直そんなに食欲はないのだが、残すよりマシだ。

全部平らげて、俺たちは外に出る。そしてオルゴール堂の前に戻った。元々、俺が汐と合流したら、そのまま二人で入るつもりだったらしい。

店内へと進むと、シャンデリアの柔らかな明かりに照らされた。中は広々としていて、ノスタルジックな雰囲気が醸《かも》し出されている。多種多様なオルゴールが所狭しと展示され、綺麗《きれい》な音色が響き渡っていた。

「おおー、綺麗」

汐は感嘆の声を漏《も》らして、オルゴールをしげしげと眺める。単に綺麗な音色を奏でるだけでなく、デザインも凝っている。箱を開けるとメロディが流れるもの、人形がくるくる回るもの、ぬいぐるみの形になっているもの……どれも見ていて楽しい。

「わりと最近の曲もあるな」

「そうだね。でも買うならクラシックのほうがいいかな」

「同感だな。流行の曲は何年かしたら古くなるけど、クラシックはそれ以上古くならない」

「いや、そういうつもりで言ったんじゃないけど……」

汐はガラスのオルゴールの一つを手に取った。中身の構造が透けて見えるタイプだ。ゼンマイを回すと、数年前に流行ったアニメソングが流れた。

「何年も前の曲を、何度も聴いてる人がいるんだ。だから、古い新しいは関係ないよ」

「そ、それもそうか。すまん」

「謝んないでよ」

苦笑しながら、ことりとオルゴールを置いた。

俺たちは、ゆっくりと歩きながら奥へと進んでいく。汐はいろんなものに目移りして、たびたび足を止めていた。

「うーん、どれにしようか悩むなぁ……」

「買うのか?」

「うん、お土産にね。お母さん……こういうの、喜びそうだから」

雪《ゆき》さんならなんでも喜びそうだ。嬉《うれ》しそうにオルゴールを受け取る雪さんの笑顔が、容易に想像できた。

「操《みさお》ちゃんには？」

「空港で白い恋人でも買っておくよ。置物より食べ物のほうが喜びそうだし。そういう咲馬《さくま》は、彩花《あやか》ちゃんに買ってあげないの？」

「どうすっかな。彩花の音楽の趣味、よく分かんないし……俺も、彩花の土産はお菓子にしとくよ」

「そっか。まぁ、自分のために買ってもいいと思うよ。オルゴールなんて、そうそう買う機会ないんだしさ」

そう言われると、欲しくなってくる。元々買うつもりはなかったが、予算的には問題ない。

一時間ほどかけて、じっくりと店内を回った。

俺と汐《うしお》はガラスのオルゴールを買った。リーズナブルな値段だったし、手の平サイズだから邪魔にもならない。帰ったら部屋に飾ろう。

オルゴール堂を出たあとは、小樽芸術村へと向かい、ステンドグラス美術館に入った。入場料を払って、館内に進む。

煌《きら》びやかなオルゴール堂と違って、あえて照明が薄暗く絞られていた。おかげでステンドグラスの鮮やかな色彩が、はっきりと浮かび上がっている。想像していたよりもずっと精緻な造形で、圧倒された。

「すごいな……迫力がある」

同意を求めていたわけではないのだが、汐からの返事はなかった。

横を向くと、汐は目の前のステンドグラスに目を奪われていた。俺はもう一度、そのステンドグラスを見る。十字架のお墓の前で、一人の人間が祈りを捧げている。そして、それを天使と思《おぼ》しき存在がそばで見守っている。

展示の横にあるプレートによると、『天使の祈り』という題だった。説明書きには『死に至るまで忠実であれ。そうすれば、あなたに命の冠を授けよう。』という黙示録からの引用が載《の》っている。ピンとは来ないが、何か荘厳なメッセージが秘められていることは分かる。

「綺麗《きれい》だな、このステンドグラス」

邪魔しちゃ悪いかな、と思いつつも再び汐に感想を言うと、今度は反応した。

「ん、そうだね。なんか、じんと来た」

「こうして見てみると、祈ってる絵が多いよな。やっぱ昔は祈るしかないような出来事が多かったのかな」

「……そうかもね。大抵のことは科学で解決できるから、みんな神様に頼る必要がなくなったんだ」

それでも、と汐《うしお》は続ける。

「祈るしかないような出来事も、たくさんあるけどね」

「……」

汐は静かに歩きだした。

ステンドグラス美術館を出ると、外は薄暗くなっていた。雪はやんでいるが、空は分厚い雲に覆われている。

時刻は午後四時半。そろそろ集合場所に向かったほうがよさそうだ。

「もう戻るか」

「うん」

ここから一〇分もかからない。俺と汐は、ゆっくりと歩きだした。

会話はなかった。そばの国道を通る車の音、カモメの鳴き声、遠くから聞こえる女子の笑い声。静寂とは程遠いのに、汐の息遣いや小さく鼻を啜《すす》る音が、やけにはっきり聞こえる。それだけ意識が汐に集中しているのかもしれない。

集合場所が見えてきた。少し早いかと思ったが、すでに何人かの生徒が集まっている。

「咲馬《さくま》」

歩きながら、汐が呼んだ。

「まだ時間あるし、ちょっと遠回りしない？」

「ああ、いいよ」

道を左に曲がり、海の方角に進む。すると周りに店がなくなり、代わりに工場や倉庫といった大きな建物が目につくようになった。海に近づくほど、人気《ひとけ》はなくなっていく。

やがて行き止まりに突き当たった。一帯は濃厚な潮の香りが漂い、防波堤に打ち寄せる波の音が意外なほど大きく響いている。沖のほうに目をやると、大型船が進路を陸に向けていた。

「なんか、あれだな。ヤクザが裏取引してそうな場所だな」

「怖いこと言わないでよ……こんな昼間からやってないでしょ。それに、最近は飲食店の個室とかでやるらしいよ」

「へえ、詳しいな」

「漫画で読んだんだ。よかったら今度貸してあげるよ」

「それは楽しみ」

一か月ほど前からおすすめの小説や漫画を貸していたら、汐も自分で買うようになっていた。自分の趣味を相手にも好きになってもらえるのは、かなり嬉《うれ》しい。

「ところで、世良《せら》とはどんな話をしたの？」

唐突に、そんな質問が飛んできた。

なんでもないふうに訊《き》いてきたが、たぶんずっと気になっていたのだろう。汐の目の奥に、隠しきれない不安が見える。適当にごまかそうとしても、きっと汐は納得してくれない。

気は進まないが、話そう。俺もずっと抱えておくには辛《つら》いものがある。

「汐《うしお》が俺と別れたがってるって聞いたよ」

はっと息を呑《の》むのが分かった。

汐はとっさに何かを言おうとして、しかし口を閉ざして俯《うつむ》いた。一秒、二秒と経《た》って、おずおずと俺を見つめる。

「咲馬《さくま》は、それを聞いてどう思った？」

ああ――否定しないのか。

顎《あご》にジャブを食らったように、足下《あしもと》がおぼつかなくなる。顔を殴られたことはないが、たぶん同じくらいの衝撃だった。なんとか踏みとどまり、俺は答える。

「そりゃあ、ショックだったよ。俺の知らないところで汐を失望させてたんだなって考えると、やるせない気持ちになった」

それに、俺や星原《ほしはら》よりも先に、世良《せら》に本音を伝えたことが嫌《いや》だった。

とは言わないでおく。きっと汐を傷つけるだろうし、自分を嫌いになりそうだから。

「でも」

落胆を表に出さないよう、失敗談でも話すみたいに俺は言う。

「もし、汐が本当に別れたがってるなら……仕方ないのかもな、とも思ったよ」

その言葉は、半分本音で、半分強がりだった。悲愴《ひそう》感たっぷりに言っても、汐との関係を悪くするだけだ。もし仮にここで破局しても、汐とは疎遠になりたくない。それだけは回避しなければならない。

「咲馬が悪いわけじゃないんだ」

それが単に慰めや弁解でないことは、表情からなんとなく伝わった。

「それに、嫌ってもいない。今でも……好きだ。ただ、ただね」

汐の声が、わずかに湿り気を帯びる。

「付き合ってみて、思ったんだよ。一緒に出かけて、おいしいものを食べて、身体《からだ》を動かして……咲馬と過ごす時間は、楽しかった。他の誰と過ごすよりも、居心地がよかった。でもこれ、恋人じゃなくて友達でもいいなって……そう思っちゃったんだ」

「……はは」

笑う場面じゃないのに、思わず失笑が漏《も》れた。

まったくもって、そのとおりだった。

白状しよう。俺も同じことを思っていた。だから汐と『恋人らしい』ことをして、カップルらしく振る舞おうとした。ノルマか何かのように考えている時点で、やっぱり、恋人じゃなくて友達でよかったのかもしれない。

「悪いふうには受け取らないでほしい」

汐は真面目《まじめ》くさった顔で訴える。失笑した俺を咎《とが》めているようでもあった。

「こんなこと言っても困らせるだけかもしれないけど……ぼくは、前向きな話がしたい」

慎重に言葉を選んでいる。だがここからどう前向きな話になるのか、俺には想像もつかなった。

汐《うしお》は覚悟を決めたように息を吸って、まっすぐに俺を見つめた。

「友達以上恋人未満……ってよく言うでしょ？　その言葉、ぼくはあんまり好きじゃないんだ。だってその言い方だと、友達は恋人の下位互換みたいじゃないか」

俺と汐のあいだを、冷たい風が通り抜けていく。

ひゅるひゅると風が吹くなか、汐の声を聞き漏《も》らさないよう耳に神経を集中させる。

「でも、そんなのは間違ってる。上も下もないんだ。恋人よりも友達を優先する人だってたくさんいるし、家族よりも付き合いが長くなる友達だっている。恋人と友達は、役割の違いでしかないんだ」

「……そうだな」

前向きな、と言った意味が分かってきた。同時に、汐が何を伝えようとしているのかも。

「これは、別れようなんて話じゃない」

芯のある声が、鼓膜を震わせる。

「咲馬《さくま》とは、ずっと仲よくしたいから。ぼくと咲馬の関係を、無理やり恋人の形に押し込んで、壊したくないんだ」

言い終えると同時に、ふう、と汐は息をついた。キリキリと張り詰めていた緊張の糸が切れたみたいだった。途端に自信をなくしたように、汐は俺の顔色を窺《うかが》う。

「咲馬は……どう思う？」

「……俺だって、ずっと仲よくしたいよ」

汐の目に、安堵《あんど》の色が宿る。

だが俺は、正直なところ、腹落ちしていなかった。話の内容はもっともだし、最善の選択だと思う。それでも、まだ完全には飲み込めたわけではない。

友達と恋人に、上下はつけられない。

そのとおりだ。

けど、汐は……恋人になりたかったんじゃないのか？　キスとかハグとかを要求したのは、一体なんだったんだ？　どこで気が変わった？

実際に付き合ってみて「こんなものか」と失望したのか、それとも俺のことが受け入れられなくなったのか。前者ならいい。だけど、もし後者なら？　まだ、俺に言ってない理由があるとしたら？

それをはっきりさせないと、終われない。

「一つ、訊《き》いていいか」

汐の表情が強張《こわば》る。息を呑《の》んで、こくりと頷《うなず》いた。

「うん」

「本当に……それだけなのか？　別れたい理由は」

汐《うしお》の視線が揺れた。ほんの小さな動揺だが、見逃さなかった。

疑惑が、確信に変わっていく。

「こんなこと言いたくないけど……まだ、何か隠しているような気がしてるんだ。もしそれが俺に気を使って言ってないだけなら、教えてほしい。じゃないと……納得できない」

俺も、覚悟をしないと。

むき出しの魂でぶつからなければ、本物は得られない。

「秘密を抱えたままじゃ……汐と親友にはなれない」

大型船の汽笛が鳴る。

それが、何かの始まりを告げるブザーのように聞こえた。

「……なんだよ、それ」

汐の声は震えていた。

何かを抑え込むように、汐は手を握りしめる。声音《こわね》から、全身から、怒りが伝わってくる。

だが、純粋な怒りではなかった。そこには切望があった。

「秘密をさらけ出して、本音で語り合うことが、親友の条件？」

金縛りにあったみたいに、俺は動けない。

「心の中の汚いところも全部隠さずぶちまけることが、親密さの証？」

まばたきすらできず、汐の目に意識が吸い込まれる。

「綺麗《きれい》に取り繕うことは、間違ってるの……？」

灰色の瞳に、涙の膜が張った。

俺はごくりと唾液《だえき》を飲み込む。口の中はからからに渇いていた。なのに手汗は止まらなくて、冷水に突っ込んだみたいに手が冷たい。

覚悟は、していたはずなのに――すでにもう、後悔が背後まで迫ってきていた。

謝れば、いいのだろうか。分からない。何を間違えたのかも、はっきりと理解していない。ただ「このままじゃダメだ」という強烈な焦燥だけが明確だった。

汐は袖《そで》で目を擦《こす》って、顔を上げた。

「分かった」

その表情は、氷のように冷たかった。

「逆に訊《き》きたいんだけど、咲馬《さくま》は本当にぼくと付き合っていたいと思ってる？」

「思ってるよ」

「だったら！」

ざぱん、と一際大きな波が、防波堤にぶつかった。

汐は泣きそうな顔で、服の裾《すそ》を握りしめた。

「だったら……どうして、キスのときあんな必死な顔してたの？」

キスのとき。

汐《うしお》の家で、宿題を手伝ってもらったとき。

ああ……嘘《うそ》だろ。

全部、分かっていたのか。


——身体《からだ》までは愛せない。

——汐が聞いたら泣くね。


俺が無理をしていると悟ったとき、汐は一体どれほどのショックを受けただろう。

——紙木《かみき》くん、分かりやすいから。


どうして、大丈夫だと思っていたのだろう。

汐は、全部見透かしていて、それでも今まで付き合っていてくれたのだ。辛《つら》いことなんて何もない振りをして、俺に笑顔を見せていた。

その優しさを、台無しにしてしまった。

何か……言わなきゃ。

でも、何を言えばいい。なんて声をかければいい？　謝っても、汐を惨《みじ》めにさせるだけなんじゃないか。かといって認めても、傷に塩を塗り込むだけ。考えろ。でも時間はそう長く残されていない。集合時間まで、あとどれくらいだっけ――。

ああ、クソ。なんで、俺は。

「……ごめん」

小さな声で、汐が謝った。俺からそっと視線を外し、申し訳なさそうに俯《うつむ》く。

「なんで汐が謝るんだよ……」

「咲馬《さくま》は、悪くないよ。誰も悪くないんだ。これは相性の問題……いや」

汐は歩きだした。

「性的指向の……話だから」

一歩、二歩と、汐が離れていく。

その背中を追うことができない。手を伸ばせば届く。走れば一瞬で追いつく。だけど、仮にそうしても、もう汐の心には触れられない。

果てしない断絶があった。

溝というよりは、それは深い谷だった。ずっと前から、俺たちのあいだに存在していたものだ。今までは崖の端から身を乗り出して、なんとか向こう側と繋《つな》がろうとしていた。

今ではもう、その断絶に近づくことすら怖かった。

＊

定山渓《じょうざんけい》のホテルに戻り、夕食を取ったあと、俺はホテルの自室で荷物をまとめていた。

明日の朝、新千歳空港から北海道を発つ。だから今夜中に身支度を済ませておくことにした。身支度といっても、脱いだ服や下着をキャリーケースに収納するくらいで、本来なら一〇分もかからない作業なのだが。

「はぁ……」

まったく進まなかった。

ワンアクション起こすたびに、ため息が漏《も》れて手が止まる。

「いい加減ウザい。気が滅入るからやめろ」

蓮見《はすみ》からクレームが来た。もっともな言い分だった。むしろ今までよく我慢できたものだ。

「ごめん……」

「何かあったのか？　って聞いてほしいなら素直に言えよ」

「いや、別にそういう意図があったわけじゃないんだけど……」

「じゃあやめろ。次ため息ついたら怒るぞ」

「分かったよ……」

ああ、蓮見の気分を害してしまった。せっかくの修学旅行なのに。俺なんかと同室になったばかりに。申し訳ない。自分の愚かさに嫌気が差す。俺はなんてダメな人間なんだろう……。

財布をカバンにしまおうとしたら、顔面に枕《まくら》が飛んできた。しかも脳が揺れるくらいの勢いだった。身体《からだ》がのけぞって後ろに倒れそうになる。

「何すんだよ！」

「言ったろ、次ため息ついたら怒るって」

「ついてねえよ！」

「ついてたよ。無意識なんだろ。つーか紙木《かみき》、独り言の量もヤバイからな」

「は？　独り言なんか一度も言ってないが」

今度は俺のベッドにある枕まで投げてきた。避《よ》けきれず、また顔面に食らう。

「なんで投げんだよ！」

「なんかムカついたから」

「この野郎……！」

俺は枕を投げ返す。だが難なくキャッチされて、また投げ返してきた。

対抗心にぽっと火がつく。今日一日のやきもきした思いをぶつけるように全力で枕を投げる。今度は直撃した。蓮見もカチンと来たようで、今度は投げずに枕で殴りかかってきた。

れる。

「うるさい」

負けじと殴り返す。宙に枕《まくら》の羽毛が舞い、シーツがぐちゃぐちゃになって、電気ポットが倒れる。

がちゃりとドアが開いた。

「おい……静かにしろ」

体育の先生だった。こめかみに青筋を立てて、睨《にら》んでくる。俺と蓮見《はすみ》は慌てて枕を置いた。

「お前ら高校生だろ。子供みたいにはしゃぐな。こんなに散らかして……バカなのか？　もし、次、騒いだら朝まで廊下に正座させるからな。本気だぞ」

「すみません……」

「ったく……気をつけろ」

バタン、とドアが閉じる。

はぁ、と二人同時にため息をついた。無言で部屋を片付けていく。どうして身支度をしていたのに前より部屋が散らかっているんだろう……。

ある程度綺麗《きれい》になったところで、ベッドに腰を下ろした。

「なあ、蓮見」

「なんだよ」

ちょっと機嫌が悪そうだ。俺のせいか。

蓮見は冷蔵庫に入れておいたペットボトルを取って、立ったまま飲み始めた。

「俺さ……ここ最近、調子よかったんだよ。ようやく人間関係で悩むことがなくなって、楽しみ方みたいなのが分かってきてたんだ。友達がほとんどいなかった頃《ころ》に比べて、ちょっとは成長できてんのかなー……って思ってたんだよ」

蓮見はペットボトルのキャップを閉じて、自分のベッドに腰を下ろす。

「でも、勘違いだった。全部、周りのみんなが気を使ってくれてただけで、俺が自分の力で成し遂げたことなんて何もなかったんだ。みんな想像以上に大人で、俺だけがずっとガキのままだった」

ふっと自嘲《じちょう》が漏《も》れる。言葉にすると、とんだ笑いぐさだ。

「それに気づかなかったせいで、人を傷つけた。どうすれば、大人になれるんだろうな」

「知るかよ」

にべもない返事だった。やっぱり、怒っている。

「お前、自分の罪悪感に酔ってないか」

「んな」

ぐさりと来た。まさか蓮見にそんなことを言われると思っていなかった分、想像以上にダメージが入る。

「怒らせたのは悪かったけどさ……そんなひどいこと言うなよ。マジで傷ついたぞ」

「ごめん」

「それだけすぐ謝れるならそもそも言わないでほしかったわ……」

「こういうことだよ」

は？　と俺は首を傾げる。

「人を傷つけたらごめんで、周りが気を使ってくれたらありがとうって言えばいいんだ。何も複雑じゃない。お前は自分で問題をややこしくしてるだけだ。今さら文学少年を気取るなよ」

意外とちゃんとした忠言だった。軽くあしらわれているだけだと思っていたので、ちょっと感動してしまう。ただ……。

「なんか、いつになく辛口じゃない？」

「お前のせいで先生に怒られたから」

「最初に枕《まくら》投げたの蓮見《はすみ》だろ」

「紙木《かみき》がずっと辛気くさい顔でため息ついてんのが悪い」

「俺だって好きでこんな顔してるわけじゃ……いや、もういい。不毛だこれ。やめやめ」

危うくヒートアップするところだった。蓮見とまで険悪になったら、修学旅行が最悪の思い出になってしまう。

俺はベッドに寝転がって、天井を見つめた。

「ごめんで解決しなかったら、どうすればいいんだ?」

「許してもらうまで謝り続ければいいだろ」

「それでもダメなら?」

逡巡《しゅんじゅん》するような間を置いて、蓮見は答えた。

「たくさん話してみたらいいんじゃないの。そうすれば、なんで許してもらえないかが分かるだろ」

ふわあ、と蓮見は大きくあくびをした。

「歯磨きして寝る」

そう言って洗面所へと向かった。

——たくさん話してみればいいんじゃないの。

ようするに対話か。やはりそれしかない。簡単に仲直りできる裏技なんてありはしないのだ。

でも、汐《うしお》と話し合って……それから、どういう関係になることを俺は望んでいるのだろう。

俺は、汐の何になりたいんだろう。

＊

「だって、紙木くん……汐ちゃんのこと、ずっと見てるじゃん」

昨夜のことを思い出す。

自販機の前で星原《ほしはら》と鉢合わせしたときのことだ。かつて星原に恋心を抱いていたことが世良《せら》との会話でバレて……それから、なぜ俺が星原に告白しなかったのか、という話題に移った。

今思えば、どうしてそんな恥ずかしい話をしていたのか甚だ疑問だ。

「俺……そんなに汐《うしお》のこと見てる？」

「うん。これはずっと前からだよ。授業中でも下校中でも、気がつけば汐ちゃんのこと見てる。気になって仕方がないって、顔に書いてあるよ」

「いやいや、そこまでじゃないだろ……」

「いやいや、そこまでなんだよ」

星原はストローを咥《くわ》えて、ソフトカツゲンを飲む。じゅこ、と音がして紙パックがわずかに凹《へこ》んだ。もう飲み終わったようだ。

「それに、紙木《かみき》くんが難しい顔してるとき、大体汐ちゃんのことで悩んでない？」

「それは……そうかも」

「ほら、やっぱり。紙木くんは、私に告白しなくてよかったよ」

星原が俺に恋愛感情を抱いていないことは嫌《いや》というほど分かったが、それにしたって繰り返しそういうことを言われると、落ち込む。

そんな俺の内心を察したのか、星原はちょっと慌てた。

「あ、別に紙木くんのことが嫌いってわけじゃないからね!?」

「あ、ああ。そういうフォローをしてくれただけでも嬉《うれ》しいよ……」

「ほんとだって。だってさ……もし、もしもだよ。私と紙木くんが付き合っても、紙木くん、絶対にまた汐ちゃんのこと見てるよ。そしたらさ、紙木くんのことが好きになればなるほど、汐ちゃんに嫉妬《しっと》しちゃうかもしれない。そうなったら……めちゃくちゃ嫌じゃん?」

「それは嫌だ」

即座に同意した。最悪、俺と汐が疎遠になったとしても、汐には星原とずっと仲よくいてほしい。この二人がいがみ合うところだけは絶対に見たくない。もし俺が原因で二人の仲に亀裂《きれつ》が入るようなら、俺は一人ぼっちになっても構わない。

「だから、紙木くんは汐ちゃんと付き合って正解だよ」

にこりと星原は微笑《ほほえ》んだ。

その笑顔にむず痒《かゆ》いものを感じながら、俺はソフトカツゲンを飲む。まだ中身は半分ほど残っている。

「……本当にそうかな」

自信のなさが顔を出す。

「たまに、汐の考えてることが分かんなくなるんだ。ずっと見てるってのがそのとおりだとしても、ただ見てるだけで、そこから何も汲《く》み取れてないかもしれない。俺の知らないところで状況はどんどん悪くなってんじゃないかなって……不安になったりする」

「おお……恋の悩みだ」

「別にそんなんじゃ……いやまぁ、そのとおりか」

恋人の考えていることが分からない……たしかに、そんな話はよく聞く。カップルなら一度は抱くであろう、ありふれた、腐るほどある恋の悩みだ。ちょっと恥ずかしくなってきた。

「紙木《かみき》くんは、そのままでいいと思うよ」

星原《ほしはら》は優しく言った。

「誰かのために真剣に悩めるのって、きっと長所だから。そうやって不安になったりしながら、汐《うしお》ちゃんとの距離を測っていけばいいんじゃないかな。それに……」

少し迷うような素振りを見せて、星原は続けた。

「汐ちゃん、なんだかんだ紙木くんにぞっこんだし」

「……ほんとに?」

「うん。だってさ……」

くす、と星原は何かを思い出したように小さく笑った。

「私と二人でいるとき……汐ちゃんが出してくる話題の半分は、紙木くんのことだよ」

＊

じわ、と天井がぼやける。

やっぱり、このままじゃ嫌《いや》だ。

もう恋人でも親友でもどっちでもいいから、また汐と笑って話せるようになりたい。今からでも謝りに行くか？　でも、なんて言えばいい？　また俺が余計なことを言って険悪になったらどうする？　想像するだけでも胃が痛い。だったらメールでも送るか？　それなら対面で話すよりも失言のリスクは減る。真剣に考えて文章を綴《つづ》れば、きっと応《こた》えてくれるはず。よし、じゃあ今から文面を……。

……ダメだ。頭回んねえ。今日はもう疲れた。本当に、疲れている。午前中は世良《せら》に振り回されて、午後は汐と別れ話……あとついでに昨日のスキー実習の筋肉痛がちょっと残ってる。

修学旅行……楽しかったはずなのに、今では後悔ばかりだ。

こんな形で終わるの嫌だ。汐だって嫌だろう。人生で初めての……そして最後になるかもしれない修学旅行で、あんな嫌な別れ方して……台無しにして、申し訳ない。


……やり直したい。

修学旅行、最初からやり直したい……。

もしやり直せるなら、徹底的に世良《せら》を避けて、汐《うしお》と純粋に観光を楽しむ。次は絶対に上手《うま》くやる。修学旅行を、最高の思い出にしてみせる。でも、どうやったら時間を巻き戻せる？　ラベンダーの香りを嗅げばいいのか？

ああ、まずい。完全に現実逃避してる。時間なんて、巻き戻るわけないだろうが――。

「あ」

ベッドから起き上がった。

とんでもないことを思いついてしまった。正気の沙汰ではないが、上手《うま》くいけば起死回生のアイデアとなる……かもしれない。

修学旅行を最初からやり直すことはできない。

でも、延長ならできる。

＊

蓮見《はすみ》が起きないよう、ドアを静かに開けて廊下に出た。

時刻は朝五時。忍び足で廊下を進む。夜は先生が巡回しているらしいが、さすがにこの時間は誰も起きていないだろう。廊下はしんと静まり返っていた。

背負っているリュックには、最低限の荷物を詰めていた。キャリーケースは置いてきている。たぶん、邪魔になるから。

慎重に廊下を進みながら、汐の部屋を前にする。

一度、深呼吸してから、俺は汐に電話をかけた。

コール音が一回、二回、三回……。

出ない。熟睡しているみたいだ。

まだ計画の一番最初の段階だ。ここで失敗するわけにはいかない。俺は携帯をしまってドアをノックする。できるだけ廊下に音が響かないよう、それでいて汐が起きるように。

先生や他の生徒が来ないことを祈りながらノックを続けていたら、中から物音が聞こえた。よし、起きたみたいだ。

手を下ろして待っていると、ゆっくりとドアが開いた。その隙間《すきま》から、ジャージ姿の汐が警戒した様子で顔を出す。

「……何」

寝起きの汐、めちゃくちゃ機嫌悪そう……。いつもより声のトーンが二つくらい低い。

怯《ひる》みそうになったが、ここで引き下がるわけにはいかない。俺は声を抑えて汐に言う。

「ごめん。一旦《いったん》、中に入れてもらえると助かるんだけど……」

「はあ……いいけど……」

理由を問うこともなく入れてくれた。昨日の件を気にしていないわけではなく、単に寝ぼけているのだろう。相当、判断力が鈍っている。

汐《うしお》はベッドに腰掛けた。身体《からだ》がふらふらと左右に揺れて、下がってくるまぶたの重みになんとか耐えている。かなり無防備な状態だ。そういえば、低血圧気味だと以前言っていた記憶がある。

俺は立ったまま、汐に言う。

「急に邪魔してごめん。でも、どうしても伝えたいことがあるんだ」

汐はぼんやりした表情で俺を見上げている。聞いているのか怪しいが、ちゃんと言葉にして伝えたかった。

「昨日は、本当にごめん。汐は悪くないって言ってくれたけど、あれは俺が間違ってた。あんなこと言わなきゃよかったって、ずっと後悔してる」

拳を握りしめて、俯《うつむ》く。

「何より……汐の修学旅行を台無しにしたことが、申し訳ない。楽しい思い出になるはずだったのに、俺のせいで辛《つら》い記憶になったかもしれない。自分の察しの悪さが、本当に憎いよ。できることなら、修学旅行をやり直したかった……」

顔を上げる。

「でもそれは無理だから……チャンスがほしいんだ。俺に、ついてきてくれないか。修学旅行を悲惨なままで終わらせないための計画を、考えてきた」

ぱち、ぱち、と汐《うしお》は目を瞬《しばたた》いて口を開いた。

「ごめん。眠すぎて、何も頭に入ってこない……」

ずっこけそうになる。いやまぁ、そりゃそうだよな。朝五時だもんな。こんな時間に訪ねた俺が悪い。でも、時間を改めることはできない。

俺は汐の隣に腰を下ろし、その手を握った。物理的な接触に、さすがに驚いたようで汐は目を見開いた。

「俺と、一緒に来てほしい」

「う、うん……」

動揺したように視線が泳ぐ。だが俺の意思は伝わったようだ。

ひとまずオッケー。俺が立ち上がると、汐も合わせた。そのまま、どうするの、とでも言いたげな視線を向けてくる。

「出かける準備をしてくれ。携帯とか財布とか、忘れないようにな。バッグ持っておいたほうがいいぞ」

「え……そんな遠くなの？」

ああ、と頷《うなず》くと、汐は怪訝《けげん》そうに眉を寄せたが、特に追及はしてこなかった。

「じゃあ、ちょっと待って。準備するから……」

「分かった」

「……」

「……」

「着替えるから、こっち見るな」

ごめん、と謝って俺は回れ右する。

背後から聞こえる衣擦れの音を聞いていたら、安堵《あんど》の息が漏《も》れた。今のところ、問題なく事が進んでいる。俺にとっては大きな賭《か》けだ。気を抜かずにいこう。特に言葉には気をつける。

それから、一〇分後。

「……汐、まだ？」

「あと二〇分くらい」

返事は洗面所から聞こえた。着替え終わってからは、ずっとそこにいる。

「そ、そんなにかかる？」

「今、顔作ってるから……」

顔を作る……？　あ、メイクか。そういやずっとしてたんだっけ……そんな悠長にしていられないのだが、必要な準備だ。待つしかない。

それからきっかり二〇分後に、汐は洗面所から出てきた。コートにしっかり身を包んで外行きの格好になっている。まだかなり眠たそうだが、次第に目が覚めてくるだろう。

「じゃあ行こう」

「うん」

二人で廊下に出る。外はまだ暗いが、早起きの人なら起きていてもおかしくない時間だ。生徒に見つかる分には大きな問題はないが、先生に見つかったら計画を中止せざるを得ない。

眠たそうに目を擦《こす》る汐《うしお》の手を引いて、俺は早足でロビーに向かう。

「ちょ、手……恥ずかしいよ……」

「大丈夫、誰もいないから」

階段を下りて、ロビーに出る。

するとカウンターに立っていたホテルマンが元気よく「おはようございます！」と挨拶《あいさつ》をしてきた。

「お、おはざす……」

へへ……と作り笑いを浮かべて、ホテルマンの前を通り過ぎる。怪しくありませんよ、というふうな態度を装ったまま、ホテルを出た。すると汐が手を離して、キッと睨《にら》んできた。

「いたじゃん！　人！」

「ごめん……」

まさかこんな時間からいるとは思わなかった。ホテルマンは過酷な仕事だ。だがまぁ引き止められずに済んだので結果オーライとする。

外は突き刺さるような寒さだった。見上げると、冴《さ》えた夜空に星が瞬いている。思わず息を呑《の》むほどの美しさだった。思えば、北海道に来て夜空を見たのはこれが初めてだ。天体観測に耽《ふけ》りたいところだが、今は急がなければならない。

「汐、今からバス停に行くぞ。暗いから足下《あしもと》気をつけてな。あと滑りやすいから」

「うん、分かってる。……え、バス停？」

汐は足を止めた。顔にありありと困惑が表れている。

「ちょ、ちょっと待って。もしかして、これからバスに乗るの？」

「ああ」

「大丈夫？　集合時間までに戻れる……？」

「……戻れないし、戻らない」

ここで完全に眠気が覚めたようだ。汐は正気を疑うような目を俺に向けてきた。

バス停に着いてから説明するつもりだったが、もう、ここで話してしまおう。

「俺と一緒に、修学旅行を延長してほしい」

「延長……？」

「一日だけ、俺と二人で旅行してほしいんだ」

なおも怪訝《けげん》そうにしている汐に、俺は説明する。

「俺にとって今回の修学旅行は、全体的に見れば楽しかったよ。三人で札幌を観光できて嬉《うれ》しかったし、海鮮丼はおいしかった。初めてのスキーも、思ったより上手に滑れて爽快《そうかい》だった。

でも……小樽で話したことが、頭から離れないんだ」

汐《うしお》は、痛みを感じたように目を細めた。

「辛《つら》い記憶って、楽しい記憶よりも強いんだよ。だからこの修学旅行も、何年かすれば楽しい記憶が薄れて、思い出したくないイベントになってるかもしれない。俺は、それが嫌《いや》なんだ。しかも俺のせいで、汐まで同じことになったらと思うと……眠れなくなる」

一歩、汐に近づく。

「記憶は消せない……だったらもう、もっと楽しい記憶で上塗りするしかないんだ。だから、俺は汐と旅行して、この北海道で新しい思い出を作りたい」

熱い吐息が、白く尾を引いて夜の闇《やみ》に溶けていく。

「ダメかな……？」

伝えたいことは、全部伝えた。どう受け止められようと、覚悟はしている。

耳が痛いくらいの沈黙が落ちたあと、汐は苦しげに口を開いた。

「どうしてそう、極端なんだ……」

頭痛に苛《さいな》まれたように、額《ひたい》を押さえる。

「……バカじゃないの？　戻れないって……先生たちにどう説明するの？　飛行機だってもう予約してるだろうし、いろんな人に迷惑をかける」

そのとおりだ。我ながらバカなことを提案している。でも、これ以外に思いつかなかった。

熟考する時間も残されていなかった。

「それでも、行きたいの？」

「ああ」

もう、腹は決めていた。先生にはあとで死ぬほど怒られるだろう。それに汐を巻き込んでしまうことにも罪悪感がある。それでも、この修学旅行だけは、いい思い出にしたかった。

「ただ、これはお願いじゃなくてお誘いだと思ってくれ。汐は断ってもいい。そのときは諦《あきら》めて、俺も大人しくホテルに戻る」

「そんなのって……」

汐は困り果てたように、袖《そで》を握って俯《うつむ》いた。

酷な二択を突きつけている自覚はある。胸は痛むが、さすがに無理やり連れて行くわけにはいかない。

俺は汐の返事を待ち続けた。

ふと、ブロロ、と遠くからバイクの音が聞こえた。これだけ寒い朝でもバイクに乗る人がいることに驚く。仕事だろうか。すごいな、と感動する。汐の返事を聞くのが怖くて、他に意識が向いてしまう。

やがて汐は、意を決したように顔を上げた。

「……本当に、楽しい思い出になる？」

「そうなるよう、頑張る」

不安が滲《にじ》んでいた汐《うしお》の表情から、開き直るような諦念《ていねん》を感じ取った。

「ぼくも、あんな終わり方は嫌《いや》だから……行くよ、咲馬《さくま》と」

全身の血流が加速する。

これは賭《か》けだった。まだ安心はできないが、ひとまず挽回《ばんかい》の機会を得られた。あとはこれからの旅を盛り上げるだけだ。

「ありがとう、汐。じゃあ、バス停に急ごう。始発を逃したら乗り換え間に合わないんだ」

「それを早く言ってよ」

早足でバス停を目指した。会話もなく足を動かす。このペースなら、時間はぎりぎり間に合いそうだ。

なんとかバス停に到着し、停まっていた路線バスに乗り込んだ。車内の暖房で、凍えていた身体《からだ》が弛緩《しかん》していく。ほっと一息ついて、近くの空いている席に座った。始発なだけあって、乗客はほとんどいなかった。

「で、具体的にはどこに行くの？」

バスが動きだすと同時に、汐が訊《き》いた。

「乗り換えが必要ってことは、札幌じゃないんだよね？」

声の調子はいつもどおりになっている。なんでもないことなのに、頬《ほお》が緩んだ。

「ああ。最終的な目的地は宗谷岬《そうやみさき》だ」

「宗谷岬……ってどこ？」

「稚内《わっかない》だ」

「稚内ってどこだっけ」

「北海道の背びれの先端だな」

「……自分で調べるね」

説明が悪かった。

汐は携帯で地図を開いて、『宗谷岬』と検索する。その場所を確認すると、驚いたようにこちらを向いた。

「……マジで？」

「マジだよ」

「ど、どうしてこんな場所にしたの……？　めちゃくちゃ遠いよ」

「どうせなら行けるとこまで行きたかったんだ。日本の最北端ってワクワクしないか？　札幌や小樽よりも遠い分、きっと違う景色が見られる……はず、だから」

説明している途中で、なんて子供っぽい理由なんだ、と恥ずかしくなってきた。思いついたときはここ以外にないと確信していたが、もっと別の選択肢も考えたほうがよかったかもしれない。

「そう……なんか、咲馬《さくま》らしいね」

呆《あき》れながらも、口元にほんのりと微笑が浮かべた。

そんなに楽しみにしている感じではないが、失敗というわけでもなさそうだ。ほっと胸を撫《な》で下ろす。

予定どおりに行けば、昼頃《ごろ》に稚内《わっかない》に到着する。そこで宗谷岬《そうやみさき》を観光したら、稚内空港から新千歳空港を乗り継ぎ、成田空港へ飛ぶ。そしたらなんとか、今日中に椿岡《つばきおか》に帰れる。完璧《かんぺき》なスケジュールだ。バカみたいにお金がかかるが、貯金を全部使えば足りるだろう。

……たぶん。


札幌駅に着いた。

時刻は七時半。ホテルのみんなは、すでに起床しているだろう。蓮見《はすみ》は俺がいないことに気づいているはずだ。俺と汐《うしお》の延長旅行は、誰にも伝えていない。

バスセンターに向かう途中で、ＡＴＭで貯金をすべて下ろし、コンビニで朝食と飲み物、あと適当につまめるおやつを買った。これから長い旅路となる。今のうちに必要なものを揃《そろ》えておいた。

「あ、雪だ」

汐が宙を見て呟《つぶや》く。

埃《ほこり》のような雪が、ちらほらと降ってきていた。勢いはないが、一片が大きい。すでに札幌は薄く雪が積もっているが、さらに積雪量が増える予感がした。バスの運行に支障がないといいのだが……。

バスセンターに着いた。建物の中に受付が並んでおり、すでに結構な数の旅行客が列を作っていた。

「昨夜、電話で二席分予約しておいたんだ。これからお金を払って、乗車券を買う」

「へえ、準備がいいね」

「本気で行くつもりだったからな」

列に並ぶ。バスの出発まであと一五分。まだ余裕はある。

「汐。引き返すなら、ここが最後のチャンスだ。本当に……一緒に来てくれるのか？」

「ここまで来たんだから行くよ。それに、日本の最北端にもちょっと興味が湧《わ》いてきたしね」

「そっか……嬉《うれ》しいよ」

少なくとも嫌々《いやいや》来ているわけではない。それが分かっただけでも十分だ。

そろそろ順番が来る。

「運賃は俺が払うよ」

「え？　いや、いいよ。払うよ、それくらい」

「いいんだ。俺が無理やり連れてきたようなもんだから、払わせてくれ。じゃないと、申し訳ない」

「いいっていいって。咲馬《さくま》、そんなにお金持ってないでしょ」

「大丈夫。貯金、全部下ろしてきたからさ。ここは俺の顔を立てると思ってくれよ」

「だから、いいってば。そんなとこで彼氏ぶるな」

あ、と汐《うしお》が口に手を当てる。

正直、少し凹《へこ》んだ。

「……ごめん」

「や……ちょっと強情だった。払ってもらえると、助かる」

「うん……」

大丈夫、これくらいなんともない。そう自分に言い聞かせていると、順番が来た。俺と汐は一番後ろの座席を隣同士で買った。二か月分のお小遣いが吹っ飛ぶ。

出発の時間が近い。

「トイレ行っとこ。汐は大丈夫か？」

「あ、うん」

一人、男子トイレに向かう。用を足していると、ふと疑問が湧《わ》いた。

……そういや汐って、外ではどっちのトイレを使ってるんだろう。

学校では教員用の女子トイレを使っていたはずだが、デートのときはそもそも汐がトイレに行った記憶がない。外では用を足さないようにしているのだろうか。それはちょっと……可哀想《かわいそう》というか、不健康というか。

トイレから戻ってきたあと、念のため確認した。

「本当に大丈夫？　結構長旅になるぞ」

「……じゃあ、行くよ」

やっぱり、我慢していたのか。

汐はトイレへと向かう。途中で足を止めて、ちら、と俺を一瞥したあと、女子トイレのほうに入っていった。

へえ、そっちに入るのか。

少しして、戻ってきた。なぜか機嫌が悪そうだった。

「……そっちに入るのか、って思った？」

う……顔に出ていたのだろうか。ごまかしてもバレそうなので、素直に認める。

「ちょっとは思ったけど……その見た目で男子トイレに入ったら他の人びっくりしちゃうだろうし、まぁそうだろうな、って感じだ」

「最初は、男子トイレのほうに入ってたんだよ。でも咲馬の言うとおり、びっくりさせちゃったり、間違ってますよ、とか言われるから……女子トイレに入るようになった」

何も悪いことをしたわけじゃないのに、言い訳するような口調だった。負い目でも感じているのだろうか。俺としては、そこまで気にすることか？　と思うのだが。

「正直、どっちに入っても落ち着かないよ……トイレくらい、気軽に行かせてほしい」

「苦労してるんだな……」

俺が階段だと思って上ってきたものは実はエスカレーターで、汐《うしお》は息を切らしながら本当の階段を一段一段上っている……そんなイメージが頭に浮かんだ。俺がなんとなく享受している日常も、汐にとっては努力してようやく得られるものなのかもしれない。そう考えると、胸が痛んだ。

乗車口に向かい、稚内《わっかない》行きのバスに乗り込む。一番後ろの座席に向かい、汐が窓側に座った。出発の時間になっても、乗客は二人しかいなかった。

やがて、ぷしゅー、と音がして乗降口が閉まる。これでもう、クラスメイトと同じ便で椿《つばき》岡《おか》に帰ることはできない。修学旅行から、完全にエスケープした。

「さすがにドキドキしてきたな……」

今まで校則を破ったことすらないのに、まさか修学旅行でこんな暴挙に出るとは。背徳感とスリルで興奮してきた。

「これで俺たち不良だな」

「何言ってんのさ……」

汐はまんざらでもなさそうに笑った。

　バスが出発してから一〇分ほど経《た》った頃《ころ》、ポケットに入れていた携帯が震えた。電話だ。

「蓮見《はすみ》からだ」

「出たら？」

「でも、今の状況をどう説明すればいいかな……」

　札幌から稚内へ向かっていること、飛行機には間に合わないこと、汐といること。そのすべてを、伝わるように説明できる自信がない。仮にちゃんと伝わっても、その後の蓮見がどう動くかも想像できなかった。

　悩んでいるうちに、コールが切れた。それからすぐ、メールが届く。

『どこにいんの？　みんな先に朝飯食べてるぞ』

「うわー、蓮見からメールが届くの何か月ぶりだろ。心配してんなぁ……」

　申し訳ないと思いつつ、他人事《ひとごと》のように感じている自分もいた。今の状況になかなか現実味が持てないせいだろうか。

「あ、ぼくも電話が……夏希《なつき》からだ」

　どうする、と汐が目線で問う。

　星原《ほしはら》には事情を説明したほうがいいだろう。何も言わず勝手に修学旅行を抜け出したと知ったら、星原はショックを受ける。というか、昨夜の時点で連絡すべきだった。

「出よう。星原には、ちゃんと説明しなきゃ」

「ん、分かった」

汐《うしお》は電話に出た。俺は携帯に頭を寄せて、スピーカーの音に耳を澄ませた。

『もしもし汐ちゃん？　大丈夫？　今どこにいるの？　朝ご飯の時間なのに、どこにもいないからみんな心配してるよ』

「ごめん、夏希《なつき》。ちょっと複雑な事情で……夏希は今どうしてるの？」

『みんなと朝ご飯食べてるよ』

「そばに先生はいる？」

『え？　いや、いないけど……伊予《いよ》先生は汐ちゃんと紙木《かみき》くんのこと捜して走り回ってるよ』

「……そっか」

目を瞑《つむ》る汐。覚悟を済ませるような時間を置いて、すぐ目を開いた。

「夏希。今から説明するけど、驚かないでね。あと、できればこの話は誰にも聞かれないようにしてほしい」

『わ、分かった』

スピーカーの奥からがたりと物音がする。席を立ったようだ。人気《ひとけ》のない場所に移動しているのだろうか。

『よし……話して大丈夫だよ』

汐は説明を始めた。驚くべきことに、小樽で俺と汐が別れるところからだ。一からすべて話すつもりらしい。

　途中、何度も星原《ほしはら》が声を上げそうになったり息を呑《の》んだりするリアクションがあった。汐が上手《うま》く要点をかいつまんだおかげで、五分ほどですべての経緯を言い終える。

『分かった。つまり……駆け落ちってことだね!?』

「いや、それは……う〜ん……」

　汐が助けを求めるように俺を見る。俺としては「どうしてそうなるんだよ」と「まぁ似たようなものなのかな……」が半々といったところだが、とりあえず頷《うなず》いておいた。

「たぶん、そうなる」

『おお……！　すごい、ドラマチックだね、めちゃくちゃ青春してるね！』

　やけに興奮している。勝手に出て行ったことを気にしている様子はなくて安心した。

『このこと、先生には言わないほうがいいよね？』

　汐がマイク部分を押さえて、俺のほうを向いた。

「どうする？」

　ここは慎重にならないといけないところだ。一応、汐が通話しているあいだに考えていた。

「黙っといたほうがいいと思う。星原に余計な負担をかけたくないし、もしバス会社に電話されて連れ戻されたら終わりだ」

「それもそうだね……」

汐《うしお》が通話に戻る。

「うん、言わないでもらえると助かるよ。あと、他の友達にも内緒にしててほしい。心配させて申し訳ないけど……」

『全然いいよ。二人が決めたことなんだし、誰にも邪魔されず、最後まで行きたいよね。私は応援してる』

「うん……ありがとう」

汐は頬《ほお》を緩ませた。俺も嬉《うれ》しかった。これが正しい選択なのかはまだ分からないが、星原《ほしはら》の一言でかなり気が軽くなった。

『あ、紙木《かみき》くんもいるんだよね？』

「うん、横で通話を聞いてるよ」

『じゃあ、二人に言うね。椿岡《つばきおか》に帰ってきたら、旅の話を聞かせてよ。それで、またよかったら……三人で、ご飯でも食べに行こう』

「うん、約束する」

まずい、泣けてきた。星原の言葉一つひとつに込められた優しさが、余すことなく胸に染み込んでいく。星原と友達でいられたことは、俺の人生の数少ない誇りだ。

『じゃあ二人とも、楽しんで！』

ありがとう、と汐が礼を言って、通話が終わった。

汐は携帯を太ももの上に置いたあと、余韻を感じるようにゆっくりと息を吐きだした。

「夏希《なつき》にお土産を買おう」

「ああ、そうだな」

稚内《わっかない》は何が名物なんだろうか。どれだけ栄えているのかも分からないが、お土産を買える店くらいはあるだろう。

ああ……早く着かないかな。稚内はどんな場所なんだろう。楽しみだ。不安もあったが、気持ちがどんどん上向きになっていく。

……その一方で、外は雪の勢いを少しずつ増していた。

・8時21分

市街地を抜けて、北海道らしい見晴らしのいい道に出た。車道は除雪されてアスファルトが見えているが、他はどこもかしこも雪が積もっている。真っ白な景色は、もう味気なく感じるようになっていた。

星原との通話のあと、汐の携帯は数分おきに震えた。クラスメイトから届いたメールと着信だ。無視するのは胸が痛むようで、途中から汐は携帯の電源を切っていた。

なお、俺の携帯は蓮見《はすみ》からメールが届いて以降、なんの音沙汰もない。これが人望の差か。

落ち込むほどではないが、視覚化されるとなかなか悲しいものがある。

などと思っていたら、電話がかかってきた。俺の携帯にだ。

「お、蓮見《はすみ》かな……うわ」

「誰から？」

「伊予《いよ》先生……」

汐《うしお》の顔が緊張する。

ホテルではそろそろ朝食を終え、新千歳空港へと向かおうとする頃《ころ》合いだ。そう考えると、俺に電話がかかってきたのは遅いくらいだった。

「……出るの？」

「先生だし、さすがにな。放置しても、またかけてくるだろうし」

でも出るの嫌《いや》だなぁ……怒られるの確定してるようなもんだし……。ていうか、何を話せばいいんだ。目的地くらいは言っていいかな？　いやでも先回りとかされたら嫌だな……そんなことできるか分かんないけど……。

ええい、ままよ。

「も、もしもし」

思い切って電話に出た。なんにせよ説明するなら、早いほうがいい。

『紙木《かみき》？　今どこにいるの？　もしかして汐と一緒だったりしない？』

かなり切羽詰まった様子だ。この調子だと汐にも連絡をしたのだろう。でも繋《つな》がらなかったから、俺のほうにかけた。それとも、最初から俺にも連絡を取るつもりだったのか……別にどっちでもいいいか。

「はい、一緒です。その、体調不良とかトラブルとかではないです」

『ほんと？　ほんとなのね？』

はぁー、と伊予先生は勢いよく安堵《あんど》の息を漏《も》らした。

俺も汐も元気だ。トラブルでもない。まぁ教師陣からすれば、俺たちがいなくなったこと自体が大トラブルだろうけど。

『それで、今どこにいるの？　早くホテルに戻ってきなさい。一応、朝食は取ってあるから』

「す、すみません。戻るのは……ちょっと無理です」

『は？　え、無理ってどういうこと？　本当に今どこにいるの？』

「ええとですね……今、バスで北に向かっておりまして……」

『バス⁉　北⁉　ちょっと待って、北ってどこ⁉』

「一番北です」

『だからどこよ⁉』

「すみません、あの……同じ飛行機では帰れないので、俺と汐の分はキャンセルしてください。本当に本当にすみません、椿岡《つばきおか》にはなんとか今日中に帰るので……」

『そんなん当たり前でしょうが！　てかキャンセル⁉　嘘《うそ》でしょ⁉　ちゃんと説明――』

切った。

物理的な衝撃は何もないのに、なぜか携帯を持つ手がビリビリ痺《しび》れている。バットで大きく芯を外したときのような痺れだ。大きな決断をした反動だろうか。

「伊予《いよ》先生……めちゃくちゃ怒ってなかった？」

汐《うしお》がおそるおそる訊《き》いてきた。

「怒る前に切っちゃったから、怒られてはいないな」

「……じゃあ、帰ってからだね。怒られるの」

「そうだな……」

内申点に響かないか心配になってきた。でも伊予先生は、暴行事件を二度も起こした西園《にしぞの》を最後まで見捨てなかった人だ。めちゃくちゃ怒られるだろうけど、めちゃくちゃ怒られるだけで済む……はず。

「俺も電源切っとこ……二回目出る勇気はないわ」

「本当に駆け落ちっぽくなってきたね」

何気なく汐は言った。

真意は図りかねるが、少なくともネガティブに捉《とら》える必要はないだろう。俺も何気なく「そうだな」と返した。

・9時10分

乗車前に買った朝食のサンドイッチを食べ終えると、睡魔に襲われた。変わり映えしない外の景色と車内のぽかぽかした暖房も相まって、耐えがたいほどの眠気になる。さりげなく隣を見ると、汐もうとうとしている様子だった。

多少眠ってもなんの問題もない。なぜなら札幌から稚内《わっかない》まで、六時間近くかかる。改めて認識すると、めちゃくちゃ遠い。本当に同じ北海道内にあるのか疑いたくなるほどの距離だ。旅行だというのに、ほとんどの時間を移動に奪われる。

……もうちょっと近場にしておけばよかったかな？

ぷすぷすと、不安が再燃してきた。

「ごめん、ちょっと寝るね」

汐が眠そうに目を擦《こす》りながら言った。

「ああ、全然いいぞ。稚内に着くの、当分先だし」

「昼頃《ごろ》だよね。気長に待つよ」

「……なんか悪いな。遠い場所選んじゃって」

「いいよ、今さら後悔しても遅いし……。咲馬《さくま》も眠いんでしょ？　寝なよ」

「ああ……じゃあ、そうする」

汐《うしお》は「おやすみ」と言って、シートを最大まで倒して目を瞑《つむ》った。

車内の前部に取り付けられた時計で今の時刻を確認する。

九時か……学校のみんなは、そろそろ空港に着く時間か。伊予《いよ》先生は今も慌てているのだろうか。ふと気になって、一度だけ携帯の電源を入れてみる。

うへえ……と声が出そうになった。伊予先生から大量の着信が入っている。中には家の電話と、母の携帯からの着信もあった。家にも連絡したのか……。

これは親にも死ぬほど怒られるだろうなぁ……そんなの、分かりきってるか。

「……ん?」

三〇分ほど前に、蓮見《はすみ》から新たなメールが届いていた。開いてみる。

『荷物運んでやったから、今度奢《おご》れ』

頬《ほお》が緩む。

たぶん、先生に言われて嫌々《いやいや》従っただけだろう。でも、そのことを報告してくれたのは、きっと蓮見の優しさだ。椿岡《つばきおか》に帰ったら昼飯くらいは奢ってやろう。……貯金が残っていたら。

俺も寝るとするか。

・10時45分

眠りの谷から、ゆっくりと浮上する。

腰が痛い。身体《からだ》を少し浮かせて、背伸びをする。全身の関節がカチコチだ。どれくらい眠っていたんだろう。

……大体一時間半か。

身体はだるいが、ぐっすり眠れた。これで眠気は完全に取れた。隣を見ると、汐はぼんやり外を眺めている。先に起きていたようだ。

身体を少し前に傾けて外を見てみると、雪の勢いがさらに強くなっていた。というか、もはや吹雪だった。

「うわ、めっちゃ荒れてるな……」

汐がこちらを向く。

「ああ……起きたんだ」

「ついさっきな。汐は眠れた？」

「ぼくも一〇分くらい前に起きたとこ。吹雪いてるよね。飛行機、飛んだかな」

俺は時計を見る。スケジュール上では、学校のみんなは新千歳空港を飛び立って成田空港へ向かっている最中だ。

「心配しなくていいんじゃないか？　ここは吹雪いてるけど、札幌は晴れてるかもしれないし。ていうか、俺たち今どこにいるんだ……?」

携帯の電源を入れて、現在の位置情報を調べてみる。その前に通知が目に入った。一時間前に伊予《いよ》先生から着信が入ったきり、連絡は途絶えている。飛行機に乗ったからだろう。それより、地図だ。

「……旭川の手前か。ようやく半分くらい?」

一三時頃《ごろ》に稚内《わっかない》に着く予定だから……わりと順調なのかな? やっぱ北海道だから、バスの運転手さんも雪には慣れているのだろう。たぶん。

と思っていたら。

『お知らせします』

車内にアナウンスが流れた。

運転手さんがトランシーバーみたいなマイクで喋《しゃべ》っている。

『視界不良につき現在徐行運転しております。それに伴い到着時刻に大幅な遅延が発生する見込みですので、ご了承くださいませ』

ぶつ、と大きな切断音とともに、アナウンスが終わった。愛想がなくやけに早口だったので、理解が追いつかない。耳に残っている単語を、一つずつ頭の中で処理していく。

「大幅な遅延……って言ってたか?」

「言ってたね。視界不良だからって」

北海道の運転手さんでも、この吹雪には慎重にならざるを得なかったか。にしても、大幅な遅延。具体的には、どのくらいの遅れになるのだろう。椿岡《つばきおか》は雪がほとんど降らないので見当がつかない。

「一時間くらい遅れんのかな……？」

「いや、もっとじゃない？　二時間とか……」

「二時間か……」

頭の中で組んでいたスケジュールが、砂山のようにさらさらと崩れていく。これを完璧《かんぺき》な計画だと思っていた自分がバカに思えた。

「これ、今日中に帰れる？」

汐《うしお》の口にした疑問が、深く胸に刺さる。

「……二時間遅れれは、ちょっとキツいかも」

「そっか。じゃあ、泊まるとこ探さないとね。お金、足りるかな……」

「ごめん……こんなはずじゃなかったんだけど」

辛《つら》い記憶を、楽しい記憶で上塗りするために――それが修学旅行を延長した理由だった。

だがここに来て、旅行のほとんどが移動するだけで終わる可能性が生まれた。それはもはや旅行とはいわない。

「いいって。天候は予想できないし……それに、急いで計画立てたんでしょ？　多少の手抜かりは仕方ないよ」

「……」

フォローしてくれているのだろう。でも自分の詰めの甘さを指摘されているようで、ますます肩が沈んだ。しかもそれが表に出てしまったようで、汐《うしお》は失言でもしたみたいに慌てた顔をした。

ちょっと気まずい空気が流れる。

それを吹き飛ばすように、汐が「あ、そうだ」と言って立ち上がった。

「暇つぶしの道具があったんだ」

俺の前を通って、汐は荷台から自分のバッグを下ろした。そして中からあるものを取りだす。

「じゃん！　トランプ」

ああ……俺なんかのために空気を盛り上げようとしてくれている……普段「じゃん！」とか言うタイプじゃないのに……。嬉《うれ》しさよりも、申し訳なさが勝ってしまった。

だがここで猛省しても、汐の気遣いを無駄にするだけだ。俺は元気を絞り出す。

「いいな。なんかやろう」

「そうだね。何する？　二人でできる遊び、なんかあったかな……」

「スピードのルール、覚えてるか？　小学生の頃《ころ》によくやったやつ」

「覚えてるよ。じゃあスピードにしようか」

汐は座席の折りたたみテーブルを下ろして、カードを黒い絵柄と赤い絵柄に分けていく。しかし汐がトランプを持っているとは。修学旅行の夜に友達と遊びたかったのだろうか。一応、トランプ自体はやったが、世良《せら》との最悪なゲームになっちゃったんだよな……。

ああ、ダメだダメだ。思い出すと、忘れられなくなる。こういう記憶も、汐とのトランプで上塗りしてしまおう。

「じゃあ、始めようか」

「ああ」

スピード、と二人でかけ声を出すと同時に、山札からカードを出した。

・13時00分

「虫歯」

「バンド」

「ドリル」

「ルネサンス」

「雀」

「メダル」

「ルアー」

「…………飽きた」

汐《うしお》は大きくため息をついて、窓にこつんと頭を当てた。

「太鼓」

「もういいよ、しりとりは……。ていうか、なんでしりとりなんかやってるんだっけ……」

「他にできる遊び、粗方やっちゃったからな……」

「だからってしりとりは……一番不毛な遊びでしょ……」

相当くたびれている。無理もない。札幌を出発してからおよそ五時間。稚内《わっかない》に着くどころか、全体の三分の二も進んでいなかった。

バスは「外に出て走ったほうが早いんじゃないか？」と思うくらいのろのろと進んでいる。歯痒《がゆ》さはあるが、もっと急げとはとても言えなかった。なんせ外は数メートル先も見えないほど吹雪いている。天候は悪化の一途を辿《たど》っており、今ではホワイトアウトが発生していた。バスが運行していること自体、奇跡に思えた。

何度かトイレ休憩を挟んだものの、それ以外はずっと狭いバスの中だ。乗客がほとんどいないから、後ろの座席を自由に使えるのが不幸中の幸いだった。

「あ、夏希《なつき》からメール」

汐が携帯を取り出して呟《つぶや》く。もう普通に電源を入れっぱなしにしていた。

「椿岡《つばきおか》に着いたみたい。さっき解散したって」

「もうそんな時間か……」

修学旅行をエスケープしなければ、今ごろは椿岡に……とは考えないでおこう。

「ちょっと電話してみようかな……」

「お、いいね。俺もちょっと話したい」

汐は連絡先から星原《ほしはら》の番号を押す。すると、ワンコール目で出た。

『あ、もしもし？　汐ちゃん？』

「夏希。退屈だからかけちゃった。そっちは、さっき学校に着いたんだってね」

『そうだよ。これから家に帰るの。もうくったくただよ……汐ちゃんたちは稚内に着いた？』

「いや……それが、吹雪で遅れて今もバスの中」

『えー！　マジで？　それは災難だね……』

ほんとだよ、と汐。俺は苦笑いするしかない。

『あ、そうそう！　メールでも言ったんだけど……雪《ゆき》さんのこと、大丈夫だった？』

「ああ、あれね。うん、全然いいよ。むしろ助かった。ありがとう」

星原は俺たちのことを、雪さんに正直に話したらしい。これは汐がお願いしたわけではなく、星原の判断だった。さすがに家族には本当のことを伝えなきゃ、とのことだった。

「ていうか夏希、お母さんの連絡先知ってたんだね……」

『うん、汐《うしお》ちゃん家に行ったとき交換したんだ。そんなに連絡は取ってないけどね』

そんなに、ということは連絡を取り合ったことはあるのか。何を話すんだろう。ちょっと気になるな……。

「先生たちはどんな感じだった？」

『ちょっとバタバタしてる感じはあったけど、みんな椿岡《つばきおか》に戻ってきてるよ。伊予《いよ》先生もバスに乗ってたし』

「ふうん……」

何かを察したような顔。

おそらく伊予先生は事情を聞いたのだろう。たぶん、雪《ゆき》さんから。俺や汐、星原《ほしはら》といった生徒はともかく、保護者である雪さんの立場を考えると、そりゃあ黙っておくわけにはいかない。そこは汐も仕方ないと思っているはずだ。

『修学旅行中に生徒がいなくなるのって前代未聞らしいよ。汐ちゃんと紙木《かみき》くん、伝説になっちゃうね』

「それはちょっと……恥ずかしいな」

『あ、そういや紙木くんいるよね。ちょっと替わってもらっていい？』

うん、と頷《うなず》いて、俺に携帯を渡す。

この停滞した状況で、星原の声は何物にも代えがたい清涼剤だ。俺は嬉々《きき》として「もしもし」

と呼びかけた。

『おお、紙木くん。調子はどう？』

「可もなく不可もなくだよ。今は到着するのを待ってるだけだしな」

『そっか。……汐ちゃんとは、どんな感じ？』

声を抑えて訊《き》いてきた。それが本題か。

汐が隣にいる状態では、あまり突っ込んだ話はできない。俺は声量はそのままに質問に答える。

「まずまずだよ。時間を持て余してる感はあるけどな」

『まぁ、バスの中だと喋《しゃべ》ることしかできないしね。本番は着いてからか』

「そうだな……」

『……』

突然、スピーカーの向こうが静かになった。電波が弱いのだろうか。そう思って耳を離そうとしたら、向こうから『ダメだ～』と情けない声が聞こえた。

『何かアドバイスを送ろうと思ったけど、何も思い浮かばないや』

アドバイス……？　ああ、そうか。星原は、俺と汐が別れたことを知っている。最初の電話で、さらっとだが汐が話していた。そのことを心配してくれているみたいだ。

「気持ちだけでも嬉《うれ》しいよ」

『そう……？　余計なお世話なのは分かってるんだけど、やっぱ気になっちゃうんだよね』

そわそわしている様子が電話越しでも伝わってくる。

『まぁ、あれだよ。何をやってもたぶん後悔はしちゃうから、せめて楽しんでね』

「それらしいアドバイス出てんじゃん」

『え、ほんと？　ためになった？』

「なったなった」

『よし！　じゃあ大丈夫だね！　汐《うしお》ちゃんに替わって〜』

切り替えが早いな。もうちょっと話したかったが、俺は汐に携帯を渡す。でも気持ちは軽くなった。

せめて楽しむ……大事なことだ。

そうだ、星原《ほしはら》の言うとおりだ。今の俺にできることは、このバス旅を満喫することだろう。こうして二人きりで有り余る時間を使えるのだ。もっといろんなことを話して、少しずつ断絶を埋めていこう。

ようし。たくさん話すぞ！

・19時21分

「……」

「……」

すでに到着予定時刻を、六時間も過ぎていた。

バスに乗車してからは、一一時間以上が経過している。

一一時間——気が遠くなるような時間だった。

一日の半分近くを、バスの中で過ごしている。もはや楽しい記憶とか辛《つら》い記憶とか、そういうことで悩んでいたのが遠い昔のことのように思えた。今はもう、俺も汐も、早くバス移動から解放されたかった。ただそれだけだった。膨大な時間に、精神がすり潰《つぶ》されていた。

「……」

「……」

俺は座席と座席のあいだに立って、背を反《そ》らす。するとぱきぽきと関節が鳴った。なんだか身体《からだ》が錆《さ》び付いてしまったみたいだ。ずっと動かず、何も喋《しゃべ》らずにいると、気が滅入ってくる。

「……遠足の、帰りのバスでさ。ドラえもんの映画、よく流してたよな」

何か喋らないと、と思って、昔の記憶を引っ張り出した。

「あったね、そんなの」

「あのときさ、後ろの座席の人にも画面が見えるように、バスの中間にも小っちゃいテレビがあっただろ。その小っちゃいテレビが収納されてた場所から、ウィーンて横にスライドして真ん中に出てくるとき、めっちゃワクワクしなかった？」

「したね」

「汐《うしお》はドラえもんの映画で何が好き？」

「……咲馬《さくま》、無理して間を持たせようとしなくていいよ。もう、あんまり意味ないから。迷惑とかじゃなくて……無理しなくていい」

こちらも見ずに、汐は言う。

ああ、ダメだ……。もう完全に会話を楽しむ空気じゃない。話題を振っても機嫌を悪くするだけだ。大人しくしておこう。

「……今日中に帰るの、もう無理だね」

「……そうだな」

汐は億劫《おっくう》そうにこちらを向く。

「宗谷岬《そうやみさき》は、どうする？」

本当に行くの？　という俺の意思をたしかめるようなニュアンスがあった。

「行くよ。そこだけは……行かないと。この旅の意味が、なくなってしまう」

「旅の意味……一体、なんだっけ……」

汐は静かに目を瞑《つむ》る。そして自分のお腹に手を当てた。

「お腹、空いたな……」

もはや楽しいとか楽しくない以前の状態になっている汐の姿を見て、俺は強烈な無力感と徒労感に襲われた。今まで抑え込んでいたネガティブが、堰《せき》を切ったように溢《あふ》れ出す。

「何やってんだろうな、俺は……」

自嘲《じちょう》する。

「こんなんじゃ、恋人どころか親友も務まらないよな……」

ぴく、と汐の身体《からだ》が動く。

伏し目がちに目を開いて、ため息交じりに答えた。

「……否定してほしくて、そういうこと言うのやめなよ」

「本当に自信がなくなってきたんだよ……」

「あっそ……ならいいや……」

怒るでも呆《あき》れるでもなく、受け流した。自分で言っといてなんだが「ならいいや」で済ませていいのか？　と疑問に思う。それとも、もうまともに受け答えする気力も残っていないのだろうか。

何を言っても投げやりな返しになるのなら……ある意味、今が本音を伝えるチャンスなのかもしれない。深く考えず、正直に返してくれるはずだから。

「……恋人らしいこと、したくないわけじゃないんだ。できないだけで」

汐は何も言わない。

「どうすればいいんだろうな、これは」

「それが分かれば苦労してないでしょ」

やはり淡々としている。もうちょっとアクセルを踏み込んでみてもいいかもしれない。

「どうすれば汐《うしお》をもっとエッチな目で見れるんかな」

汐がばっとこちらを向く。

やば……急に飛ばしすぎた。何を言ってるんだろう、俺は。

「本人に言うなよ、バカ……」

まったくそのとおりすぎて、ごめんとしか言えない。

ぴと、と汐は窓に頬《ほお》をつける。車内の暖房で火照った身体《からだ》を、少しでも冷やそうとしているみたいだった。

「……もっとってことは、ちょっとはエッチな目で見てるの」

窓に頬をつけたまま汐が言う。表情は見えないし、口調も淡々としているので、一体どんな心境で訊《き》いているのか分からなかった。だからもう、駆け引きを考えず正直に答える。

「う～ん…………エッチっていうか、フェチみたいな?」

「たとえば?」

返しが早かった。なんならちょっと食い気味だった。

「うなじとか、タイツとか、髪の匂《にお》いとか……」

「うわきも」

「そっちが訊いてきたんだろうが」

ふっ、と鼻で笑ったように汐の身体が揺れた。

よく見ると、耳の先端が赤くなっていた。顔を見せないのは、照れ隠しだったりするのだろうか。こういうところは、本当に女の子らしくて可愛《かわい》いと思う。

しかし耳の赤みは次第に薄れ、汐の身体から力が抜けていく。

「それでも、無理なんだよね、身体は」

断絶。小樽で感じたあの溝を、決して広くないこのバスの中で俺は再び感じた。

近くにいるのに、遠い。その行動に意味がないと分かっていても、俺は汐に手を伸ばした。

「汐――」

そのとき。ピピー、と車内で音が鳴る。

運転手さんがマイクを手に取った。

『間もなく稚内《わっかない》に到着します』

＊

「さ……寒すぎ！」

札幌よりも小樽よりも神威岬《かむいみさき》よりも、稚内《わっかない》は寒かった。ただでさえ低い気温と、横殴りの暴風雪のせいで、露出している顔の表面がパキパキと凍り付いていく。車内の暖房で無駄に温まっていた身体《からだ》が、一瞬で芯まで冷えていった。

さすがの汐《うしお》も震えていた。

「こ、これからどうするの？」

「なんか食べよう。もう腹減って死にそうだ……近所にラーメン屋があるみたいだから、そこでいいか？」

「うん、温かいものならなんでも……」

「じゃあ、行くか」

バスターミナルから、早足でラーメン屋へと向かう。バスの中で、稚内の地図は頭に焼き付けていた。そんなに大きな街ではないので、覚えるのに苦労はしなかった。

まだ午後八時で、それも駅前だというのに、稚内の夜はまったく人気《ひとけ》がない。当たり前だ。さすがの稚内市民でも、こんな吹雪の夜に出歩かない。気を抜くと道に迷って、そのまま遭難してしまいそうだ。

「汐、ついてきてるか？」

「な、なんとか……」

少し遅れている。俺より体力のある汐が。空腹と吹雪と、長旅による疲れのせいだ。俺のほうがちょっとだけ元気なのは、たぶん体力の問題というよりは、生まれつきの頑丈さの違いだろう。

まつ毛に引っかかった雪を、手で払い落とす。一瞬、傘をさそうかと思ったが、折りたたみ傘では効果が薄そうだ。それに稚内の雪は、乾いていて叩《たた》けばすぐに落ちる。氷点下の数少ないメリットだなと感じた。

ラーメン屋には、五分ほどで着いた。短い時間だが、心身ともに疲れ果てていた。服についた雪を払ってから、店内に入る。こぢんまりしたラーメン屋で、カウンター席しかなかった。客は俺たち以外に二人しかいない。

メニューを開き、二人で同じラーメンを注文する。俺はチャーハンセット、汐は餃子セットだ。喋《しゃべ》る気力もなく、ラーメンが運ばれてくるのを待った。

「へい、お待ち」

来た。ラーメンが。

およそ一二時間ぶりの食事。溢《あふ》れそうになる唾液《だえき》を飲み込み、勢いよくラーメンを啜《すす》った。

俺も汐も、貪るように食べた。およそ一二時間にも及ぶバス旅を経て食うラーメンは破壊的な美味《うま》さだった。スープのしょっぱさが、チャーシューの脂が、そのまま胃の中で元気に変換される。

スープを飲み干し、チャーハンも米粒一つ残さず平らげた。互いに完食するまで一言も発しなかった。

満腹の余韻を感じながら、「さて」と俺は切り出す。

「ここからが問題だ」

「宿だね」

「そう。冬は閉まってるとこ多くってさ。営業してるホテルも、遠かったり宿泊料がめっちゃ高かったりして、候補は一つしかなかったんだ。そこに泊まろうと思うんだけど……一つ問題がある」

「問題？」

「歩いて三〇分くらいかかる」

汐《うしお》が顔をしかめる。

三〇分。椿岡《つばきおか》ならなんてことない距離だ。だがバスターミナルからこのラーメン屋までの道のりで、吹雪の中を歩くのがいかに過酷か思い知らされた。

「タクシーは？」

「呼びたいのは山々なんだけど……今の手持ちじゃ宿泊料がギリギリでさ。汐の手持ちはどれくらい？」

「……一万円と、小銭がいくらか」

「ちょっと心許《こころもと》ないな……」

ううむ、どうしたものか……。

さすがに街中で遭難することはないだろうが、寒さと風が厳しい。長時間移動でくたくたの身体《からだ》に鞭を打つような真似《まね》はしたくなかった。

二人揃《そろ》ってうんうんと悩んでいると、元からいた客二人が物珍しそうに俺たちを見ていることに気がついた。中年男性の二人組だ。地元の人だろう。顔を寄せて、何か喋《しゃべ》っている。

「なしてこんなとこまで来たんだか……」

「きっと訳ありだべ」

俺たちのことを言っているみたいだ。い、居心地わりい……。

汐もさっきの会話が聞こえていたようで、嫌《いや》そうな顔をしていた。

たぶん、俺たちの話から旅行者だと知ったのだろう。無防備にぺらぺら喋りすぎたか。

「……行こう、咲馬《さくま》」

「ああ……そうだな」

もう腹をくくるしかなさそうだ。


結局、歩いてホテルを目指すことにした。

ホテルは大通り沿いにあるので、この道をまっすぐ進むだけでいい。だから迷う心配はない。それよりも、やはり吹雪が辛《つら》かった。

とにかく、寒い。

身体《からだ》の末端が凍り付くように冷たい。手袋をしていても、手はかじかんでいた。しかも服の防風性能が低いせいで全身に風を感じる。体力がどんどん奪われていく。

「はぁ、はぁ……」

冬山をアタックする登山家の気分だ。まだラーメン屋を出てそんなに経《た》っていないのに、隣に並んでいる汐《うしお》も息絶え絶えの様子だった。

俺は濡《ぬ》れた顔を袖《そで》で拭《ぬぐ》う。もはや溶けた雪なのか鼻水なのか分からない。

ホテルまで、あとどれくらいだ。前が全然見えない。これでは近くまで来ても、ホテルに気づけないんじゃないだろうか。稚内《わっかない》市民はこんな過酷な土地でどうやって冬を越しているんだ。謎《なぞ》すぎる。それとも今日が特別荒れているのか？

寒さを紛らわしたくて心の中が饒舌《じょうぜつ》になる。

「汐、大丈夫か？　……汐？」

隣には誰もいなかった。

血色の悪くなった頭から、さらに血の気が引く。

後ろを振り返ると、雪の中にぼんやりと人影が見えた。

「汐！」

急いで引き返し、汐の横に並ぶ。

「おい、大丈夫か？」

「……だ、大丈夫」

顔色が悪い。あんまり大丈夫じゃなさそうだった。

俺は汐の手を取った。そして前を行き、風よけになりながら進む。

「ちょ……手……」

「別に、いいから」

「……恋人でも、ないのに」

カチン、と来た。

「そんなの、気にしてる場合じゃないだろ」

そう言って無理やり引っ張ろうとすると、手を振り払われた。

「そんなの、じゃないよ」

意地を張るように、汐は歩くペースを速めて俺を抜く。

「そんなのじゃない……」

「……」

俺は汐の横に並ぶ。だがペースが速くなったのはほんの短いあいだで、すぐに俺が抜いた。

ホテルまで歩いて三〇分だが、それは同じペースで歩き続けた計算だろう。この調子だと、一時間経《た》ってもたどり着けない。一旦《いったん》、どこかで休憩したほうがよさそうだ。だが吹雪の影響か、なかなか営業している店が見つからない。そもそも店自体が少ない。

吹雪を凌ぐには心許《こころもと》ないが、市民センターらしき建物の軒下に避難した。震えるような寒さだが、風と雪は防げる。

「はぁ……ヤバすぎるな」

ぱっぱっと服を払って雪を落とす。頭を振ると、雪の塊が落ちてきた。

見れば、汐《うしお》の頭にも雪が載《の》っかっている。気づいていなさそうなので、取ってやろうと手を伸ばした。

「っ」

が、ぱしんとたたき落とされる。

はっきりした拒絶に少し傷ついたが、これは急に触ろうとした俺が悪いか……。

「頭、雪載ってるから」

「言ってくれたら、自分で取るから……」

「ごめん……」

汐から視線を逸《そ》らす。

吹雪は一向に収まる気配がない。椿岡《つばきおか》には明日帰るしかないが、飛行機が飛ぶか心配になってきた。それに、宗谷岬《そうやみさき》まで行けるのかも……総じて、冬の道北を舐《な》めていた。

「……やっぱり、タクシー呼んだほうがいいかもな」

ちら、と汐がこちらを向く。

「お金、足りないんでしょ」

「でも、ホテルまでたどり着けなかったら元も子もないだろ？　最悪……二人でお金を出し合って、シングルを借りる」

「……シングルに二人は、ダメなんじゃないの」

「ああ。だから、一人はロビーで一夜明かす」

「もっとダメでしょ……」

ため息をつく汐。まつ毛に雪がひっついて、唇《くちびる》は紫色になっていた。

「ここまで来たなら、歩くしかないよ」

「でもなぁ……汐、辛《つら》そうだし」

「咲馬《さくま》より体力はあるから」

「でも遅れてたじゃん」

「あれがぼくのペースなんだよ」

「そんな意固地にならなくても」

真っ白な頬《ほお》に、かあ、と朱色が浮かんだ。

「さっきからうるさいな。大丈夫って言ってるんだから、信頼してよ。それとも、何。彼氏面《づら》でもしたいわけ？」

「いや、俺は心配してて……」

「大体」

汐《うしお》は俺を鋭く睨《にら》んだまま、恨み節を込めて言った。

「咲馬《さくま》が稚内《わっかない》に行こうなんて言わなかったら、こんなに辛《つら》い思いすることなかったんだ」

ガツン、と頭を殴られるような衝撃。

それは、そのセリフは、一番聞きたくなかった。

修学旅行の辛い記憶を上塗りするために、俺は汐を誘った。汐に楽しんでほしい一心だった。でも、やっぱり、無駄だったのかもしれない。いや、無駄というか……単に、迷惑でしかなかった。

十何時間もバスに乗せ、吹雪の中を歩かせる。冷静に考えると、こんなのはただの苦行だ。また新しい辛い記憶を植え付けてどうする。

すべては俺の一方的な善意の押しつけで、汐は最初から何も望んでいなかったのだ。

本当に、バカみたいだ。空回りするのも大概にしろ。

「……ごめん」

休憩終わり。

俺はホテルに向かって歩きだした。

「あ、ちょっと……」

遅れて、汐がついてくる。

もう、振り返らなかった。合わせる顔がなかった。

吹雪に耐えながら歩き続け、なんとか目的地のホテルに到着した。ロビーの暖房が、ガチガチに強張《こわば》った身体《からだ》をゆっくりとほぐしていく。今日はもう一歩も外に出たくない。ていうか出たら死ぬ。

遭難者のような足取りでカウンターへ向かうと、若い女性が対応してくれた。

「こんばんは。チェックインでしょうか?」

「あ、いえ……予約してないんですけど、大丈夫ですか?」

「……少々お待ちください」

もし満室だったりして泊まれなかったらどうしよう。どうせ当日だから、と予約していなかったが、しておくべきだったかもしれない。

そんな俺の不安を打ち消すように、女性は笑顔を浮かべた。

「はい、畏《かしこ》まりました。お二人様ですよね?　お部屋はどうなさいますか?」

ああ、よかった……。

しかし、部屋か……俺はちらと汐を見る。

「……別に、なんでもいいけど」

そうは言っても、俺と汐《うしお》は恋人でもなんでもないんだから、相部屋になるわけにはいかない。

……なんてのは、さすがにひねくれすぎか。

正直に言おう。汐といるのが気まずかった。それに、さっきみたいに自分が空回りした事実を突きつけられたら、今度は立ち直れないかもしれない。だから、自分が傷つかないように、そしてこれ以上汐に迷惑をかけないよう、ここでしっかり線を引く。

「シングルを二――」

「あ、カップルプランというのもございますが」

「……カップルプラン？」

「はい。お二人でご宿泊されるお客様にご案内しております。セミダブルベッドのある一室で、シングル二部屋とツイン一部屋よりも、お安くなっております」

「……」

まさか、こんなところで恋人かどうかを他人に確認されるとは……。

今までずっと気持ちだけの問題だったのに、ここに来てカップルプランという『制度』が出てきた。今一度、俺たちの関係を見つめ直さなければならない。安くなるのはありがたいが、汐はどう思っているのだろう。

――彼氏面《づら》でもしたいわけ？

――恋人でもないのに。

やっぱり、嫌《いや》がるかな。

少しでもその可能性があるなら、カップルプランは諦《あきら》めたほうがいい。安くなるといっても、そう大きな差でもないだろう。ここは金銭よりも汐の気持ちとプライベートを優先する。

「いえ、普通の――」

「カップルプランでお願いします」

遮《さえぎ》るように汐が言った。

驚いて横を向く。汐は毅然《きぜん》としていた。何も間違っていない、と態度で示しているように見えた。

「畏《かしこ》まりました。それでは、念のため保護者の方にもご確認を――」

汐は携帯を取り出し、雪《ゆき》さんに電話をかける。俺も親に電話しようと思ったが、片方だけでいいらしい。形式的なものに過ぎないみたいだ。

……にしても、汐の考えていることが分からない。今に始まった話でもないけど……。

鍵《かぎ》を開けて部屋に入り、俺たちは荷物を下ろした。

思ったより部屋は広々としているが、ベッドは想像していたよりも狭い。これは二人横になると肩が触れ合うだろう。だからカップルプランか、と納得する。

「先にシャワー浴びてきていいぞ。俺、ちょっと電話しなきゃだから」

「じゃあ、遠慮なく……」

汐《うしお》はバスルームへと向かった。

扉が閉まったことを確認して、俺はポケットから携帯を取り出す。バッテリーが五パーセントしか残っていなかったので、リュックから引っ張り出したケーブルで充電した。

着信履歴の中から『母』の項目を選び、電話をかける。

「あ、もしもし？　俺だけど」

『どちら様ですか？　私の息子はとっくに修学旅行から帰ってきて部屋にいるのですが』

めちゃくちゃ怒ってるやつだ、これ……。

「あの……紙木咲馬《かみきさくま》です、一応、息子の……」

『……今どこにいるの』

声は怒っているが、話は聞いてくれるみたいだ。安堵《あんど》しながら、質問に答える。

「稚内《わっかない》のホテルに宿泊してる。本当は今日帰る予定だったんだけど、バスが遅延してさ」

『あんた、どうやって帰ってくるつもりなの』

「明日、飛行機に乗って成田空港まで飛ぶつもり。ただ、ちょっと問題がありまして……」

『……言ってみなさい』

「その、お金が、もう全然なくてですね。よければ、俺の口座に振り込んでくれると……たいへん助かるのですが……」

ところどころ愛想笑いを挟みながら、ごまをするように言う。

バスの乗車券と宿泊料で、ほぼ一文無しになってしまった。これでは明日帰るどころか、宗谷岬《そうやみさき》にも行けないし、昼飯を食うことすら難しい。母さんに金をせびるのは、この旅に必要不可欠なタスクだった。

『あんたさ……北海道から成田まで、いくらかかると思ってんの？』

「えっと……一万くらい？」

『航空会社にもよるけど、前日予約で、それも稚内だったら……あんたのお年玉でも到底足りないよ』

「マジで!?　そんなに？」

『まぁ、札幌まで陸路で来てくれたら、もう少し安上がりだけど』

「……詳しいな」

『調べたんだよ、あんたのためにな』

ふー、とスピーカーの向こうで息を吐く音がした。またタバコを吸っているようだ。

「……ごめん。陸路はもう、懲りたというか……また十何時間も遅延したら発狂しそうだから、稚内からの運賃だと助かるんだけど……」

『あんた、贅沢《ぜいたく》言える立場だと思ってんの？』

ガチ説教の兆《きざ》しに、う、とたじろぐ。

『周りにどれだけ迷惑かけたかちゃんと理解してる？　私、伊予《いよ》先生から連絡あったとき、恥ずかしくて倒れそうだったよ。それに汐《うしお》ちゃんまで巻き込んでさ』

「そ、それも聞いたの？」

『どうせあんたが首謀者なんでしょ』

よく分かったな……伊達に生まれたときから見ていない。

『汐ちゃんは、元気なの？』

母さんの声が、心配するようなものになった。

「今、シャワー浴びてるよ。さっきまで外歩いてたから凍えてたけど、たぶん大丈夫」

『最悪、あんたが帰れなくなっても、汐ちゃんだけは無事に椿岡《つばきおか》に帰すんだからね』

「分かってるよ……」

『ほんと、頼むよ。あんた抜けてんだから……』

長い吐息――これはタバコではなく、普通のため息だろう。

『……お金は振り込んどく。あと、稚内《わっかない》からの便の予約もしたげる。あとで詳細をメールで送るから見ときなさい』

「おお……ありがとうございます！　……あ！　ごめん、明日どうしても宗谷《そうや》岬《みさき》に行かなきゃいけないから、その運賃も振り込んどいてほしい。五千円で足りるから」

『ふざけてる？』

「ごめん、なんとしても返すから。これだけは……本当に、お願いします」

どうせ向こうからは見えていないのに、自然と頭が下がった。それくらい真剣だった。

母さんにも、それが伝わってくれたようだ。

『はぁ……分かった』

お？ と頭を上げる。

『お金はバイトか何かして高校在学中に返済すること。もし明日の便でも帰ってこなかったら、部屋にあるゲーム全部売ります』

「は、はい」

『……それじゃ、気をつけてね』

電話が切れた。

これで金銭面はなんとかなったはずだ。母さんには感謝しないと……でも北海道旅行って本当にお金かかるんだなぁ……。

備え付けの電気ケトルとティーパックでのんびり紅茶を飲んでいたら、バスルームの扉が開いた。

「お待たせ」

「ん、じゃあ――」

行くわ、と言いかけて言葉に詰まる。

汐《うしお》はバスローブに着替えていた。ベルト紐《ひも》がくびれを作り、胸元が深く開いている。頬《ほお》はすっかり上気していて、髪はまだ濡《ぬ》れていた。

「い……行くわ」

動揺して、ぎこちない返事になってしまった。それをごまかすように、そそくさとバスルームに入る。

扉を閉め、軽く息を整えた。

び、びっくりした……そりゃホテルだからバスローブくらいあるだろうけど、完全に油断していた。バスローブって、結構露出が多いんだな……。

って、何を考えているんだ俺は。さっさとシャワーを浴びて、今日は早くに寝よう。

シャワールームに入って、熱いお湯を頭から被《かぶ》る。手早く頭と身体《からだ》を洗って、備品のタオルで身体を拭《ふ》いた。俺もバスローブを纏《まと》う。下半身がすーすーして落ち着かないし、地肌の上だから肌が擦《こす》れる。あんまり着心地はよくないが、今日の服を着て寝るよりかはマシだ。

バスルームを出ると、汐は椅子《いす》に座って髪を乾かしていた。

「わ、早いね」

「うん、よく言われる。でもちゃんと洗ってるからな」

「別にそこは疑ってないけど……」

ちょうど髪を乾かし終わったようで、ドライヤーを俺に渡した。俺が髪を乾かしている最中

に、汐《うしお》は歯磨きを始め、ドライヤーの電源を切ると同時に、洗面所でぺっとうがいをした。

今度は俺が洗面所で歯磨きをする。これが終われば、あとは本当に寝るだけだ。

口をゆすいで部屋に戻ると、汐はまだ起きていた。ベッドに座って所在なさげに足をぶらぶらさせている。

もしかして、何か話すことがあるのだろうか？

「寝ないのか？」

「明日の予定を確認しておきたくて」

「ああ、そういやそうだったな」

忘れていた。違うことを期待していた自分が恥ずかしい。

俺は携帯を開いて、メールを確認する。するとそこに母さんが送ってきた便名の詳細があった。出発は……昼過ぎ。よし。これなら、宗谷岬《そうやみさき》を見る時間を確保できる。

「明日は、午前中にバスで宗谷岬に行って、午後に稚内《わっかない》空港から飛行機に乗って帰る。詳しい時間はあとで転送しとくよ」

「……そう」

なんだか汐の表情が冴《さ》えない。

俺もベッドに座り、改めて汐の顔を窺《うかが》った。

「……宗谷岬、行きたくない？」

今日の常識破りの遅延で、しばらくバスに乗るのが嫌《いや》になっていてもおかしくない。俺も軽くトラウマになっていた。

もしくは……俺と一緒にいるのが嫌になったか。可能性としては、こっちのほうが大きい。

「違うよ。宗谷岬は、見たい。せっかく、ここまで来たんだから」

「そうか。ならよかったよ」

「……さっきのこと、謝りたい」

すす、とシーツの上を滑るように汐は身体《からだ》の向きを変えた。俺のほうを見て、しおらしく頭を下げる。

「あのときは、ごめん。本当に……ひどいことを言った。あんなのはただの八つ当たりだ」

「別にいいよ……ろくでもない旅行になったのは事実だ。そもそも突発の計画だからな。謝らなきゃいけないのはこっちだ」

汐は顔を伏せたまま、ベッドの上のシーツを握りしめた。

「たしかに、長時間のバス移動はしんどかったし、吹雪のなかを歩くのは大変だった。だけど、小樽のあれとは、辛《つら》さの質が違うんだ。今日の辛さは……楽しい部類の辛さだった。たとえば、マラソン大会はしんどい記憶が大半だけど、イベントそのものが嫌いな人はあんまりいないでしょ？」

「いやめちゃくちゃいるだろ。俺は嫌いだし。というかマラソン大会が好きな人は少数派だ」

「うん、今のは例えを間違えた……マラソン大会が好きなのはぼくくらいだった……」

汐《うしお》は頭を抱えた。

「ダメだ……上手《うま》く説明できない……」

必死に思い悩んでいる。汐には悪いが、その姿を見てつい笑《え》みが漏《も》れた。

「大丈夫、あれが汐の本心じゃないことは伝わったよ。それに、辛《つら》さに種類があるっていうのも感覚的には理解できる。俺はもう、そこまで気にしてないから」

汐はおっかなびっくりな視線を俺に向けてくる。

「ほんとに？」

「まぁ、ちょっとは根に持ってるけど」

「……本当にごめん」

「冗談だよ」

俺はベッドに倒れ込んで、布団を身体《からだ》に被《かぶ》せた。

「もう寝ようぜ。明日、宗谷《そうや》岬《みさき》見に行かなきゃいけないんだから」

「うん」

汐も、静かに横になった。ベッドにはめ込まれたボタンを押して、部屋の照明を落とす。

セミダブルベッドは、そう大きくない。足や手がはみ出さないよう真ん中に寄ると、手が触れ合う。寝返りを打つとほぼ確実に身体が当たる距離だ。

早く寝ようと思っていたのだが、なぜか目が冴《さ》えている。バスの中でしこたま眠ったせいだろうか。当分、眠れそうにない。

「……汐、起きてる？」

「うん」

すぐに返事が来た。

真っ暗な部屋で汐の姿は見えない。だけど息遣いや気配で、その存在を今まで以上に近く感じた。

「もしかして、汐もあんまり眠くない？」

「まぁね。バスでたくさん眠ったから……」

「だよな。あんだけ疲れてたのに、横になった途端眠気が覚めるのが不思議だ」

「……それだけじゃないけどね」

「え？　どういうこと？」

「いや、なんでもない」

「……汐、部屋を選ぶとき、カップルプランにしてくれただろ？　あれさ、嬉《うれ》しかったよ。ちょっと安く宿泊できたし、それに……その場しのぎとはいえ、認めてくれたから」

「……いいよ、別に」

「前にデートしたとき、クレープ食べたの覚えてるか？　あのときも、カップル割ってあったよな」

「あったね」

「カップルでいると、得することが多いんだなって思ったよ。付き合うなんて、何か契約を結ぶわけでもなく、ただの言葉のやり取りなのにさ……」

「そうだね……」

「……あのさ。もし、これから二人で遊んでて、同じようにカップル割とかカップルプランとか選べる場面があったら……使ってもいいか？」

「…………それは、よりを戻そうとしているの？」

「分からん」

「分からん？」

「恋人とか、親友とか、友達とか……そういうのって、全部言葉のやりとりで生まれる関係性だろ？　そんなものに、どれほどの価値があんのかなって……ちょっと懐疑的になってきてるんだよな。だから、恋人だろうが親友だろうが、あんまり関係ない気がしてさ」

「でも、制度は利用したいからカップルを名乗るってこと？」

「そう、そういうこと」

「……ダメでしょ」

「え、ダメ？」

「だって、そんなの……騙《だま》してるようなもんじゃん。ちゃんと付き合ってなきゃ、カップルプランは使っちゃダメだよ」

「いやでも、このホテル……」

「今日は状況が状況だから、仕方なく」

「あっそう……」

「それに、知らないの？　カップル割って、ちゃんと証明しなきゃいけないとこがあるんだよ。恋人だって分かるよう、ほっぺにキスしたり」

「へえ、そうなんだ……知らなかった」

「それができなきゃ、カップルは名乗れないよ」

「うん……」

「…………それができたら、カップルを名乗っていいんだよ」

「……ん？　なんか同じこと二回言った？」

「言ってないよ」

「そう？　……つまり汐《うしお》は、ほっぺにちゅーしてもらいたいってこと？」

「なんでそうなる！」

「違うの？」

「違うよ。全然、違う。違うし……咲馬《さくま》は、そういうのやりたくないんでしょ」

「……まぁ、そうだな」

「……」

「キスは、正直、抵抗があるよ」

「……うん」

「でも、手を繋《つな》ぐとか、ハグとかなら、喜んでやるよ」

「……そんなの、ただのスキンシップじゃん。恋人とじゃなくてもできるよ」

「でも、世の中には恋人とするようなことを、赤の他人とすることだってあるらしいぜ。お金を払ったり、お酒の勢いとかで」

「急に生々しい話になったな……」

「大事なのは、そういうことをしたかどうかじゃなくて、やっぱり……心が繋がってるかどうかだと俺は思うんだよ。心が繋がってれば、別にキスとかエッチができなくても、恋人でもなんでも好きに名乗っていいと思うんだ」

「じゃあ、相手がそれで満足しなかったら？」

「そうだな……ちょっと妥協してもらうとか」

「妥協って？」

「……」

「……」

「こんな感じ？」

「……ただの恋人繋ぎじゃん」

「恋人繋ぎって、もう名前からしてバリバリ繋がってるじゃん。恋人で繋がるだろ？　エッチとかいうただのアルファベットよりも、よっぽど強く繋がってると思う」

「そんなの……ただの言葉遊びだ」

「まぁな。……汐《うしお》は嫌《いや》？」

「嫌じゃないよ。今日はもうこのまま寝るから、勝手に離さないでよ」

「分かった」

「……それとさ」

「うん」

「……」

「それと、何？」

「もし……付き合ったら、平日は一日二回ハグしてほしい。それが、妥協案」

「うん、分かった」

「……じゃあ」

「……え、じゃあって？」

「今日、まだ、日を跨《また》いでない」

「ああ……はいはい」

「……」

「……」

「……おやすみ」

「おやすみ」

＊

翌朝には、吹雪は止《や》んでいた。厚い雲の切れ目からたまに青空が覗《のぞ》いている。

俺と汐《うしお》はバスに乗って宗谷岬《そうやみさき》へと向かっていた。今のところ、遅延もなく順調そのものだ。

宗谷岬には一時間ほどで着くらしい。昨日の一一分の一だ。汐とお喋《しゃべ》りでもすれば、あっという間に過ぎている時間だ。

実際、あっという間だった。

「うおおお……さっっっぶ！」

風が……風が死ぬほど冷たい！　雪がない分、昨日よりマシだが、それでも寒いものは寒い。お土産店の外壁に取り付けられた温度計を見ると、マイナス七度だった。そりゃ寒いわ。

「咲馬《さくま》、日本の最北端はあっちだよ！」

「ああ、行くよ」

汐は朝から妙にテンションが高い。

汐についていくと、三角形のオブジェが見えた。あそこが先端らしい。これほどの低気温だからか、俺たち以外に人はいなかった。

汐の横に並んで、足を止める。汐はこちらを見て、嬉《うれ》しそうに言った。

「同時に行こう」

「ああ」

す、と手を差し伸べられる。

俺はその手を取った。

そして二人一緒に、オブジェの台座に上がった。

――ここが、俺たちの旅の到達点。

＊

予定どおり稚内《わっかない》空港を飛び立ち、俺と汐は羽田空港に降り立った。なぜ羽田空港かというと、成田空港への直行便がなかったからだ。

ここから椿岡《つばきおか》に帰るまでがまた長いが、何時間もバスに揺られるよりかは百倍マシだ。それに、母さんによれば、俺たちを椿岡まで送り届けてくれる人が到着ロビーで出迎えてくれるらしい。一体、誰だろう。

「紙木《かみき》！　汐《うしお》！」

到着ロビーに出てすぐのところに、見慣れた人が立っていた。……出迎えてくれる人って、伊予《いよ》先生か……。今日は修学旅行の振替休日なので、たしか学校は休みだ。もしかして、休みを返上して来てくれたのだろうか。

「伊予先生！」

俺と汐は伊予先生のもとへ駆け寄る。

「二人とも、どこも怪我《けが》はない？　身体《からだ》の調子はどう？」

「全然元気ですよ。飛行機の中でもたっぷり寝たんで」

「ぼくも平気です。機内で昼食も済ませました」

伊予先生は心の底から安堵《あんど》したようにうなだれた。ずいぶんと心配をかけたみたいで、今になって罪悪感を覚えた。

思えば伊予先生は、汐の修学旅行がいい思い出になるよう、いろいろと便宜を図ってくれていた。それだけ熱心な先生なのだから、俺たちの不在でよほど気を揉《も》んだことだろう。余計な心労をかけてしまった。

「紙木、汐」

名前を呼ばれる。

伊予先生は、ゆっくりと頭を上げ――その顔を見て、俺と汐は同時に息を呑《の》んだ。

「あなたたちの勝手な行動で、一体どれだけ周りに迷惑と心配をかけたか分かってる？　他の先生やホテルの方々、それに生徒のみんなが、どれだけ必死にあなたたち二人のことを捜したか、想像できる？　もう高校生なのに、どうして簡単なルールも守れないの？」

何も答えられない。俺も汐も、黙って怒られていた。

「今いる人たちだけじゃない。あなたたち二人のせいで、修学旅行中に抜け出した生徒がいるという前例ができてしまったの。もしかしたら、来年の修学旅行生はあなたたちの代ほど自由に動けないかもしれない。そういう先のことまで、ちゃんと考えた？」

「……すみません。でも、あの、汐は……俺が無理やり連れてきたようなものなので……」

「いえ、咲馬《さくま》だけの責任ではありません。誘いに応じたぼくも同罪です」

「黙って聞きなさい」

はい、と返事がハモった。

それから伊予先生の説教は、三〇分近く続いた。

謝罪の言葉しか発せなくなるほどこってり絞られたあと、伊予先生は短くため息をついて、腰に手を当てた。

「……それで」

俺と汐《うしお》を交互に見て、般若のような表情から、ふっと柔和な笑《え》みを浮かべる。

「旅は楽しかった?」

俺と汐はきょとんとしたが、伊予《いよ》先生の説教が終わったことを悟ると、つられて頬《ほお》を緩めた。

「はい、楽しかったです」

「たぶん、一生忘れません」

「ならよし!」

いつもの伊予先生らしい、元気でよく通る声だった。

さっきまで怒っていたのが嘘《うそ》みたいな陽気さで、俺たちに言った。

「じゃ、帰ろう」

*

振替休日が終わって登校すると、俺と汐は一躍時の人になっていた。なぜみんなと帰らなかったのか、一体どこへ行っていたのか……休み時間になれば質問攻めに遭《あ》い、だが俺たちは決して本当のことは話さなかった。

「二人には二人の事情があるの! そんなに詮索《せんさく》しちゃダメ!」

群がってくるゴシップ好きの連中から、星原《ほしはら》が俺たちの盾になってくれた。相変わらずの優しさに涙が出る。

そんな星原のおかげか、それとも単に飽きられたか、四時間目には誰も修学旅行の件で俺たちには触れなくなっていた。

「紙木《かみき》くん」

その日の昼休み、トイレに向かおうとすると星原に引き止められた。

廊下に出て向き合うなり、星原はにこーっと満面の笑みで俺の肩にポンと手を置く。

「やり遂げたね」

「そんな大げさな……」

つい笑ってしまう。星原はすでに汐から旅の話を聞いたようだ。穴だらけの計画が星原に知られるのは恥ずかしかったが、この反応を見るに、好意的に受け取ってくれたらしい。

「私の言ったとおりだったでしょ？」

「え？」

「汐ちゃん、紙木くんのこと、大好きなんだよ」

「あー、まぁ……そうかもな」

「お？　認めるんだ？　紙木くんもふてぶてしくなったねえ」

「それは褒めてるのか……？」

もちろんだよ～と星原《ほしはら》は言っているが、半分くらいは憎まれ口な気がする。

「でも、油断しちゃダメだよ？　まだまだこれからだからね。こういうのは、続けるのが一番大変なんだから」

「ああ、そうだな……肝に銘じるよ」

俺は星原のことを見つめる。

優しくて勇気のあるこの元気な少女に、今まで何度も助けられた。あの日、誰もいない教室で星原と連絡先を交換したのは、俺の人生で最も幸運なことだった。

「もし……これから汐《うしお》と何かあったら、また星原に相談するよ」

「まっかせて！　紙木《かみき》くんならいつでも相談に乗るからさ」

じゃあまた放課後ね！　と元気よく言うと、星原は教室に戻った。

俺は男子トイレへと向かって歩きだす。

賑《にぎ》やかな廊下を進んでいき、D組の前を通ると、まるで待ち伏せでもしていたみたいに世良《せら》が壁にもたれかかっていた。俺と目が合うなり、にこりと笑う。

が、無視して前を通り過ぎた。

「ちょっとちょっと、一声くらいかけていきなよ」

追いかけてきた。チッと舌打ちをして、俺は振り返る。

「なんだよ、めんどくせえな……」

「咲馬《さくま》、僕の前だと本当に口が悪くなるよね……そういうところもギャップがあって素敵だと思うよ」

「ギャップっていうほど普段行儀よくないだろ」

「えー？　でも前にカフェでみんなとお茶したときガチガチだったじゃん」

世良の彼女たちと会ったときか。あれは誰でも緊張する。

「もう忘れろよ……」

「嫌《いや》だね。ずっと覚えてるよ。君の発した言葉も、取った行動も」

やけに意味深な言い方だ。

たぶん世良も修学旅行の〝その後〟が気になっているクチだろう。だが、絶対に教えてやらない。こいつにだけは知られてたまるか。あの宝物のような思い出を、穢《けが》されたくない。

「……汐とは、あれからどうよ？」

「さあな」

「今でも恋人を続けられてる？　それとも別れた？」

「答える道理はない」

「……きっと続かないよ」

世良は笑う。いつもの人を食ったような腑《ふ》抜けた笑顔ではなく、余裕を見せつけるような、挑戦的な笑《え》みだった。

「君と汐《うしお》は、いつか必ず破局する。それが少し遅れただけだ。そう遠くないうちに、また壁にぶち当たる。断言してもいいね」

「どうせお前が火種を作るんだろ」

「それはどうかな?」

白々しい。今回の修学旅行だって、俺と汐が仲違《なかたが》いした原因を作ったのは世良《せら》だ。きっと今も裏でコソコソ動いて、誰かを貶《おとし》める算段でも講じているのだろう。

こいつは、きっと卒業するまでずっとこんな調子なんだろうなぁ。

「……なあ、世良。一つ、賭《か》けをしないか?」

世良の眉がぴくりと動く。

「賭けって?」

「高校を卒業するまで、俺と汐が付き合ってるかどうか……そういう賭けだ」

「いいじゃん、やろう。僕は当然、別れるほうに賭けるよ」

「俺は続いてるほうに賭ける」

世良はニヤニヤと笑い始めた。勝ちを確信しているような顔にイラッとする。

「もし僕が勝ったら、何してくれる?」

「なんでもいいよ」

「じゃあ鼻からスパゲティ食べてネットにアップしてもらうね」

こいつ……容赦ねえな。

まぁ、別に構わない。どうせ負けないから。

「咲馬《さくま》は何してほしい？」

う～ん、とじっくり悩む。世良が負けたら、させたいこと……。

「じゃあ、俺が勝ったら――」

インタビュー記録

●能井《のい》風助《ふうすけ》

インタビュー？　俺に？　別にいいっすけど……こういうのって、本人にやるもんじゃないんすか。

あ、もう終わってる？

はあ、周りの反応も含めて……ってことですかね。そういうことなら、まぁ。でも、いいんすか、俺で。そりゃあ、陸上部じゃライバル同士だと思ってた時期はありましたし、一年の頃《ころ》は一緒にいた時間もそれなりに長かったですけど……そんなに語れることないっすよ。結局、あいつのこと、全然理解できなかったし。それに、もう絶交しちゃったんで。

え、あいつが？

汐《うしお》が、俺に聞いてみろって？

……そうすか。

はい、分かりました。全然、それで大丈夫です。俺の発言が全部そのまま載《の》るよりも、そっ

ちでいい感じに編集してくれたほうが、ありがたいんで。

汐は……陸上部のエースでした。最初は短距離で活躍してて、急に長距離に転向したんですけど、どっちでも結果を残してました。フォームが綺麗《きれい》で、バネがあるんすよ。でも何より、めちゃくちゃ努力するヤツでしたね。朝、弱いはずなのに、ずっと朝練に来てたし。陸上部を辞めたあとも、毎日走ってるみたいだし……ほんと、すごいヤツですよ。

憧《あこが》れは……多少、あったかもしれないっすね。

スプリンターでもマラソンランナーでも優秀で、後輩にも先輩にも好かれてて……おまけに、めちゃくちゃモテたんですよ。以前は、女子から。でも今は……どっちからも人気ありますね。陸上部にあいつのファンクラブみたいなのできてるんですよ。あいつ、もう陸上部じゃないのに。正直、うぜえなって思うんですけど、惹《ひ》かれる気持ちは分かるんですよね。俺もそうだったし……。

や、変な意味じゃねえっすよ！

なんつうか、異性としてどうとかじゃなくて……人間的にです。みんなそうだったと思うんすよ。カリスマ性みたいなの、感じませんでした？　触れたら簡単に壊れそうな見た目してるのに、逆らえないっていうか。あと、結構はっきり言うんすよね、あいつ。怒ると結構怖いし。

でも……あのときは、なんかすげえ弱々しくなってて。驚きました。

あのときって、ほら、カミングアウトですよ。これから女子としてやっていきます、って言ったの。

あのときの汐《うしお》は、見てられなかった。俺はあいつにもっと強いヤツでいてほしかったんです。押しつけなのは分かってます。でも……見たくないじゃないですか。憧《あこが》れてるヤツの、人間的な部分なんて。みんなそうでしょ。好きなアイドルとか野球選手には、ずっと神様でいてもらいたいじゃないですか。全然、おかしなことじゃないでしょ。

予感？

あー……ちょっとだけあったかもしれないですね。あいつ、陸上部にいたとき、ずっと本心を隠してる感じがありましたし。連れションとか絶対しないんすよ。

でも、やっぱり、急だったんで。なかなか納得はできなかったっすね。それで、結構キツく当たっちゃって……結果的に絶交みたいな形になっちゃいました。百パー俺が悪いです。絶対、嫌われてる。

……でも、あいつ、俺の名前を出してくれたんだよな。

……わけ分かんねえ、マジで。

言いたいこと？　汐に？

ああ、そうか。これ、汐も見るのか……。

まぁ、あれだ。

もし……また本格的に陸上やりたくなったら、言えよ。あれから俺なりに結構努力したんだ。お前ほど頑張れてはいないけど……次は、負けねえから。

あと、怪我《けが》すんなよ。

●椎名冬花《しいなとうか》

事情は分かりました。

私でよければ話します。槻ノ木《つきのき》くんについて思っていることを話せばいいんですよね。私なんかでよければ、大丈夫です。

ただ、その……こんなこと言うのもなんですけど、私、そんなに話すの得意じゃなくって。第一印象で「賢そう」なんてイメージをなぜかよく持たれるんですけど、全然、そんなことないんです。友達のマリンからはポンコツとか言われちゃうし……。

何が言いたいかというとですね。私の喋《しゃべ》ることにあんまり期待しないでください。

……あ、ありがとうございます。そう言ってもらえると助かります。

ええと、じゃあ……これ、インタビューで話すべきことなのか分からないんですけど。さっきも言ったように、私、槻ノ木『くん』って呼んでるんですけど、呼び方がこれでいいのか、いまだに自信がないんです。槻ノ木くんとは二年生になってから知り合って、それからよく話すようになったんですけど、最初からずっと槻ノ木くん呼びなんです。

槻ノ木《つきのき》くんがカミングアウトしてから二か月くらい経《た》った頃《ころ》、よくよく考えれば女の子にくん付けっておかしいな……って思い始めたんですけど、結局、そのままで。呼び方を急に変えるのって、ちょっと勇気がいりません？

……ですよね！

夏希《なつき》は『汐《うしお》ちゃん』って呼んでますけど、ちゃん付けはちょっと抵抗あるんですよね。いや、決して槻ノ木くんを女の子として見ていないわけじゃなくてですね。槻ノ木くんって……可愛《かわい》い系というより綺麗《きれい》系じゃないですか？　でも、槻ノ木さんだと距離があるし、汐さんはよそよそしいのか馴れ馴れしいのか分かんないし……結局、消去法で槻ノ木くんになっちゃうんです。それに、槻ノ木くんはカミングアウトする前も後も一人称が『ぼく』だから、私も呼び方を変えなくてもいいのかな、という気持ちもありまして……。

それと……個人的な話になっちゃうんですけど、私が中学生の頃、親が再婚して名字が変わった友達がいたんです。新しい名字はちょっと長くて呼びにくくって……それに、なかなかその子の印象と新しい名字が結びつかなかったから、ずっと前の名字で呼んでたんです。その子も、特に何も言わず、それを受け入れてました。

中学を卒業する時期になって、その子からこう言われたんです。「シーナちゃんがずっと前の名字で呼んでくれたの嬉《うれ》しかった」って。私、びっくりしたけど、嬉しかったんです。そういう出来事があったから、ずっと槻ノ木くんって呼んでるのかもしれません。

……これ、槻ノ木くんじゃなくて私の話になっちゃってますね。

え、どう呼べばいいか本人に訊《き》いてみればいい？

まぁ、それはそうですけど……今さら言いにくいですよ……もう来月卒業なのに……。

●真島凛《ましまりん》

え～！　私？

絶対もっと他にいるでしょ。紙木《かみき》とかなっきーとかさ。あ、もう聞いたの？　ん～、ならいいか。汐の希望なんでしょ？　なんで私なのかは分かんないけど。何枠なんだろ？　クラスメイト……は他にたくさんいるし。お友達Cみたいな感じかな。

……へえ、私が？

汐、私のことそんなふうに思ってたんだ。ただのか弱い女子高生なんだけどな。そんな、汐が思ってるような底知れなさ？　みたいなのは全然ないよ。ほんとほんと。浅瀬も浅瀬、子供用プール並に浅い考えしかないよ。私は、楽しく学校生活を送れたらそれでいいから。

汐のことは、変わってるなって思ってたよ。だってめちゃくちゃモテたのに誰とも付き合わないんだよ？　男子高校生としてあるまじきでしょ。だからカミングアウトしたとき、実はすごく納得したんだよね。あー、だろうな、って感じ。みんな驚きすぎなんだよ。

たからだよ。

私？

まったく驚かなかったわけじゃないよ。

でもそれは、トランスジェンダーだったことに対する驚きじゃなくて、無謀だな、って思ったらさ……。だってさ、こんな田舎くさい閉鎖的な地方都市でさ、今までの性別を変えます、なんて言ったらさ……。もう、みんな気になっちゃって仕方なくなるでしょ。汐《うしお》もそれは分かってたと思うんだけどなー。まぁ、汐の選択は尊重するけどね。大事な高校生活を本来の自分で過ごしたいっていう気持ちは、分からなくもないし。いろいろ衝突もあったけどね。

アリサの話は聞いた？

ああ、これからなんだ。もし記事ができたら教えてね。アリサが何喋《しゃべ》ってるかめっちゃ気になるから。そうそう、あの子、めっちゃ衝突してたんだよ、汐と。衝突って言い方は正しくないかな？　アリサが一方的にぶつかってたようなもんだし。

それを見てどう思ったかって？　答えづらいこと聞くなぁ。

うーん……やっぱり、見てて辛《つら》かったよ。懺悔みたいになっちゃうけど、私が積極的に仲裁するべきだった。みんな、アリサのこと怖がってたし。当時は私もちょっと怖かったけど、私ならちゃんと二人の仲を取り持つことができたんじゃないかって……少しだけ後悔してるよ。

アリサの話はいいか。

紙木《かみき》！

うん、やっぱり、汐には紙木だよね。全然タイプが違うのに、二人でいると妙にしっくり来るんだよね。なんだろう、お互いを補完し合ってる感じ？　凸凹が上手《うま》く噛《か》み合ってるっていうか。紙木がいるときの汐、表情が柔らかいんだよねえ。まぁ、あの二人もいろいろあったみたいだけど……。

あ〜、修学旅行ね……。

あの出来事は汐関連で一番びっくりしたかも。ちょっと笑っちゃったけどね。思い切ったことするなぁって。あの二人にとって、大きな契機だったと思うよ。実際、修学旅行が終わってから、距離感変わった感じがしたし。汐、いろいろと隠さなくなってきたんだよね。

こうやって話してみて思ったけど、二年生のあいだでめっちゃ変わったね、汐。

その変化のせいで、辛い思いをたくさんしてきただろうけど、得るものもきっと多かったんだろうな。私には無理だなぁ。どうしても現状維持を優先しちゃうから。そういう意味では、憧《あこが》れてるかも。

……ただ。あくまで個人的な意見だけどさ。

もし、汐が自分を偽ったままでいても、それなりに楽しい高校生活を過ごせていたんじゃないかな。変化とか成長とか、みんな何も考えずに素晴らしいものって持ち上げすぎなんだよね。どうせ、なんもしなくても全部変わっちゃうんだから、本心を隠してでもいつもどおりを演じるっていう努力も、私は大切だと思うわけ。もちろん、誰にも強制するつもりはないけどね。……これ、結構ぶっちゃけてるけど大丈夫？　悪口じゃないいんだけど、ちょっと本音すぎて怖くなってきた。

ゲラってのがあるの？　文字起こしが終わったらちゃんと確認させてね！

●西園《にしぞの》アリサ

だから、何もないんだって。私が汐《うしお》について話せることなんて……。そもそも、話す資格すらないんだよ。私が汐に何したのか知ってるの？

……え、知ってんの？

聞いた？　汐に？

そのうえで、インタビューしてんの？　マジで？　正気？

一体、何考えてんの……わけ分かんないんだけど。それとも、これが仕返しなの？　自分の罪を忘れるなってこと？

はいはい、分かったよ。話す。話せばいいんでしょ。言っとくけど、炎上とかしても知らないからね。これ、ネットに載《の》るんでしょ。

……はぁ、どうも。そんな気を使ってくれなくてもいいけど。別に、実名でも構わないし。

自分のやったことの責任は取るつもりでいるから。それに、汐が話せって言ったんでしょ。だったら、大人しく従う。

汐とは……一年生と二年生のとき、同じクラスだった。

一年生のときの汐は、みんなから慕われてた。顔立ちはすごく整ってるし、運動も勉強もできるし、リーダーシップがあって誰にでも親切で……欠点を探すほうが難しかった。本当に、完璧《かんぺき》な存在だったと思う。私も……憧《あこが》れみたいなのは、あった。ていうか、女子も男子も全員、何かしらの羨望は向けてたよ。なのに誰からも妬《ねた》まれてる感じがなかったのは、本当に人柄がよかったからだろうね。

だからこそ、なんだよ。

二年生の六月頃《ごろ》に女子制服で登校してきて、カミングアウトして……あれで全部がひっくり返った。私、許せなかった。男子高校生のままで完璧だったのに、どうしてそれを全部投げ出すようなマネをしたのか、理解できなかった。

女装癖があるとかなら、全然構わなかった。実はアニメが大好きで家に美少女のフィギュアがたくさんあるとかでもいい。万引きの常習犯とか、猫をいじめてるとか……そういうのは嫌《いや》だけど、まだ、受け入れられる。

でもさ、実は女なんです、は無理だよ。だってそれはもう、良いとか悪いとかじゃなくて、汐の根幹に関わる部分じゃん。単なる趣味とか行為と違って、汐と切り離せないんだよ。

それでも、外面をごまかすくらいの努力はしてほしかった。椿岡《つばきおか》みたいな地方都市で、トランスジェンダーを公表した人間がすんなり受け入れられるはずないもん。だから、せめて形だけでも元の汐《うしお》に戻ってほしくて、説得した。普通に話しても伝わらないと思って、たくさん罵《のの》って、物を隠したり黒板に汐の悪口を書いたり……軽い暴力も振るった。いや……軽くないか。ごめん、軽いの部分はあとで消していいから。

信じられないと思うけど、善意でやってたんだよ。汐のためになると本気で思ってた。けどさ……時が経《た》つにつれて、汐、どんどん受け入れられていったんだよ。最初はみんな、ネタにしたり腫《は》れ物《もの》扱いしてたのにさ。二年の秋頃《ごろ》には、人気者っていえるレベルまで地位が回復してた。

女子として人望を獲得していく汐を見てると、私のほうが間違ってるのかも、って思い始めた。それでも、まだ信じられなかった。こんなのは限定されたクラスの中だけで、社会に出たら通用しないぞって……今思うと、どこから目線？　って話だけど。

でまぁ、そういう考えを曲げずにいたら、私のほうが教室で孤立しちゃったんだよね。ほんと、バカみたいだった。

今は、どう思ってるのかって？

今の汐は……生き生きしてるように見えるよ。三年生になってから吹っ切れた感じがした。いや、正確には修学旅行の一件からかな。あれに関しては、バカじゃないのって思ったけど。

まぁ、結果的にはよかったのかも。カミングアウトもさ……してよかったのかもね。今の汐を見てたら、間違いだったとは言えないよ。良い悪いの二択で語れるようなものでもないと思うけど……。

ただ……そうだね。

認めるよ。

自分の選択に信念を持ってまっすぐ進む汐の姿は、すごく眩《まぶ》しい。直視できないくらいに。

……私？

まぁ、普通だよ。孤立してたのは二年のときで、今はそれなりに上手《うま》くやってるから。友達は確実に減ったし、汐とも疎遠になったけど……成長に必要な代償だったと思うようにしてる。

え？

……結構、ズバズバ訊《き》いてくるね。

思わないよ。さっき言ったじゃん、直視できないって。もう、汐と普通に話せる自分が想像できないんだよね。だからもう、私はこのままでいい。汐が思い描く理想の人生に、私は不要なんだよ。さっさと忘れてくれたら、それでいい。

はあ……なんか、久しぶりにたくさん喋《しゃべ》ったな。汐について話せることは、これくらいかな。

あーあ、疲れた。……でも、ちょっとすっきりしたかも。誰かに話すと、楽になるもんだね。

……最後に一言？

いや、だからもうないって……話せること……他の人にもこんなぐいぐい行くの？　ちょっと怖いんだけど……。

じゃあ、まぁ、一言だけ。

……身体《からだ》に気をつけてね、汐《うしお》。

●星原夏希《ほしはらなつき》

汐ちゃんの話をすればいいんですか？　はい、全然大丈夫です！　頑張って喋《しゃべ》ります！

……あ、敬語じゃなくてもいいの？

だったら、普段どおりに喋らせてもらおうかな？　うん、そうする。これなら緊張せずに喋れそう。インタビューって初めてだから、やっぱちょっと緊張してて……汐ちゃんはこういうの慣れてるのかなぁ？　陸上で雑誌のインタビュー受けてたの、前に見たことあるんだよね。……私、実はそれ持っててさ。普段、スポーツの雑誌なんか買わないのに、汐ちゃんが喋ってるから、つい。ほんの一言だけだったけど、汐ちゃんの言葉なんだなー、って思うと感慨深かった。

……って、こんなことまで喋んなくていいよね!?　うわー、やばい……めっちゃ恥ずかしくなってきた。この部分って、なしにすることできる……？　ほんと？　よかった～。

汐ちゃんとは、一年生のときから同じクラスだったの。初めて見たときは、すっごい綺麗《きれい》な人がいる！　ってびっくりしたよ。漫画の世界から現実に迷い込んだ人みたいだったから、初めて喋ったときはめちゃくちゃ緊張したんだよね。

でも、話してみたらすごく親切だし、気配り上手で、鼻にかけるところも全然なくて……こんな見た目も中身も完璧《かんぺき》な人がいるんだなーって、話すたび感心しちゃってた。汐ちゃん、ほんとにみんなから愛されてたんだよ。

でもね……今思うと、理想を押しつけてる部分もあったのかなって、実はちょっと後悔してたりして。

汐ちゃんって本当に信頼されてたんだよ。今もそうなんだけどね。汐ちゃんが言うなら間違いないでしょ、みたいな空気がずっとあって、その期待に応《こた》え続けてたんだ。私も汐ちゃんのことかなり持ち上げてて、それって重荷だったんじゃないかなぁ、ってたまに思うの。神聖視っていうの？　それ自体は悪いことじゃないけど、私、汐ちゃんのこと同じ人間として見てなかったのかもしれない。見た目の問題もあるかも。ハーフだから、みんなと顔立ちがちょっと違うし、髪も綺麗な銀色だし……自分と同じってなかなか思えないんだよね。

これも差別なのかなぁ。

見た目で性格を決めつけちゃうの、よくないよね。メイクとか服装は自分の意思で変えられるものだけど、汐ちゃんの美形は生まれつきのものだから……うう、反省します。

……え？　汐《うしお》ちゃんが？　感謝？

え～！　めちゃくちゃ嬉《うれ》しい……あの、公開されたらめちゃくちゃ読みます。

……ん？　親切にした理由？

う～ん、別にこれといった理由はないかなぁ。私、元々汐ちゃんのことすごく……憧《あこが》れてたから。それが一番大きいかな。あとは……あ、そうだ。

もうだいぶ前の話なんだけどね。中一のとき、バイオリンを習ってたことがあるの。変にお金持ちみたいだと思われそうだし、たった一か月で辞めちゃったから、あんま人には言ってこなかったんだよね。

なんで一か月で辞めたのかっていうと、別に練習が厳しいとかじゃなくて、バイオリン教室の生徒がみんな男の子だったからなんだよ。あと、先生も男の人だった。みんな優しかったし、仲間はずれにされたわけでもないんだけど、めちゃくちゃ居づらくてさ。正直、かなりストレスだったんだよね。それが、一か月で辞めた理由。

でさ、汐ちゃんがカミングアウトしたとき……その音楽教室のこと思い出したんだよ。

汐ちゃんはさ、私が一か月間感じてたストレスを、何年も味わっていたのかな……って思うと、辛《つら》くってさ。しかも汐ちゃんの場合は、バイオリン教室と違って、その後も大変でしょ？　実際、カミングアウトした当時はいろいろ辛い目に遭《あ》ってたし……そんなの、応援したくなるじゃん。

まぁ、それはただのきっかけで、今となってはもう私が応援するまでもなく元気そうなんだけどさ……。それでも私は、汐ちゃんが健やかに日常を過ごせることを祈ってるよ。親友としてね。

あ、そういえば紙木《かみき》くんに話は聞いた？

……これからなんだ。

そう、紙木咲馬《さくま》くん。汐ちゃんの幼馴染《おさななじみ》。

紙木くんもね、汐ちゃんとすごく仲がいいの。声をかけたら、たくさん汐ちゃんの話をしてくれると思うよ。

この学校で、汐ちゃんのことを一番よく知っている人だから。

●紙木咲馬

──とまぁ、一年生と二年生はそんな感じですかね。

すみません、ちょっと水いいですか。たくさん話して疲れちゃって……。

……はい、大丈夫です。

三年生になってからのこと？　二年生のときにいろいろありすぎて、正直三年生はそんなに話すことないんですよね。俺も汐も、勉強やバイトで忙しかったですし、これといった出来事は特に……まぁ、何度か特定の生徒からちょっかいをかけられたくらいですかね。

……ああ、そんな大したことじゃないんです。嫌《いや》がらせっていうか、やたら人のことをからかってくるヤツがいまして……それも汐《うしお》じゃなくて俺に絡んでくることが多かったんで、ほんと語るほどのことじゃないです。そんなヤツに紙面を使うのはもったいないです。

……汐との関係、ですか？

幼馴染《おさななじみ》ですよ。中学のときは疎遠でしたけど、昔から仲がよくて……これ、言いませんでしたっけ？

今も仲よくやってますよ。休日に二人で遊んだり、テスト勉強を一緒にやったりとか。たまに喧嘩《けんか》もしちゃいますけど。

……意外ですか？　喧嘩っていっても、些細《ささい》なことばかりですよ。俺がうっかり本のネタバレをして汐を怒らせちゃったりとか、そういうレベルです。

でも……たまに、本当にたまにですけど、これはもう回復不可能なんじゃ、って感じるほどの溝ができることもあります。どっちが悪いとかではなく、価値観の違いっていうか……謝ってどうにかなる問題じゃなくて、だからこそ解決方法が分からなくて……互いに気まずくなって、もう何も話さないほうがいい、って思考に陥っちゃうんですよ。

それでも、最終的には一緒にいたいが勝つんです。

……なんか、恥ずかしいっすね。少年マンガっぽくて。

でも友情とか信頼とか、そこまで綺麗《きれい》なものでもないですよ。その……複雑なんですよ、いろいろ。悪い意味じゃないですけど。

……ふう、だいぶ喋《しゃべ》りましたね。

汐のことは、そんな感じです。

メッセージですか？　ほぼ毎日会ってるから、特にそういうのは……でもまぁせっかくなんで、言っとこうかな。こういうの、面と向かって言うのもちょっと恥ずかしいですし。

こほん。

汐。これからも、よろしく。

エピローグ　これからの話

今日は二限からだった。

アパートを出て三分ほど自転車で走ると、細い土手に行き当たる。この時期は桜が綺麗《きれい》だから、大学まで多少遠回りになっても、この道を選ぶことにしていた。

はらりと目の前に桜の花弁が落ちてきて、俺は視線を上げる。ちらちらと輝く木漏《も》れ日が眩《まぶ》しくて、目を細めた。いい天気だ。四月にしては、ちょっと暑いくらい。下にヒートテックを着てきたことを少し後悔しながら、俺はギアを一つ下げた。

正門から敷地内に入り、自転車を停める。何人かの学生とすれ違いながら、大講義室へと向かった。

広々とした大講義室は、すでに多くの学生で賑《にぎ》わっている。いろんな土地から集まってきた、いろんな年齢の人たち。もう大学二年生だというのに、いまだに自分がこの空間の一員になれている気がしない。

もはや指定席になった端っこの席に座る。すると少し経《た》って、一人分空けた隣に、女子が座った。後ろで結んだ長い金髪に、指先に光る青いマニキュア。

西園《にしぞの》アリサだった。

無言でいるのもなんなので、挨拶《あいさつ》をする。

「うす」

「ん」

こちらも見ずに、西園は返事をした。

……いや、ん、ってなんだよ、ん、って。挨拶するならせめて二文字は使え。まぁ返してくれただけでも、ちょっと嬉《うれ》しいけど。

西園も、俺と同じ東京の大学に進んでいた。最初は特に理由もなく避けていたが、今ではたまに話す程度の仲になっている。

最初に声をかけてきたのは西園だった。

『……汐《うしお》、どんな感じ？』

それが大学に入ってきて、初めて俺にかけた言葉だ。ちょっと笑ってしまった。当時でも、大学生になってからすでに半年は経っていた。汐のことがずっと気がかりでなければ、俺なんかに話しかけたりしないだろう。

それ以来、汐の話を中心に、時おり言葉を交わしていた。

「……今日はポニーテールなんだな」

「暑かったから。……別にあんたには関係ないでしょ」

「まぁ、そうなんだけどさ。いつも下ろしてるから、ちょっと気になって」

ふん、と鼻を鳴らす西園《にしぞの》。

言葉は辛辣《しんらつ》だが、会話には付き合ってくれている。

「もうツインテールにはしないのか？」

「やらない」

「なんで」

「子供っぽいから」

「そうかな。まぁ、たしかに大学生でツインテールってほとんどいないよな」

髪型自体はわりと好きだった。個性がはっきりするし、二本の髪が歩くたび揺れる様子は、見ていて単純に楽しい。西園のツインテールを見たいわけではないが、それ以外の髪型だと、どうにもしっくりこなかった。

「汐《うしお》、この前ツインテールにしてたぞ」

「えっマジで？」

「うん。写真見る？」

「…………………………見る」

「ごめん嘘《うそ》」

西園が蹴《け》ってきた。座ったままの不安定な姿勢……なのに腰の入った鋭いローキックが、俺の脛《すね》に直撃する。悶絶《もんぜつ》した。

「しょーもない嘘つくな。次似たようなことやったら鼻パンチするから」

「おお、怖……」

西園なら本気で殴りかねない。高校生のときに比べれば丸くなったとはいえ、それでも周囲から敬遠される程度には、今も気が強かった。

「でも、汐の話したときの食いつきめっちゃ速かったよな……あ、ごめん、ちょっとペンで刺してくるのはマジで危ないから」

これ以上からかうのはやめておこう。

西園が落ち着いてきたところで、再び汐の話を振る。

「気になるなら訪ねてみればいいのに」

ツンと不機嫌そうにしていた西園の顔に、弱気な影が差した。

「……無理だよ。何話せばいいのか分からないし、汐、絶対まだ恨んでる」

「そうかな」

「そうだよ。人生で辛《つら》いときにされた仕打ちを、人は忘れないから」

西園の声音《こわね》には、強い実感がこもっていた。そこまでちゃんと罪に自覚的なら大丈夫だとも思うが、実際西園の言うとおりでもある。今でも汐は西園のことを恨んでいるかもしれない。

でも俺は……これは本当にただのワガママだが、できるなら二人には和解してほしかった。

「反省してるなら、会ってもいいと思うけどな。汐《うしお》、店で人気なんだぜ」

「……まぁ、気が変わったら、考えとく」

どうやったって俺たちは同じ世界に住んでいる。だから、予期せず巡り合うことだってある。ならば誰かを嫌い憎しみ続けるよりかは、許容し承認し合うほうが、平和的だ。たとえそれが、綺麗事《きれいごと》で、理想論だとしても。

「……ねえ。さっきの、ツインテールの話だけど」

「ん?」

「汐がツインテールにしたのは本当なの？　それとも写真がないだけ?」

俺はにやりと笑った。

「どっちだろうな～」

「こいつムカつく……」


一限、二限と終わり、昼時となった。

天気がいいので、屋外で食事をすることにした。売店で昼食のBLTサンドを買い、テラス席に座る。一人で食事を続けていると、テーブルに置いていた携帯が震えた。

『久しぶり。今何してる?』

蓮見《はすみ》からメッセージが届いていた。二……いや、三か月ぶりだろうか。

蓮見は高校を卒業してから、京都の大学に進んだ。会う機会はなくなったが、たまに連絡を取り合っている。互いになんでもないことをだらだらと話して、なんの収穫もなく終わる。高校生のときと、変わらない距離感だった。

『久しぶり。飯食ってる。ＢＬＴサンド』

すぐに返事が来た。

『そっか。一人で寂しくない？』

『寂しくない。ていうかなんで一人だって分かったんだよ』

『あ、本当に一人なのか。冗談のつもりだったんだけど。ごめん』

急に連絡してきて腹立つヤツだな……。

『つーかなんの用だよ。いきなり』

『彼女ができたから報告しようと思って』

へえ、と声が漏《も》れる。ずいぶん唐突で予想外だったが、素直に祝福したい気持ちになった。

『報告じゃなくて自慢だろ。でもまぁおめでとう』

五分ほどの間を置いて、長文が届いた。

『ありがとう。誰かにこの幸せを共有したかったんだ。でも紙木《かみき》くらいしか言える人がいなかったから。自慢なのはそのとおりだ。無視される覚悟もしてたけど、祝ってくれて嬉《うれ》しい』

胸の奥がむず痒《がゆ》くなった。いつも飄 々《ひょうひょう》としている蓮見の、こんな素直な一面が見られるとは。ちょっと会いたくなってしまう。

『照れるな。そんなに信頼されてたとは』

『いや、ちょっと違う。最悪、紙木《かみき》なら嫌われてもそんなに心が痛まないから』

『ブロックしていい？』

なんなんだよ、こいつは……。

嫌われても心が痛まない。相当ひどいことを言っているが、でも、だからこそ蓮見《はすみ》とはずっと友達でいられるのだろう。

時に憧《あこが》れは、理解と共感を阻害する要因となる。その逆で、ちょっとした侮《あなど》りは良くも悪くも干渉のハードルを低めてくれる。なんだかんだ俺が蓮見と気兼ねなく話せる理由も、こいつなら嫌われてもいい、と思っているからかもしれない。ちょっと歪《ゆが》んでるが、ありふれた話のようにも思える。

「あ、紙木くん」

呼ばれて顔を上げると、童顔の男子が弁当を持って立っていた。同じ学科の園田だ。キャンパス内で迷子になっていたところ道を教えてあげたら、それをきっかけに仲よくなった。

大学に入学してから、初めてできた友達だった。

「ここ座っていい？」

「ああ、いいよ」

俺は急ぎでメッセージを送る。

『悪い、人が来た』

『了解。じゃあまた』

携帯をポケットにしまうと、園田はいたずらっぽく笑《え》みを浮かべた。

「彼女？」

「いや、高校のときの友達。ちょっと変わってんだよな」

「そうなんだ。紙木くんも結構変わってるけどね」

「え、そう？」

そうだよ、と園田は苦笑しながら、手作りの弁当を食べ始めた。

う〜ん、変わってるのかなぁ……首を傾げて、俺もＢＬＴサンドにかぶりつく。園田とも、蓮見と同じくらい仲よくなれたらいいのだが。


今日の講義がすべて終了したので、一度家に帰ってから、ショッピングモール内にある書店に向かった。本を買うわけではない。ここが俺のバイト先だ。

レジに立ち、淡々と接客をこなしていく。ここで働き始めてそろそろ一年が経《た》つ。金を稼ぐのは楽ではないが、ちょっとしたやりがいを感じるようになっていた。最近は後輩も入ってきたし、空いた時間にはポップを書いたりもしている。

面白い本に触れるたび、小説——ともいえない駄文を綴《つづ》っていた記憶が呼び覚まされる。今ではとても読めたものではないが、執筆中は楽しかった。東京暮らしにも慣れてきたので、また書いてみてもいいかもしれない。

などと考えていると、お客さんが話しかけてきた。

「あの、すみません。この本を探してるんですけど……」

「はい、ちょっとお調べしますね」

その後もレジ対応を続けて、気がつけば終業時間になっていた。

お疲れ様でしたー、と店長と同僚に声をかけて、帰路につく。外はもう暗かった。駐輪場に停めていた自転車に跨《また》がり、俺は自宅のアパートを目指す。その途中でスーパーに寄った。

ナスが安かったので今夜の晩飯は麻婆ナスにする。豚ひき肉と長ネギ、そしてクックドゥのソースをカゴに入れる。切って混ぜればいいだけなので俺でも簡単に作れる。それに美味《おい》しい。ついでに、ちょっとしたデザートとして焼きプリンを二つ買った。

自宅に帰ってきたのは、午後九時を回った頃《ころ》だった。２ＬＤＫの我が家は、しんとしている。

さて晩飯を作るか、と腕まくりをしたタイミングで、携帯が震えた。

電話……星原《ほしはら》からだった。

「もしもし？」

『紙木《かみき》くん！　やっほー、元気？』

「ああ、元気元気」

　バイトで疲れていたが、星原の声を聞くと本当に元気になってくる。

　俺はソファに腰掛けた。

『汐《うしお》ちゃんにかけようと思ったんだけど、たしかこの時間お仕事だよね？　だから紙木くんにかけたんだ』

「なんかあったか？」

『今年のお盆休みに、椿岡《つばきおか》で同窓会をやろうって話になってるんだ。そんなちゃんとしたやつじゃないんだけど、伊予《いよ》先生とか呼ぶつもりで。それで今、どれくらい参加してくれるか調べてるの』

「へえ、いいな。たぶん帰省するから、参加したい」

『おー、よかった！　じゃあカウントしとくね。汐ちゃんにも聞いといてくれる？』

「了解。楽しみにしとくよ」

『任せて。マリンやシーナも来るって言ってたから、楽しみにしといて』

　真島《ましま》はスポーツ推薦で、東京の大学に通っている。だが高校を卒業してから真島とは一度も会っていなかった。連絡先を知らないし、会う理由もない。まぁ、そういうものだろう。

　そして椎名《しいな》はというと、椿岡で家族の会社を手伝っているらしい。星原とは今でもよく会っているそうだ。

『他にも……あ、やっぱいいや。あんまり長電話すると汐《うしお》ちゃんに申し訳ないからね。じゃあかけるなって話だけど！』

「お、おう」

『じゃあまたね！』

電話が切れた。

ずいぶん慌ただしい様子だったな……実際、忙しいのだろう。

高校卒業後、星原《ほしはら》は実家から通える範囲にある調理師専門学校に進み、今はパティシエを目指している。初めて星原から具体的な進路を聞いたとき、あまりにもイメージ通りで逆に不安になった。だが本人にとっては、昔からうっすらと持ち続けていた夢らしい。もちろん、俺も汐も反対なんてせず、応援した。

今でも星原は、近況を聞いてきたり、俺と汐に自作スイーツの写真を送ったりしてくれる。遠くにいても、星原の太陽のような輝きは、俺たちを照らしていた。

「よし」

俺は立ち上がって、キッチンへと向かう。晩飯の準備だ。

テレビを観ながら一人で晩飯を済ませたあとは、風呂《ふろ》に入った。それからソファに寝転んで、バイト先で買った小説をのんびりと読んでいた。

半分ほど読み終わったところで、俺は壁に掛けた時計を確認する。もう〇時を超えていた。そろそろかな、と思ったら、玄関から音がした。

ビンゴだ。帰ってきた。

「ただいまー」

俺は読んでいた文庫本をローテーブルに置いて、早足で玄関へと向かう。

汐がヒールを脱いでいた。暑かったのか、仕事着である白シャツの袖《そで》をまくっていて、ネクタイも緩めている。

「おかえり」

「はー、疲れた」

ふらふらとこちらに歩いてくる汐を、受け止めるようにハグする。日課だった。お酒の香りとわずかなタバコの匂《にお》いが、鼻腔《びくう》に触れる。五秒くらいそうしたあと、汐のほうから身体《からだ》を離した。

「よし」

汐はちょっと元気を取り戻した様子で、リビングへ進む。

「晩ごはん何食べたの？」

「麻婆ナス。自分で作ったやつな。汐は？」

「今日もマスターのカレー。まかないだから贅沢《ぜいたく》いえないけど、さすがに飽きてきちゃった」

解いたネクタイを椅子《いす》にかけて、スラックスのベルトを外す。

「先に風呂《ふろ》入るか？」

「うん、そうする」

脱いだスラックスを椅子にかけると、シャツのボタンを外しながら脱衣所へ向かった。

汐《うしお》は近くのバーでバイトしている。大学の先輩から勧められたらしく、待遇もよかったので迷わず決めたそうだ。最初はホールスタッフとして働いていたが、汐目的で来る客が後を絶たなくなり、今ではバーテンダーの見習いとしてカウンターに立っている。男女ともにすごく人気があるらしく、大学生だというのに働きづめだった。

自分らしく生きるには、何かとお金が必要だから――汐はそう語っている。応援はしているが、ちょっと働きすぎに見えるので心配になる。とはいえ、本人はやりがいを感じているようなので、口出しはしなかった。

汐の風呂はとても長い。俺はまた読みかけの文庫本を手に取った。

夜は更けていく。眠気で文章が頭に入ってこなくなってきた。ゲームでもしようかなと思って本を置くと、携帯が震えた。

誰だろう、こんな時間に……。俺は携帯を手に取って、画面を開く。

「……うおっ」

驚愕《きょうがく》の声が出る。

送信された写真を二度見、三度見したあと、今度は笑いが漏《も》れた。

「あいつ……すげえな」

興味深く眺めていると、脱衣所からスウェット姿の汐が出てきた。頭にはターバンのようにタオルを巻いている。

「あれ、まだ起きてたの？」

「ああ。なあ汐、これ見て」

俺は携帯の画面を見せた。

「え、これ……世良《せら》？　な、なんでワニの口に頭突っ込んでんの⁉」

「たぶん、罰ゲームかなんかだよ」

まさか、あいつが賭《か》けのことを覚えていて、約束を守るとは思っていなかった。もう関わりたくないが、あの無軌道っぷりがちょっと懐かしくなる。

「変なの……」

汐はそう呟《つぶや》くと、てきぱきとスキンケアを済ませて、髪を乾かした。それでようやく一息ついたように、ソファに座る。

「焼きプリン買ってきたんだ。食べるか？」

「うん、食べる」

「飲み物どうする？」

「紅茶で」

あいよ、と返事をして、俺はお湯を沸《わ》かす。汐《うしお》の紅茶はミルクも砂糖も入れないストレートだ。俺はココアにした。

こと、とローテーブルにデザートと飲み物を置いて、汐の隣に座る。二人で夜食を楽しんだ。

「あ、そういや星原《ほしはら》から電話があったんだ。今年のお盆に椿岡《つばきおか》で同窓会やろうってさ」

「へえ、いいんじゃない。ぼくも行きたい」

「また連絡してやったら？　俺が伝えるより汐が言ったほうが喜ぶ」

「最近、夏希《なつき》とあんまり喋《しゃべ》れてないからなぁ。今度連絡してみる」

ずず、と紅茶を啜《すす》る汐。目が眠たげだった。

たしか汐は、明日は三限からだったはずだ。俺とは違う大学に通っているが、互いの時間割は共有している。

「……仕事はどう？　大変？」

「まぁ、忙しいね。最近またお客さんが増えてきた気がする。でも、楽しいよ。いろんな人が来るし、それに……いろんな秘密を、ぼくに打ち明けてくるんだ」

「秘密？」

「うん。具体的には言えないけど、昔のぼくみたいな人も、結構いる」

汐は焼きプリンを口に運ぶ。

「ぼくからは何も言ってないんだけど、こっそり打ち明けてくるんだ。たぶん、共通の知り合いがいなくて、関わりが薄いからこそ、喋ってくれるんだろうね」

「汐が信頼できるから、ってのもあるだろうな」

「だと嬉《うれ》しいね」

照れくさそうに微笑《ほほえ》んで、また焼きプリンを食べた。

空っぽになった容器をローテーブルに置くと、汐はまた紅茶を啜った。膝《ひざ》上にカップを下ろし、その鮮やかなアールグレイに視線を落とす。

「みんな、自分のことを知ってほしいと思ってる。同時に、絶対に知られたくないとも思ってる。そんな矛盾が……痛いほど分かるんだよ。涙が出そうなくらい、分かる。だけど、求められてるのは話を聞いてくれる相手だから。無闇《むやみ》に踏み込まず、突き放しもしない、それでいてささやかなエールを、頑張って考えて、送るんだ」

うん、と俺は小さく相槌《あいづち》を打つ。汐の話に、しっかりと耳を傾けた。

「そういうとき、笑ってくれると、すごく嬉しくなる。痛みや辛《つら》さそのものに価値はないけど、ぼくが自分を押し殺してきたあの苦しさは、きっとこのためにあったんだと思って……胸がいっぱいになって、溢《あふ》れそうになるんだ」

汐の目頭に、玉のような涙が浮かんだ。

「大丈夫か……？」

俺はローテーブルからティッシュを取って、それを渡す。

「ありがと……ちょっと、感極まった。疲れてるとかじゃないから、本当に心配しないで」

汐《うしお》は紅茶を置くと、目にティッシュを当てた。涙を拭《ぬぐ》って現れたその瞳は、宝石のように澄んでいた。悲しみの色はない。心配しないで、という言葉はそのまま受け取ってよさそうだ。

「あ、そうそう。最近、オリジナルカクテルを考えてるんだ」

汐が明るい声で言った。湿っぽくなった空気を晴らそうとしているようだ。

「レシピは練ってる最中だけど、名前は固まってきてさ。ノンアルだから咲馬《さくま》も飲めるよ」

「へえ、楽しみだな。なんていうんだ？」

「ミモザの告白」

汐の言葉を、俺は心の中で繰り返す。

「……いい名前だな」

「でしょ？　ただ既存のカクテルとちょっと名前が被《かぶ》るから、たぶん変える」

「えー！　いい名前なのに……」

残念だ。でも汐はそこまで名前にこだわっていない様子だった。他にも案があって、それを一つひとつ俺に聞かせてくれた。

時刻はそろそろ二時を回ろうとしていた。

俺たちはデザートを終えて、二人で歯磨きをする。もうかなり眠い。ちょっと夜ふかしすぎた。

「さて、寝るか」

「うん」

「……今日こっちで寝ない？」

「……うん」

よし、と汐を連れて自分の部屋へ向かう。明かりを消して、同じベッドで横になった。

薄い身体《からだ》に、正面から抱きつく。すると汐も腕を回してきた。前髪から漂う甘いトリートメントの香りを嗅ぎながら、俺は目を瞑《つむ》る。

抵抗があったのは、最初だけだった。抱き合いながら眠ることが、これほど満たされるものだとは思っていなかった。身体が溶けそうになるほどの安堵《あんど》感で、意識が沈んでいく。

この時間が、一番幸せだった。

＊

身体を内側からノックするように、どっどっどっど、と心臓が鳴っている。

周りのみんなはもう服を脱いでいる。今年初めてのプールではしゃいでいる。そのなかで、ぼくだけが取り残されている。教室の空気がどんどん薄くなって、息苦しくて、お母さんが作ってくれた朝ごはんのサンドイッチが、ぐるぐると胃の中で回っている。得体の知れない不安と恥ずかしさが、チクチクした太い荒縄になって、ぼくの内臓をキツく締め上げている。

去年までは、大丈夫だったのに。男の子だけで着替えるようになって、みんなちょっと安心した感じになって、ぼくも裸を見られるのは嫌《いや》だからそのほうがいいなって、思っていたはずなのに。

ここにいるべきじゃないって、声は出ないのに、全身の細胞が叫んでいる。

逃げ出したい。でも立ったまま動けない。動けたところで、どこに逃げればいいか分からない。もう、プールが始まるのに。欠席届も、出してない。勝手に休んだら、先生に怒られる。着替えもせず、プールにも入らないで、何をやってたんだって、みんなの前で怒られる。

どうしよう。

脱ぎたくない。見られたくない。どうしてみんな平気で着替えられるの？

苦しい。気持ち悪い。自分はここにいるべきじゃない。じゃあ、どこにいるべきなの？

誰か、教えてほしい。

息ができない。

「大丈夫？」

まだ服を着ている男の子が、ぼくの顔を覗《のぞ》き込む。幼稚園から一緒の、咲馬《さくま》くん。今までほとんど話したことがないのに、ぼくを心配してくれている。

「顔色めっちゃ悪いぞ。お腹痛いの？」

嵐《あらし》のような曇り空の中で、一瞬、光るものが見えた。

ぼくは、頷《うなず》いた。

「なんか変なもん食べた？　とりあえず保健室行くか」

咲馬くんに手を引っ張られて、ぼくは教室を出る。途端に、水面から顔を出したみたいに息ができるようになった。内臓が締め上げられるような苦しさからも、解放された。

まるで魔法だった。こんなあっさりと、抜け出せるなんて。

「さ、咲馬くん」

「ん？」

「ありがとう……」

咲馬くんはニコッと笑って「気にすんな！」と言った。大きな声にちょっとびっくりする。だけどその大きな声が、ここにいるべきじゃないって叫びを、完全に打ち消した。

優しいな、咲馬くん。

咲馬くんの手は温かくて、少し汗をかいている。握られた手の感触が、頼もしかった。とても、安心する手だった。

この手を離してしまわないように、ぼくは強く握った。

強く、握った。

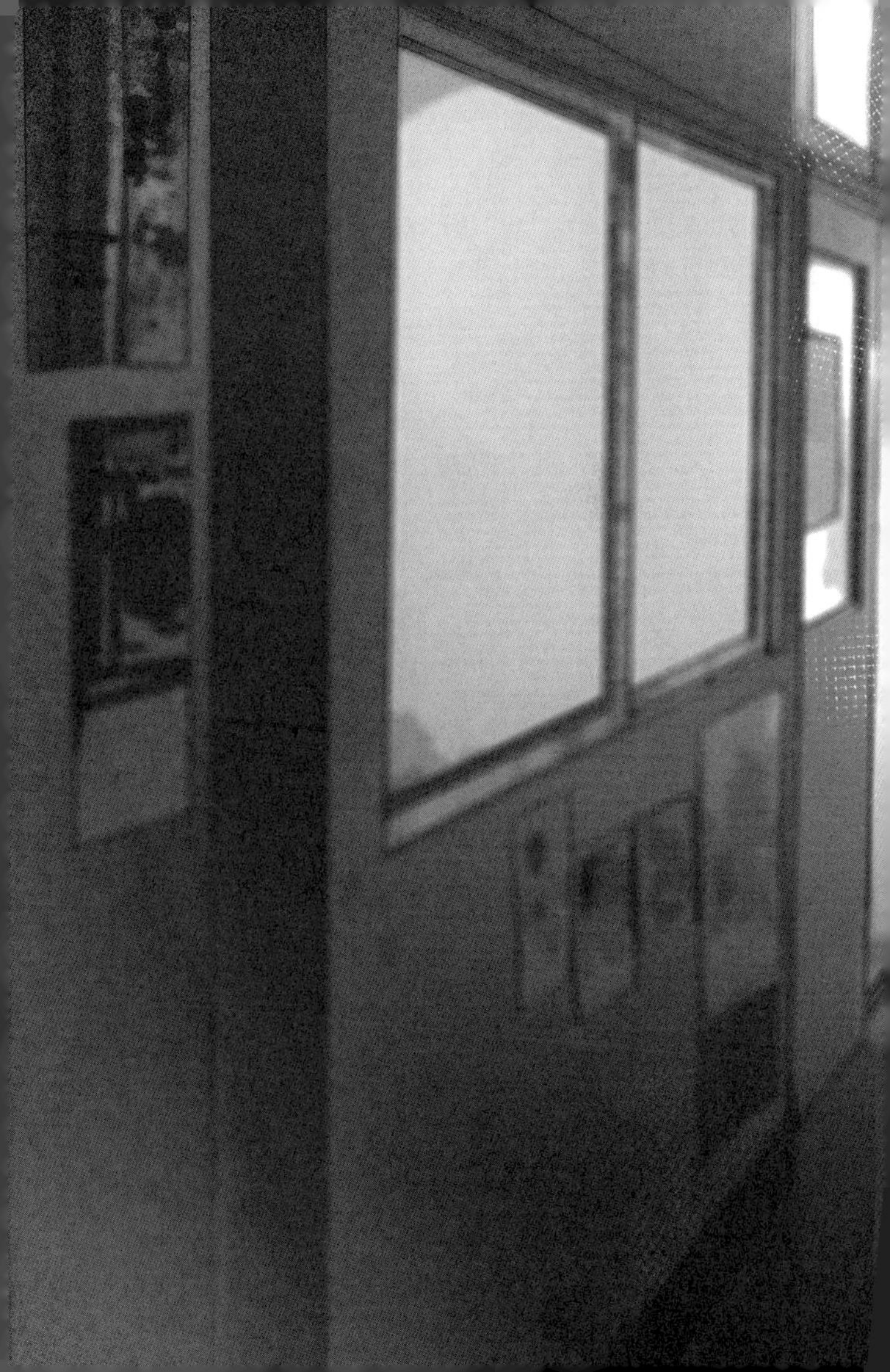

あとがき

『ミモザの告白』では、これが最後のあとがきとなります。

自分の伝えたいことは作中で全部書いてしまったし、あとがきを書く気力も正直そんなに残っていないです。今は卒業式を無事に終えられ、ホッとしているような心境です。

卒業……完結とか最終巻とかよりも、その二文字のほうがしっくりきます。たしかに『ミモザの告白』は五巻で終わりですが、それは物語としての体裁であって、キャラクターたちにはその後があります。大学生活を送り、就活を迎え、社会人になったりならなかったり……想像上のキャラクターといえど、何かしら生活があるでしょう。だから卒業というのは、物語の世界が終わることではなく、作者である自分が物語から離れていくことを指しています。

二〇二一年の七月に一巻が発売してから、今日に至るまでの計五巻。

三年も続いたのだから、最後はやっぱり寂しいです。悔いはないし、伝えたいことは書き切った。続きを書け、と言われても、もうやることがないくらいに。

それでも、もし続きを書くとするなら、今度は差別も苦痛も存在しない平穏な日常を書きたいです。咲馬《さくま》と汐《うしお》がだらだらと部屋で映画を観たりゲームをしたり、たまの贅沢《ぜいたく》でデリバリーしたピザを分け合ったり、アイスの取り合いで喧嘩《けんか》したり、帰りに買ってきたケーキで仲直りしたり……そういう取るに足らない日常を書けたらな、と思います。たぶん、それが形になることはないでしょうけど（やっぱりここで終わるのが一番綺麗《きれい》だと思うから）、読者の皆様には、汐たちのことを少しのあいだでも覚えていてもらえたら嬉《うれ》しいです。

ということで謝辞です。

担当編集の濱田《はまだ》様。なんかずっと好きに書かせてもらっていたような気がします。これからもいい本を一緒に作って、よければおいしいものをたくさんご馳走してください。今後ともよろしくお願いします。

くっか先生。最終巻までのイラスト、たいへんお疲れ様でした。一巻のカバーイラストは今でも額に入れて、作業机から振り向けば目が合う位置に飾っています。どのイラストも本当に素敵でした。『ミモザの告白』の企画を走らせたとき、描きたいと仰って頂いたことがとても嬉しかったです。最後まで描いてくれてありがとうございました。

そして読者の皆様。約三年間ものあいだ、お付き合い頂きありがとうございました。こうして五巻まで出せたのも皆様のおかげです。感想を見るたび元気づけられました。ファンレターなども本当に感謝しています。『ミモザの告白』を読んでいて辛《つら》かった部分もあるかもしれません。でもその辛さが、現実で誰かに対する優しさになってくれれば、作者冥利《みょうり》に尽きます。

それでは、またどこかで。

二〇二四年六月　某日　八目迷《はちもくめい》

GAGAGA
ガガガ文庫

ミモザの告白5

八目 迷

発行　2024年6月23日　初版第1刷発行

発行人　鳥光 裕

編集人　星野博規

編集　濱田廣幸

発行所　株式会社小学館
〒101-8001 東京都千代田区一ツ橋2-3-1
[編集]03-3230-9343　[販売]03-5281-3556

カバー印刷　株式会社美松堂

印刷・製本　図書印刷株式会社

Printed in Japan　ISBN978-4-09-453192-3

第19回小学館ライトノベル大賞
応募要項!!!!!!!!!!!!!!!!!!!!!!!!!!!!

ゲスト審査員は田口智久氏!!!!!!!!!!!!

（アニメーション監督、脚本家。映画『夏へのトンネル、さよならの出口』監督）

大賞：200万円＆デビュー確約

ガガガ賞：100万円＆デビュー確約

優秀賞：50万円＆デビュー確約

審査員特別賞：50万円＆デビュー確約

スーパーヒーローコミックス原作賞：30万円＆コミック化確約
（てれびくん編集部主催）

第一次審査通過者全員に、評価シート&寸評をお送りします

内容 ビジュアルが付くことを意識した、エンターテインメント小説であること。ファンタジー、ミステリー、恋愛、ＳＦなどジャンルは不問。商業的に未発表作品であること。
（同人誌や営利目的でない個人のWEB上での作品掲載は可。その場合は同人誌名またはサイト名を明記のこと）

選考 ガガガ文庫編集部＋ゲスト審査員 田口智久
（スーパーヒーローコミックス原作賞はてれびくん編集部による選考）

資格 プロ・アマ・年齢不問

原稿枚数 ワープロ原稿の規定書式【１枚に42字×34行、縦書き】で、70～150枚。

締め切り 2024年９月末日 ※日付変更までにアップロード完了。

発表 2025年３月刊『ガ報』、及びガガガ文庫公式WEBサイト GAGAGA WIREにて

応募方法 ガガガ文庫公式WEBサイト GAGAGA WIREの小学館ライトノベル大賞ページから専用の作品投稿フォームにアクセス、必要情報を入力の上、ご応募ください。

※データ形式は、テキスト（txt）、ワード（doc、docx）のみとなります。
※同一回の応募において、改稿版を含め同じ作品は一度しか投稿できません。よく推敲の上、アップロードください。
※締切り直前はサーバーが混み合う可能性があります。余裕をもった投稿をお願いします。

注意 ○応募作品は返却致しません。○選考に関するお問い合わせには応じられません。○二重投稿作品はいっさい受け付けません。○受賞作品の出版権及び映像化、コミック化、ゲーム化などの二次使用権はすべて小学館に帰属します。別途、規定の印税をお支払いいたします。○応募された方の個人情報は、本大賞以外の目的に利用することはありません。